LA FEMME DERRIÈRE LE MIROIR

Du même auteur

Romans

La Machinerie humaine, suite romanesque (en cours).
- • La Fontaine des Innocents, Fayard, 1992, et Le Livre de Poche.
- • L'Amour au temps des solitudes, Fayard, 1993, et Le Livre de Poche.
- • Les Rois sans visage, Fayard, 1994, et Le Livre de Poche.
- • Le Condottiere, Fayard, 1994, et Le Livre de Poche.
- • Le Fils de Klara H., Fayard, 1995.
- • L'Ambitieuse, Fayard, 1995.
- • La Part de Dieu, Fayard, 1996.
- • Le Faiseur d'or, Fayard, 1996.
- • La Femme derrière le miroir, Fayard, 1996.

La Baie des Anges, suite romanesque.
  I. La Baie des Anges, Laffont, 1975.
  II. Le Palais des Fêtes, Laffont, 1976.
  III. La Promenade des Anglais, Laffont, 1976.

Les hommes naissent tous le même jour, suite romanesque.
  I. Aurore, Laffont, 1978.
  II. Crépuscule, Laffont, 1979.

Le Cortège des vainqueurs, Laffont, 1972.
Un pas vers la mer, Laffont, 1973.
L'Oiseau des origines, Laffont, 1974.
Que sont les siècles pour la mer, Laffont, 1977.
Une affaire intime, Laffont, 1979.
France, Grasset, 1980, et Le Livre de Poche.
Un crime très ordinaire, Grasset, 1982, et Le Livre de Poche.
La Demeure des puissants, Grasset, 1983.
Le Beau Rivage, Grasset, 1985, et Le Livre de Poche.
Belle Époque, Grasset, 1986, et Le Livre de Poche.
La Route Napoléon, Laffont, 1987, et Le Livre de Poche.
Une affaire publique, Laffont, 1989, et Le Livre de Poche.
Le Regard des femmes, Laffont, 1991, et Le Livre de Poche.

Histoire, essais

L'Italie de Mussolini, Perrin, 1964 et 1982, et Marabout.
L'Affaire d'Éthiopie, Le Centurion, 1967.
Gauchisme, réformisme et révolution, Laffont, 1968.
Maximilien Robespierre, Histoire d'une solitude, Perrin, 1968, et Le Livre de Poche.
Histoire de l'Espagne franquiste, Laffont, 1969.
Cinquième colonne, 1939-1940, Plon, 1970 et 1980, éd. Complexe, 1984.
Tombeau pour la Commune, Laffont, 1971.
La Nuit des Longs Couteaux, Laffont, 1971.
La Mafia, mythe et réalités, Seghers, 1972.
L'Affiche, miroir de l'histoire, Laffont, 1973 et 1989.
Le Pouvoir à vif, Laffont, 1978.
Le XXᵉ siècle, Perrin, 1979.
Garibaldi, la force d'un destin, Fayard, 1982.
La Troisième Alliance, Fayard, 1984.
Les idées décident de tout, Galilée, 1984.
Le Grand Jaurès, Laffont, 1984 et 1994.
Lettre ouverte à Robespierre sur les nouveaux Muscadins, Albin Michel, 1986.
Que passe la Justice du Roi, Laffont, 1987.
Jules Vallès, Laffont, 1988.
Les Clés de l'histoire contemporaine, Laffont, 1989.
Manifeste pour une fin de siècle obscure, Odile Jacob, 1990.
La gauche est morte, vive la gauche, Odile Jacob, 1990.
L'Europe contre l'Europe, Le Rocher, 1992.
Une femme rebelle. Vie et mort de Rosa Luxemburg, Presses de la Renaissance, 1992.
Jè. Histoire modeste et héroïque d'un homme qui croyait aux lendemains qui chantent, Stock, 1994.

Politique-fiction

La Grande Peur de 1989, Laffont, 1966.
Guerre des gangs à Golf-City, Laffont, 1991.

Conte

La Bague magique, Casterman, 1981.

En collaboration

Au nom de tous les miens, de Martin Gray, Laffont, 1971, et Le Livre de Poche.

Max Gallo

La femme
derrière le miroir

roman

Fayard

440

Tautologie romanesque : tout est imaginaire ici... hormis ce qui est vrai. À chacun de choisir.

Place de l'Odéon

Le corps nu de la femme morte se trouvait dans la benne arrêtée place de l'Odéon. Il avait bloqué la mâchoire du mécanisme qui, dans un mouvement de va-et-vient, repousse les ordures à l'intérieur du camion. Des détritus et des sacs en plastique le recouvraient en partie. Le cou était marbré de noir et de rouge.

L'un des éboueurs, un Africain, avait alerté la police. Milner et Bragard arrivèrent peu après.

Assis sur le bord du trottoir, l'homme, la tête entre les mains, répétait que les poubelles de la place étaient énormes et lourdes. Elles débordaient. Les gens, ici, disait-il, avaient trop de tout. Ils jetaient sans trier. Il avait trouvé des livres neufs déchirés, des paires de chaussures, des jouets et même des téléviseurs. Ces gens s'en foutaient. Ils salissaient et cassaient ce qui était encore bon.

Milner tapota l'épaule et la nuque de l'Africain qui leva la tête et geignit : la femme était jeune et belle ; les gens l'avaient mise dans la poubelle, les ordures par-dessus.

Il cacha son visage dans ses paumes.

Milner grimpa sur le marchepied de la benne et se pencha. Le corps était là, la jambe droite écrasée par les dents d'acier.

C'était une femme plutôt grande, semblait-il, à la peau très brune. Sa bouche était ouverte, ses yeux révulsés. Elle semblait vouloir crier ; son visage exprimait la terreur et la souffrance. Mais il était beau et attirant, et Milner le trouva familier. Les cheveux noirs bouclaient comme si l'on venait de les peigner.

9

Les lèvres et les yeux étaient maquillés, les ongles peints avec un vernis nacré.

Le corps raidi par la mort avait l'apparence d'une marionnette ou d'un mannequin abandonné parmi les détritus.

Milner eut envie de le toucher. Il avança la tête, mais l'odeur poisseuse et douceâtre des ordures lui donna la nausée.

Il sauta du marchepied et, à cet instant, il se souvint du nom de cette femme. Bragard la dévisagea à son tour et jura :

— C'est bien notre chance ! On va en prendre plein la gueule.

— Une morte, murmura Milner, ça ne vit jamais longtemps.

— Elle va nous pourrir la vie, reprit Bragard. On va en voir des images tous les soirs.

D'un ample geste du bras, il décrivit la place.

— C'est de l'or, pour eux.

— Ils se lasseront, lâcha Milner. Un visage chasse l'autre.

Il s'éloigna de la benne.

La nuit, celle du mercredi 17 janvier, était encore à marée haute et stagnait, dense et immobile, dans les rues obliques qui convergent place de l'Odéon.

PREMIÈRE PARTIE

L'avant-guerre

1

C'est place de l'Odéon que Georges Terraz décida d'habiter lors de ses séjours à Paris.

Il venait d'être élu sénateur de la Savoie. Il entendait être assidu aux sessions, prendre des responsabilités dans la haute assemblée, peut-être conquérir une des présidences de commission, nouer donc des relations, avoir une vie parisienne — et il dissimulait un sourire en évoquant ces nécessités. Bref, il lui fallait s'installer. Le Royal-Monceau, un palace de l'avenue Hoche qu'il avait fréquenté durant des années lors des réunions des conseils d'administration dont il était membre, ne convenait plus.

« Ma chère, avait-il dit à Élisabeth, sa femme, qui l'interrogeait sur ce qu'elle appelait cette "nouvelle étape de sa vie", ma chère, je suis un homme qui vient de trouver sa cadence, je veux écarter tous les obstacles sur ma route. Je tiens à atteindre le sommet. »

Élisabeth avait murmuré simplement qu'elle désirait comprendre. Pour ce qui la concernait, précisait-elle, elle continuerait comme par le passé à vivre à Chambéry et à Talloires avec son fils.

« Vous n'avez pas besoin de nous, d'ailleurs, avait-elle lancé.

— Je sais où vous êtes, c'est l'essentiel », avait répondu Terraz.

Georges Terraz avait donc chargé Maître Roulier, le notaire parisien qui gérait son patrimoine foncier, de lui trouver, sur la place de l'Odéon, un grand appartement. Le notaire crut qu'il ne s'agissait que d'une formule commode pour indiquer que Terraz tenait à acheter un pied-à-terre dans la proximité immédiate du Sénat. Il proposa donc des appartements situés rue Guynemer, rue de Médicis, et un hôtel particulier rue de Tournon. Il s'agissait de biens de qualité, vastes, puisque Georges Terraz souhaitait une superficie d'au moins deux cent cinquante mètres carrés, un pied-à-terre à la dimension de sa fortune et de sa corpulence. Mais Terraz interrompit chaque fois Roulier : il se moquait de la vue sur le jardin du Luxembourg ou de la perfection architecturale de la rue de Tournon, « la rue la plus aristocratique de Paris », prétendait Maître Roulier. Il voulait la place de l'Odéon.

« C'est comme cela, Maître. Considérez-moi comme un excentrique. Cette place me rappelle un cirque de montagnes ou un lac glaciaire entouré de sommets. C'est une vue de l'esprit, j'en conviens. Mais si je ne vois pas de sommets, il me faut un monument. Vous n'espérez pas que je me contente de quelques façades d'immeubles ? Je suis né avec le Mont-Blanc sous les yeux, Maître. Donnez-moi au moins une colonnade et un fronton à l'antique. La place de l'Odéon, Maître. La place ! »

Le 7 décembre 1931, Maître Roulier avait présenté à Georges Terraz ce qu'il appelait « une occasion exceptionnelle, historique ». L'immeuble qui s'élève au coin de la rue Corneille et semble s'avancer vers le centre de la place comme une haute proue grise était mis en vente par le président de la banque Wysberg, Paul-Marie Wysberg[1]. La banque était aux abois, expliqua Maître Roulier. « La crise, la crise..., répétait-il. Ils ont résisté tant qu'ils ont pu ; maintenant, Paul-Marie Wysberg jette tout ce qui flotte par-dessus bord pour s'y accrocher. Il craint le naufrage.

— Voyons ça », avait répondu Terraz.

---

1. Paul-Marie Wysberg et la banque Wysberg sont déjà présents dans certains romans de *La Machinerie humaine*, notamment *Les Rois sans visage*.

Il n'entra même pas dans l'immeuble. Il se plaça au milieu de la chaussée, indifférent aux voitures qui empruntaient la rue de l'Odéon. Il examina longuement la façade éclairée au rez-de-chaussée par des arceaux en plein ceintre, puis il s'avança jusqu'au décrochement en angle droit qui constitue le début de la rue Racine.

« Bon, dit-il à Roulier. Allez-y. »

Il ne discuta pas le prix, laissant le notaire négocier avec Wysberg.

Les besoins d'argent frais du banquier étaient tels que Maître Roulier obtint, en échange d'un paiement immédiat, une réduction notable de la somme demandée. Mais Terraz ne parut même pas prêter attention à l'économie qu'il réalisait.

Ses usines dégageaient, malgré la dépression, des bénéfices en hausse régulière, si bien qu'il étendait chaque année ses implantations industrielles. Le noyau de ses entreprises chimiques se trouvait dans la Maurienne. Puis il avait essaimé dans de nombreuses vallées savoyardes. À la chimie il avait ajouté la production de textiles synthétiques, puis de moteurs électriques, et, après son mariage avec Élisabeth Machard — des papeteries Machard —, tout ce qui relevait de l'industrie du papier et de la cartonnerie. Il avait ainsi été conduit à créer — ou à racheter — des imprimeries à Annecy, à Grenoble et à Chambéry, et, par ce biais — mais, d'une certaine manière, par hasard, car il ne l'avait pas prémédité —, à toucher au monde de la presse qui allait prendre plus tard tant d'importance dans sa vie et surtout dans celle de son fils Bernard.

« C'est donc vous, Terraz », avait murmuré Paul-Marie Wysberg lorsqu'il le rencontra pour la première fois dans l'étude de Maître Roulier, boulevard Haussmann, à la mi-janvier 1932. Durant la lecture et la signature de l'acte de vente de l'immeuble de la place de l'Odéon, Wysberg ne dit mot, restant les mains croisées, les yeux baissés, comme s'il méditait, jetant pourtant de temps à autre un bref coup d'œil à Terraz qui se tenait droit, souriant. Au moment de quitter l'étude, dans le hall, Wysberg, en levant le bras pour saluer Terraz, lâcha d'une voix lasse : « Comment faites-vous ? Nous sommes tous au bord du gouffre, accablés, et vous prospérez... »

Terraz secoua vigoureusement la main de Wysberg :

« L'énergie, l'optimisme, cher ami, et peut-être la chance. Et aussi l'acharnement. Nous sommes des Savoyards, nous grimpons lentement, mais obstinément. »

Wysberg avança les lèvres dans une moue dubitative :

« Vous fabriquez des munitions, des gaz, m'a-t-on dit. De bons produits, un vaste marché. Hitler vous avantage, hein ? Mais soyez prudent, mon cher : il y a des avalanches en montagne, n'est-ce pas ?

— J'y pense à chaque instant, répondit Terraz. En effet, il ne faut pas se laisser surprendre. Je suis fils et petit-fils de montagnards. Je m'encorde. Je m'assure. J'ai l'œil ! »

Il visitait ainsi chaque jour l'une de ses usines, inspectant les ateliers, vérifiant le travail des ouvriers, houspillant contre-maîtres et ingénieurs, réunissant comptables et vendeurs.

Une fois l'an, en juin, il rassemblait dans la maison qu'il possédait sur les bords du lac d'Annecy, à Talloires, tout l'encadrement de la compagnie Terraz-Machard. Le buffet était dressé dans le parc ; les magnolias étaient en fleurs. Élisabeth Terraz s'enquérait auprès de chaque invité de sa situation familiale, souriant avec bienveillance. On servait du champagne et du vin de Savoie.

Georges Terraz se tenait dans la véranda, assis, jambes écartées, dans un large fauteuil de cuir, une coupe à la main. À tour de rôle, les ingénieurs, les directeurs du personnel venaient le saluer. Il disait à chacun les mêmes mots : « Vous êtes satisfait ? Aujourd'hui c'est la fête, demain on retend le ressort, n'est-ce pas ? »

Souvent, il choisissait ce jour-là pour annoncer une promotion, une mutation, une gratification, comme un souverain décerne sur le front des troupes une distinction. Ceux qui étaient sanctionnés ou licenciés l'apprenaient lorsqu'ils découvraient qu'ils n'étaient pas conviés à Talloires.

À la fin de l'après-midi, Terraz entraînait ses invités sur une terrasse d'où la vue s'étendait sur la plus grande partie du lac. Mais il tournait le dos à l'horizon et montrait la statue en pied d'un homme qui avançait en s'appuyant sur un bâton de berger qu'il tenait de la main gauche. De la droite, il serrait les bords d'un large chapeau. Le sculpteur avait donné à la cape une ampleur telle que l'homme paraissait cacher dans ses plis tout un monde.

« Voilà notre origine, disait Georges Terraz. C'est à lui que nous devons tout. »

Et il se mettait à raconter une nouvelle fois la vie de Sauveur Terraz qui, en 1831, avait créé une fabrique de bougies et, en quelques années, avait réussi à étendre ses activités à la teinture de tissus, puis à la fabrication des premiers engrais chimiques et des insecticides. Son fils, Louis Terraz, avait consolidé l'entreprise. À vingt ans, en 1907, Georges Terraz était tout naturellement devenu l'adjoint de son père après quelques vagues études d'ingénieur à Grenoble, puis à Lyon.

Lorsqu'il fut élu, en 1931, sénateur de la Savoie, il célébra l'événement à Talloires en invitant autour de la statue de celui qu'il appela ce jour-là le Fondateur, près de deux cents notables : les grands électeurs qui l'avaient choisi. Son élection, déclara-t-il, était un hommage rendu par toute la Savoie à Sauveur Terraz qui avait transformé l'économie de la région et fait vivre des milliers de Savoyards.

« Un siècle plus tard, conclut-il, je prends devant vous l'engagement de mettre toute mon énergie au service des intérêts de notre région. C'est la mission que je me donne. »

En 1931, Georges Terraz avait à peine quarante-quatre ans, ce qui faisait de lui l'un des plus jeunes sénateurs. Son visage large aux lèvres fortes, aux pommettes saillantes, aux cheveux plantés bas, exprimait l'avidité et la détermination. Ses yeux, rapprochés, étaient petits, enfoncés ; son regard perçant. Si bien que cette physionomie ne donnait pas seulement une impression de force ou de volonté, mais aussi d'habileté et parfois de cruauté. En tout cas, elle était dénuée de mollesse.

Ceux qui ne le détestaient pas disaient de Terraz qu'il était impitoyable avec lui-même et avec les autres, exigeant, dur peut-être, un peu inhumain, mais par excès de rigueur et de volonté. Ceux qui avaient eu à souffrir de lui — des concurrents ou certains de ses employés — le jugeaient insensible, d'une méchanceté qui pouvait être perverse et sadique. Il était prêt, prétendaient ceux-ci, à tout sacrifier pour parvenir à ses fins. Terraz ? Un salaud, un tueur.

Lorsqu'on cherchait à comprendre qui il était, on évoquait sa guerre.

Entre 1914 et 1917, il avait été mobilisé sur place comme affecté spécial à la tête de ses propres usines qui fabriquaient des explosifs jour et nuit. Il avait, comme il disait, « enrégimenté » son personnel, renvoyant au front avec la mention : « fortes têtes, à mater » — ce qui signifiait : à exposer lors de toutes les attaques — les ouvriers qui protestaient contre la durée du travail ou la faiblesse des salaires.

Pour pallier l'absence de main-d'œuvre masculine mobilisée, Terraz avait engagé des femmes, souvent des Piémontaises ou des Valdôtaines. On murmurait qu'il avait institué pour elles la « prime à la cuisse ». Il s'isolait parfois dans son bureau, lors de ses visites aux usines, avec l'une de ses ouvrières aux jupes longues et aux cheveux rassemblés en chignon, à la poitrine lourde.

En janvier 1917, après une inspection de Terraz, une toute jeune femme d'à peine dix-huit ans avait été retrouvée morte devant une cuve de produits toxiques. C'est qu'à partir de 1916, la Compagnie Terraz s'était lancée dans la fabrication de gaz asphyxiants. La gendarmerie avait mené une courte enquête, concluant à un empoisonnement, mais la rumeur née dans l'usine prétendait que Georges Terraz avait, dans une crise de colère, tué l'ouvrière qui se refusait à lui. On l'avait vu, assurait-on, traîner le corps dans l'atelier.

Dans les jours qui suivirent ce drame, Terraz partit au front avec le grade de chef de bataillon ; c'était donc en 1917, l'année terrible. Il fit preuve de bravoure, montant à la tête de ses chasseurs alpins à l'assaut de fortins ennemis en Champagne. Une vraie boucherie, commentèrent ses hommes ; mais inutile, puisqu'on abandonnait à l'aube le terrain conquis dans la nuit. Une partie du bataillon avait protesté, les soldats refusant de sortir des abris pour prendre leur garde. Terraz désigna au hasard trois hommes qui furent tirés hors de leurs trous par les sous-officiers. Il les jugea souverainement pour mutinerie en première ligne et fit exécuter immédiatement l'un d'eux, choisi peut-être parce qu'il portait des lunettes d'instituteur et qu'il avait, selon Terraz, une tête de « meneur ». Les deux autres condamnés — des paysans savoyards — virent leur exécution suspendue. La sentence ne serait appliquée que si les soldats s'obstinaient dans leur refus d'obéir. En quelques minutes, les hommes sortirent de leur cagna. Les condamnés furent alors graciés et le bataillon défila au petit matin devant le corps tassé de l'unique fusillé. Les tambours scandaient la marche. Le sabre de Georges Terraz brillait au bout de son bras tendu.

Deux jours plus tard, au cours d'une patrouille pour laquelle ils avaient été désignés comme volontaires, les deux soldats graciés furent tués. Le lendemain, le chef de bataillon Georges Terraz fut cité à l'ordre de l'armée par le général Pétain pour la fermeté et l'humanité avec lesquelles il avait su faire respecter la discipline par les troupes placées sous ses ordres.

Au bout de quelques mois, il revint à ses usines avec, à sa boutonnière, la croix de guerre avec palmes, la Légion d'honneur et la Médaille militaire. En 1919, on le sollicita pour être l'un des candidats du « Bloc national » aux élections législatives. Il était le grand industriel savoyard au nom connu de tous les électeurs. Il avait fait une belle guerre — selon le mot que lui avait adressé Poincaré, président de la République —, et il pouvait financer les campagnes électorales des candidats du Bloc. Il récusa la proposition, mais alimenta les caisses des candidats, ce qui fit de lui un personnage apprécié de tous. Il fallut bien, l'élection acquise, le dédommager et le gratifier. Il obtint donc, au titre des réparations de guerre, le droit d'exploiter plusieurs dizaines de brevets allemands qui avaient fait la puissance et la richesse de l'industrie chimique d'outre-Rhin. Durant la guerre, il avait noué des amitiés politiques avec Poincaré, Millerand, Loucheur, Flandin, Briand, Herriot et les ministres de la Guerre qui s'étaient succédé de 1914 à 1919. Il connaissait les ingénieurs de l'Armement, les hauts fonctionnaires chargés de l'achat des munitions et des gaz. Il les avait tous traités avec largesse, invitant ces messieurs et leurs amies à passer quelques jours à Évian ou à Annecy, dans un palace, ou à Talloires, lors des visites qu'ils effectuaient aux usines Terraz. Ces relations favorisèrent les dévolutions discrètes de l'après-guerre. Les réparations exigées des Allemands au titre du traité de Versailles et qui, en principe, auraient dû compenser les dommages subis par le pays, accrurent ainsi, après les années fastes des fabrications liées à la guerre, la fortune de Georges Terraz.

En quelques années d'exploitation des brevets allemands, la compagnie vit décupler ses bénéfices. Les soutiens que Terraz comptait dans les milieux gouvernementaux lui permirent de créer des filiales dans les pays que la France privilégiait en Europe centrale. La firme était ainsi présente en Pologne, en Yougoslavie, en Tchécoslovaquie, en Roumanie où elle prit des participations dans les sociétés pétrolières.

Un ingénieur, Jean Keller, dont les trois frères avaient été tués durant la guerre et que Terraz avait humilié et licencié, entreprit de dénoncer ce qu'il appelait « la transmutation du sang en or », « le rapace Terraz, ce charognard qui se nourrit du cadavre des humbles ». On vit Keller aux portes des usines distribuer ses libelles, tenter de prendre la parole, adresser des protestations aux parlementaires. Les députés et sénateurs faisaient suivre à Terraz avec une phrase écrite en marge : « Cher ami, voici ce que je reçois, et je ne suis pas le seul. Cet homme ne vous aime guère. Mais un fou peut être dangereux. Naturellement, personne ne fera écho à ces calomnies. Croyez-moi votre dévoué... »

En fait, un député communiste du Rhône, Lombard, lors d'une intervention à propos des réparations, mentionna « le scandale Georges Terraz », énumérant les privilèges qui étaient accordés à sa compagnie. Il cita le nom de Jean Keller. Mais celui-ci avait disparu. Des années plus tard, on retrouva son corps au fond d'une crevasse au-dessus de La Clusaz. L'homme aimait la montagne ; il avait été imprudent. L'affaire fut classée.

Quant à Terraz, il montra durant toute cette période l'indifférence d'un saurien. Même les communistes cessèrent de l'attaquer. Il s'était en effet rendu en Russie bolchévique en 1930. Il fut l'un des premiers industriels français à conclure des accords avec les ministères soviétiques. Il aida à la mise sur pied d'une industrie chimique russe, et ce furent là encore des marchés fructueux. À ses amis qui s'inquiétaient du soutien qu'il paraissait accorder aux « Rouges », Terraz répondait qu'en effet il acceptait de souper avec le diable : « Je lui laisse lécher mon assiette, précisait-il en soulevant un peu celle-ci et en la montrant aux convives qui l'entouraient, mais c'est moi qui avale le potage. »

On riait. On faisait confiance à Georges Terraz qui se trouvait à la tête d'un véritable empire industriel et faisait désormais partie des grandes fortunes françaises.

En 1928, il avait épousé Élisabeth Machard, qui avait trente-trois ans. Cette vieille fille au corps osseux, au nez trop gros, était l'héritière des papeteries Machard. Cela faisait oublier le duvet gris qui ombrait ses lèvres.

L'étonnant, c'est qu'elle donna naissance en 1930 à un fils, Bernard, un bébé vigoureux de trois kilos huit cents. Terraz célébra l'événement avec faste dans sa villa de Talloires ; on tira un feu d'artifice au-dessus du lac d'Annecy. À compter de cette nuit-là, celle du 15 mai 1930, Georges Terraz et Élisabeth Terraz-Machard, son épouse, firent chambre à part. Leur union, ils en étaient l'un et l'autre persuadés — et satisfaits —, avait donné tout ce qu'elle avait pu. Élisabeth avait son fils ; Georges Terraz, ses ambitions.

Terraz pensait en effet depuis quelques mois qu'il lui fallait s'engager dans la vie politique. Non pas pour user ses fonds de culotte sur les bancs de l'Assemblée : qu'était-ce qu'un député, pour Georges Terraz ? Un homme dont on paie l'élection, qui a toujours besoin d'argent et qui, en échange des sommes qu'on lui donne, vous rend quelques services. Pas plus en 1930 qu'il ne l'avait fait en 1919, il n'envisagea de conquérir un siège de député. Il aurait considéré cela comme une déchéance. Sénateur, c'était différent : les « grands électeurs » étaient des élus ; on n'était pas contraint de rencontrer sous des préaux d'école le tout-venant, les ouvriers des usines ou les épiciers qui livraient les achats du côté de l'office à la maison de Chambéry ou à Talloires. Flatter ces gens-là, ou simplement attendre d'eux qu'ils votent pour vous ? Impensable. Les conseillers municipaux et généraux, les maires, c'était autre chose : des sortes de contremaîtres qu'on pouvait recevoir et avec lesquels on condescendait à échanger quelques mots. Au surplus, être sénateur permettrait d'accéder à une présidence de commission puis, de là, à un poste ministériel. Le Commerce et l'Industrie paraissaient à Georges Terraz devoir lui revenir de droit s'il était élu. Il consulta les hommes politiques qu'il connaissait — et finançait. On l'approuva. « Vous nous seriez précieux au Sénat », lui dit André Tardieu. Aristide Briand et Herriot — la gauche — partagèrent cet avis. Briand évoqua même d'emblée un avenir ministériel. Dans une équipe d'union nationale, Georges Terraz, homme neuf, avait toute sa place. Peut-être même au Budget. Après tout, il fallait des compétences. Et, ces dernières années, à la tête de sa compagnie, Terraz avait montré son aptitude et son talent à réussir. Flandin conseilla à Terraz de « désintéresser » le sénateur sortant, Paul Bernard : « Proposez-lui quelque chose qui lui évite de sombrer dans l'inactivité et lui assure des satisfactions d'amour-propre. Si vous savez le prendre, il vous cédera sa place. Une élection, ça n'est jamais gagné ; autant ne pas avoir de concurrent, n'est-ce pas ? »

Terraz avait invité à déjeuner le sénateur Bernard place de l'Odéon : chablis, loup grillé à la provençale, tarte aux pommes chaudes avec glace à la vanille, champagne. Le visage rouge, le sénateur avait expliqué qu'évidemment, il n'entendait pas s'opposer à la candidature de Georges Terraz, d'autant moins qu'ils partageaient l'un et l'autre le même souci de défendre la Savoie et les intérêts français, mais Terraz devait comprendre... Terraz l'avait interrompu : il cherchait depuis longtemps, dit-il, un homme d'expérience au caractère ferme, intègre, d'esprit aigu, aimant voyager — dans les meilleures conditions, il va de soi. Bernard serait une sorte d'ambassadeur itinérant, à la fois de la France et de la compagnie Terraz. Pour assumer ce rôle, il fallait avoir occupé des fonctions politiques de premier plan afin de pouvoir dialoguer avec les ministres, les chefs d'État et les membres des commissions parlementaires, leur faire comprendre l'importance que pouvait représenter le développement, dans leur pays, des activités de la compagnie. La rémunération serait à la hauteur de la mission et les frais pris en charge, sans limite.

Le sénateur Bernard s'était épanoui : « Cher ami, lorsque vous serez au Sénat, installez-vous dans le quartier, il est agréable, et vous pourrez ainsi participer pleinement aux sessions, sans aucun souci.

— Sur cette place », avait répondu Terraz en montrant la colonnade du théâtre de l'Odéon.

Mais le sénateur l'avait coupé : il ne fallait pas espérer se loger sur la place même. Ici, rien n'était jamais à louer ou à vendre. Ceux qui avaient la chance d'y habiter se considéraient comme membres d'une sorte de franc-maçonnerie, d'un clan. Ils n'admettaient jamais un étranger.

« Nous verrons », avait lâché Terraz.

Sa décision était prise. Il serait propriétaire d'un appartement ou d'un immeuble donnant sur cette place. Est-ce qu'il avait jamais rencontré des obstacles infranchissables ? Il suffisait de s'obstiner, de payer ce qu'il fallait. Ne venait-il pas, d'une certaine manière, d'acheter un siège de sénateur ?

Terraz rassembla sur son nom près de 88 % des suffrages. Il fit partie du groupe des cinq sénateurs les mieux élus de France, et Pierre Laval, président du Conseil, le reçut à Matignon la veille de l'ouverture de la session de l'automne 1931. Laval fut chaleureux :

« Vous et moi, dit-il, nous sommes des gens de la terre, de la montagne. C'est nous, la France, mon cher Terraz. Votre réussite est la preuve de ce que l'on peut faire dans nos provinces. C'est là que se trouve la richesse du pays. Paris est un joyau, mais aussi une plaie par où s'écoule toute notre énergie. Ne soyez jamais prisonnier de Paris. Jamais, Terraz ! »

Laval l'avait pris par le bras pour descendre avec lui l'escalier de marbre veiné de rose de la Présidence du Conseil.

« Vous êtes un homme qui comptez, ajouta-t-il. Vous allez découvrir votre poids, Terraz, votre influence. Vous avancerez vite. Mon ministère est constitué, je ne peux donc rien faire, mais... »

Sur le perron, le président du Conseil s'attarda encore : « Gardez la tête froide, Terraz. La politique est une chimie particulière. Plus difficile à maîtriser que la poudre ou les gaz. Observez, jaugez les uns et les autres, puis faites votre jeu. Pensez au pays, sachez reconnaître vos amis, et restez-leur fidèle. »

Terraz s'affilia au groupe de l'Alliance républicaine et démocratique et il lui suffit d'une session pour juger que ses collègues — ses aînés, pour la plupart — n'avaient aucune envergure. « Ils pataugent, dit-il à sa femme, ils ruminent. C'est un monde ridicule. Ils sont grotesques. Tout cela bavarde. Je comprends Mussolini et Hitler qui obligent ces gens-là à porter l'uniforme. Cela fait au moins un semblant d'ordre ! »

Lorsque le troisième ministère Laval fut renversé en février 1932 et que se constitua le troisième ministère Tardieu, on cita son nom parmi ses membres éventuels en en parlant comme d'un « homme neuf ». Tardieu reçut en effet Georges Terraz, mais expliqua qu'il ne pouvait lui confier un portefeuille : le gouvernement ne durerait pas. Les élections législatives avaient lieu en mai, la gauche l'emporterait et se briserait peu après sur les difficultés. Alors viendrait l'heure de la « réforme républicaine » dont Tardieu prendrait la direction. Terraz serait alors l'une des figures de proue du gouvernement.

Terraz accepta cette explication. Il avait d'ailleurs trop à faire pour organiser sa nouvelle vie dans l'immeuble de la place de l'Odéon. Il ne s'attarda pas à des regrets. Il se convainquit que les choses viendraient à leur heure, d'ici quelques mois.

Il s'était réservé deux appartements dans l'immeuble : l'un au second, l'autre au troisième étage. Il fit faire peu de travaux dans celui du second. Ce fut pour lui le lieu des réceptions et de la vie officielle. « Monsieur le sénateur... Monsieur le ministre... Mon général... Maréchal, quel honneur... » Pétain accepta par deux fois — en 1932 et 1933 — une invitation. Tardieu et Laval devinrent des habitués. Tardieu avait incité Terraz à lancer un journal afin de préparer l'arrivée au pouvoir d'équipes nouvelles. « Nous l'appellerions *La Réforme*, nous y prêcherions l'audace, le courage... Qu'en pensez-vous, Terraz ? Vous seul avez les moyens d'une telle entreprise. » Terraz avait répondu avec prudence, puis avait commencé d'étudier le projet. Les papeteries Terraz-Machard fourniraient à bon prix le papier. Les imprimeries de la Compagnie tourneraient pour le journal. On pouvait même, dans ces conditions, réaliser des profits. Mais il n'alla pas plus loin ; il avait appliqué depuis son adolescence une règle simple : n'entreprendre que ce qui lui rapporterait directement des bénéfices. Ce journal, qu'il aurait d'ailleurs préféré intituler *Le Réformateur* ou *L'Indépendant*, serait d'abord l'instrument de Tardieu ; Terraz ne serait qu'un allié parmi d'autres, une marche de cet escalier que Tardieu souhaitait gravir. Cette idée-là ne plaisait pas à Terraz. Il fallait être partout le premier. Il n'était pas encore en situation de jouer ce rôle. Alors, autant attendre ! Il décida donc de prendre ses aises au Sénat et à Paris, de s'imposer comme l'un des dirigeants du groupe de l'Alliance républicaine et démocratique, et d'organiser sa vie parisienne. « Avant de boire, avait-il coutume de dire, il faut caler son cul. » Ce qu'il fit.

Certes, Terraz avait déjà respiré d'autres parfums que ceux des cuves à électrolyse de ses usines ou celui de la poudre rose dont Élisabeth se couvrait le visage et le haut du cou. À chacun de ses nombreux voyages à Paris pour présider un conseil d'administration, rencontrer ses clients ou les ingénieurs de l'Armement du ministère de la Guerre, il se rendait à Montparnasse ou bien rue de Provence, non loin de l'Opéra. Dans ces « maisons », les prix de la nuit étaient tels qu'ils garantissaient la qualité des pensionnaires et des clients. Au bar ou au salon, on était entre soi. On pouvait même y rencontrer des hommes politiques et, dans l'atmosphère de complicité que créait la nature des lieux, on discutait parfois des termes d'un marché. Puis, chacun choisissait sa fille, docile et souriante, experte aussi. Lorsqu'on se retrouvait quelques semaines plus tard dans un austère bureau, rue Saint-Dominique, dont les plantons ouvraient les portes en se mettant au garde-à-vous, on se serrait longuement la main. « Comment allez-vous, depuis... ? » On ne mentionnait jamais la rue Delambre ou la rue de Provence.

Georges Terraz avait même installé l'une de ces filles dans un petit appartement de la rue des Belles-Feuilles. Mais, maintenant qu'il était sénateur, il désirait plus de confort et de discrétion. Il se réserva donc, dans l'immeuble de la place de l'Odéon, l'appartement du troisième étage pour son usage personnel, et il chargea un décorateur, Paul Nivert, de créer un cadre original et intime. « Mais pas une bonbonnière, précisa-t-il. Je veux de l'espace. J'ai besoin d'air. Faites quelque chose qui ressemble à la place, dit-il en montrant la colonnade du théâtre. Oui, c'est cela, la place... »

Nivert fit abattre les cloisons et créa au centre de l'appartement une pièce en demi-cercle de près de cinquante mètres carrés. Elle était fermée par des colonnes qui reproduisaient la façade du théâtre. Derrière elles, une paroi de verre opaque cachait la salle de bains à laquelle on accédait par une porte latérale. Le lit était placé au centre de la pièce, éclairée par quatre fenêtres. Les jeunes femmes que Terraz invitait s'exclamaient en découvrant ce décor surprenant. Presque toutes employaient le mot « extraordinaire » ; certaines disaient : « C'est dernier cri », ou bien : « Alors vous, qu'est-ce que vous êtes original, on ne dirait pas, à vous voir... »

Les meubles étaient blancs, comme le sol couvert de dalles de marbre. Terraz avait refusé qu'on installât des rideaux : « Je suis un homme des montagnes, avait-il expliqué. Je veux de l'horizon ! »

Il se tenait souvent devant l'une des fenêtres à contempler la place, les pans de sa chemise tombant sur ses cuisses. Il montrait à la jeune femme assise sur le lit les façades en arc de cercle des autres immeubles. L'appartement se trouvait à la hauteur du fronton du théâtre et dominait la colonnade.

« Mon immeuble... » commençait-il.

C'était le seul à ne pas être rond, disait-il. Les autres rentraient le ventre, baissaient la tête. Ils s'alignaient au garde-à-vous.

« Les hommes, c'est comme ça, reprenait-il. Quand on est aigu, ils sont creux. Quand on est dur, ils sont mous. »

Il se retournait, regardait la fille, ajoutait qu'il y avait les chefs et les autres, que c'était comme s'il existait deux races. Et chacun savait à laquelle il appartenait.

Il s'avançait vers le lit. Il avait l'estomac proéminent mais les épaules larges, et une telle assurance dans la démarche que son poids et sa masse devenaient puissance. Il s'asseyait près de la jeune femme, cherchait un instant son prénom, puis renonçait à le trouver.

« Une femme, c'est un corps », murmurait-il.

Il pinçait de ses doigts courts les mamelons, pétrissait les seins sous ses paumes larges. Il respirait bruyamment et disait d'une voix rauque qu'il était un ours.

Aucune des femmes qu'il traitait ainsi ne s'était rebellée ou moquée de lui. Elles étaient là pour subir. Il les payait grasse-ment, mais peut-être avaient-elles d'abord peur de cet homme dont le visage, lorsqu'il avançait la mâchoire, donnait une impression de force brutale.

Elles rentraient la tête dans les épaules, les yeux agrandis, la bouche entrouverte. Peut-être jouaient-elles, peut-être imagi-naient-elles qu'il souhaitait qu'elles se comportassent comme des proies ?

Il les collait contre lui, les pénétrait, puis se dégageait vite.

Il restait quelques instants prostré, assis au bord du lit, puis il se dressait et lançait d'une voix forte : « On s'en va », avant de passer dans la salle de bains dont la cloison de verre laissait fil-trer une lumière tamisée d'aube grise.

La jeune femme s'habillait rapidement. Elle savait Georges Terraz pressé, impatient de se débarrasser d'elle. Il l'avait pré-venue lorsqu'elle était entrée dans la chambre : « Une heure, tu te débrouilles... En une heure, on peut en faire des choses, non ? Montre-moi ça ! »

Terraz était attendu en séance. Il devait intervenir au nom de l'Alliance républicaine dans la discussion sur le budget du ministère de la Guerre.

Heureusement, le Sénat n'était vraiment qu'à deux pas de la place de l'Odéon.

2

Georges Terraz passa de plus en plus de temps à Paris dans ses appartements du second et du troisième étage de l'immeuble de la place de l'Odéon. À la fin de la semaine, il rentrait en Savoie en wagon-lits, descendant en gare de Grenoble ou de Lyon ; son chauffeur, Léon Varin, l'attendait sur le quai. Il s'asseyait près de lui et somnolait, s'ébrouant lorsque la voiture s'engageait sur la ligne droite qui, à la sortie de Chambéry, se dirige vers Aix-les-Bains. La demeure de Terraz se trouvait à droite de la route, et il fallait, pour l'atteindre, emprunter un chemin étroit dessinant des lacets sur quatre kilomètres ; il conduisait à un portail monumental ouvrant sur une allée de mélèzes. Au fond se trouvait ce que les habitants du village de Norges, situé en contrebas, au pied des pâturages, appelaient « le Château ».

Il s'agissait en fait d'une construction massive, carrée, qui avait dû être, au XVIIIe siècle, une laiterie. Lorsqu'il l'avait achetée en 1841, Sauveur Terraz — en dix ans, il avait accumulé une fortune — l'avait transformée ; il avait fait élever deux tours carrées en gros blocs de granit, surmontées de clochetons de tuiles d'ardoise au sommet desquels tournaient des girouettes qu'on faisait décaper chaque année afin qu'elles brillent au soleil. Puis, lopin après lopin, Sauveur était devenu propriétaire de toute la colline. Il avait planté ce terrain de sept hectares de sapins, de mélèzes ainsi que de châtaigniers. Peu avant sa mort, il l'avait fait clôturer et fermer par un portail forgé par des ferronniers de Grenoble. Les initiales du nom et du prénom se trouvaient au centre du portail, mais le S s'enroulait autour du T de telle manière qu'on pouvait croire qu'il ne s'agissait pas d'une lettre, mais d'une plante grimpante s'accrochant à la verticale du T. Sauveur l'avait voulu ainsi : seul le T des Terraz comptait ; Sauveur n'était qu'un moment de leur lignée. Il avait planté le T sur le sommet de cette colline ; à ses fils et petits-fils de le faire grandir.

En même temps qu'il plaçait le portail, Sauveur Terraz avait fait construire une maison de gardien, à gauche des piliers. Autant la maison des maîtres était imposante, arrogante même, avec ses deux tours comme des bottes posées sur une table, autant celle des domestiques était malingre, toute en longueur, basse, comme écrasée par les arbres et l'ombre du Château.

C'est là qu'habitait Léon Varin, le chauffeur, avec sa femme Madeleine et leur fille Julie. Celle-ci avait eu dix-neuf ans le 5 mars 1933, mais on ne célébrait pas les anniversaires chez les Varin.

Léon Varin était un homme taciturne, qui était horloger en 1913 lorsqu'il avait épousé Madeleine. Un homme si jeune, si aimable et joyeux, expliquait-elle parfois à Julie ; il avait des doigts de femme avec lesquels il pouvait tout faire, jusqu'à glisser un axe au centre d'un engrenage gros comme une tête d'épingle. Julie était née neuf mois exactement après le mariage, en mars 1914. À ce moment-là, Léon Varin était déjà caporal au 22e bataillon de chasseurs alpins. Il perdit en Champagne trois doigts de la main droite qu'un éclat d'obus trancha comme l'aurait fait un hachoir. Il n'en continua pas moins de courir vers les fortins allemands, à quelques mètres de son chef de bataillon Georges Terraz. Devant les lignes allemandes, il embrocha un lieutenant ennemi qui ajustait Terraz. Les brancardiers qui le ramenèrent à l'arrière ne refirent même pas son pansement et le laissèrent pisser le sang en secouant son bras, en le heurtant parfois aux parois des tranchées, en ricanant lorsqu'il hurlait. « Alors, lui lançaient-ils d'une voix sourde, on a sauvé la peau du boucher, c'est bien ça, caporal ? Ça mérite une décoration ! » Ils le versèrent à même la terre, comme par mégarde, dans l'infirmerie, puis s'esquivèrent. Ce jour-là, la gaieté de Léon Varin disparut pour toujours. C'était comme si l'éclat de shrapnell lui avait tranché la langue. Quand Georges

Terraz lui proposa d'habiter la maison de gardien à Norges et d'être son chauffeur — « Deux doigts, c'est une bonne pince ; en tout cas, ça me suffit : sept doigts sur dix, tu conduiras avec ça, Varin. Ta femme s'occupera du château, surveillera les bonnes ; on verra plus tard ce qu'on fera de ta fille » —, Varin resta impassible et ne consentit à faire un geste de la tête qu'au moment où Georges Terraz le prit par le revers de la vareuse, le secouant, lui intimant d'obéir : « Tu sais ce que je fais des fortes têtes, Varin. Si tu refuses, il faudra que tu ailles chercher du travail en Bretagne, et encore, j'y vends des engrais et j'y ai des relations. Installe-toi à Norges avec ta famille, et prends ton service dès qu'on t'aura mis un peu d'huile sur ta pince ! » Terraz avait remué en riant son pouce et l'un de ses doigts.

Léon Varin fut aussi chargé au château de Norges des chevaux et des chiens. Ce n'est qu'avec eux qu'on l'entendait parler, et souvent Julie suivait son père en se cachant pour tenter de percevoir le son de sa voix ; elle était vibrante, pleine d'inflexions, de roucoulements et d'aigus. Quand elle voyait les deux doigts de son père s'enfoncer dans la crinière des chevaux et que ceux-ci dressaient et secouaient leur tête en hennissant de plaisir, Julie frissonnait et s'enfuyait, triste comme si son père l'avait rejetée et réservait à d'autres les gestes d'affection qu'il lui refusait.

Car Léon Varin ne parlait pas à la maison. Il se tenait assis, les mains posées à plat sur le journal qu'il avait déplié. Lisait-il ? Julie tournait autour de lui, assez loin cependant pour qu'il ne pût l'atteindre de sa main gauche avec laquelle, souvent, presque toujours sans raison, il la frappait. Il ne s'agissait pas de gifles violentes, mais plutôt d'une manière méprisante, hostile, d'écarter de lui une présence qui le gênait. C'était comme s'il disait d'une voix dure : « File, va-t'en, je ne veux pas te voir. » Madeleine Varin déposait devant lui un bol de soupe ou de chicorée. Il le saisissait toujours de la main droite, comme par défi, et Julie était fascinée par ces deux doigts qui s'écartaient et emprisonnaient le récipient. « Pauvre homme, murmurait souvent Madeleine. La guerre lui a pris sa joie, ce plaisir qu'il avait dans les doigts. Tu comprends, Julie, il ne faut pas le juger. Il souffre trop. Il ne peut pas faire autre chose. Il ne peut que ça : ruminer. C'est dur pour nous, c'est pire pour lui. »

Plusieurs fois, Julie fut tentée de demander à l'instituteur de Norges, M. Ferrand, qui avait eu le bras gauche arraché et dont la manche du tablier gris flottait, toute froissée, quand il arpentait la salle de classe, pourquoi il était si bavard, lui, avec un bras perdu, et son père si taciturne avec seulement trois doigts coupés — presque rien, si on comptait. Mais elle n'avait pas posé la question, baissant la tête quand M. Ferrand, en serrant sa manche vide dans sa main droite, disait que la guerre, c'était ça : des doigts, des yeux, des jambes, des bras en moins, des gueules cassées (et il citait les noms des paysans du village qui cachaient leurs plaies béantes au milieu du visage sous des masques de cuir), des deuils (et il citait les noms des familles qui avaient perdu un fils : Chappaz, Boisrond, Évenoz, Clavier, Morez). Bien sûr, il y avait ceux qui s'engraissaient, les marchands d'obus, les fabricants de gaz. « Savez-vous ce que c'est, des gens qui gagnent de l'argent avec les doigts et les yeux des autres ? Des ogres ! »

À chaque fois, il semblait à Julie que M. Ferrand la regardait comme s'il l'accusait d'habiter le château de Norges, la demeure de Georges Terraz, celui dont on disait dans le village qu'il s'était enrichi grâce à la guerre. Même s'il avait risqué sa peau — ça, personne ne le niait, on lui tirait même un coup de chapeau —, il avait des milliers de morts sur la conscience, et des assauts qu'il avait conduits en Champagne, rares étaient les petits gars qui étaient revenus. Sans compter ceux qui avaient reçu douze balles dans la peau.

Plus tard, quand Julie eut quitté l'école et qu'elle entrait dans le *Comestibles* du village, quelqu'un, parfois, l'interpellait : qu'elle demande donc à son père, Léon, ce qu'il avait vu en Champagne ; lui, il savait.

Julie écoutait. On ajoutait que Terraz s'était remis à fabriquer des munitions, des gaz, pour préparer la guerre qui ne manquerait pas de venir. « Tu parles de la "Der des Der" ! La suivante, elle est là. » Et le héros, le profiteur, Terraz, s'en mettait à nouveau plein les poches.

Il est vrai qu'en cette année 1933, celle du dix-neuvième anniversaire de Julie Varin, les affaires de Georges Terraz ne s'étaient jamais développées aussi vite. Il voyait régulièrement

Paul-Marie Wysberg et avait choisi sa banque pour ses opérations à court terme. Chacun des deux hommes trouvait avantage à ce rapprochement. Le banquier y gagnait un client dont la rotation des fonds était lente. L'industriel obtenait de ses clients, les ministères de la Guerre de différents pays, des commandes importantes, mais les paiements tardaient : il avait besoin de crédits que Wysberg lui consentait, prenant des garanties sur les usines Terraz comme sur les commandes d'État. De surcroît, Wysberg introduisait Terraz dans ce milieu politique parisien au sein duquel il jouait un rôle majeur, quoique discret. Terraz fut ainsi reçu chez Lucien de Serlières, le banquier et essayiste d'extrême droite, probablement l'un des fondateurs de cette société secrète dont tout le monde, à Paris, parlerait quelques années plus tard, en 1937-38 : la Cagoule. Chez Serlières, il rencontra le général Veigneur, le vice-amiral Laprade, Georges Galice aussi, propriétaire de la plus grande entreprise de travaux publics français, la CTEG, l'ambassadeur François de Cahuzec, ou le père Chasserand qui exerçait son ministère chez les pères maristes, au 104, rue de Vaugirard. Il découvrit ce milieu de la capitale où se mêlaient de tout jeunes intellectuels (Benoît de Serlières, Antoine Vecchini, tous deux normaliens ; Robert Challes, Georges Mauranges, François Mitterrand, tous trois étudiants en droit[1]) et des financiers, des hommes politiques : Tardieu, Laval, et, plus tard, Déat, Gaston Bergery.

Wysberg l'invita aussi chez lui, dans l'hôtel particulier qu'il habitait au 27, allée Thomy-Thierry, et qui donnait sur le Champ-de-Mars. Wysberg le prenait par le bras avec la même familiarité que lui avait témoignée Pierre Laval. « Mon cher, lui disait-il, vous découvrez les rois sans visage de la République, vous devenez l'un d'eux, peut-être même l'un des premiers d'entre eux, car vous disposez de la puissance, et la conjoncture vous favorise. »

Georges Terraz l'avait admis. Il avait été autrefois séduit, disait-il, par la politique pacifiste — généreuse, si l'on veut ; réconciliatrice, en tout cas — d'Aristide Briand, qu'il avait ren-

---

1. Voir l'un des romans de *La Machinerie humaine* : *Les Rois sans visage*, où plusieurs des personnages ci-dessus mentionnés apparaissent.

contré lorsque celui-ci était président du Conseil, pendant la guerre, puis durant les années 20. Un homme curieusement réaliste et idéaliste, mais les défilés des chemises brunes en Allemagne changeaient la donne. Hindenburg président, Adolf Hitler chancelier, l'alliance du maréchal de la Reichswehr et du caporal illuminé constituait, Terraz l'avouait, le meilleur attelage pour les industries de guerre. Et la chimie, l'électricité, c'étaient des industries de guerre. « Vous ne l'ignorez pas, mon cher Wysberg, vous feuilletez mes carnets de commandes. Notre gouvernement serait fou de ne pas prendre de précautions. Je suis pour la paix, la conciliation, mais l'arme au pied, et les caisses de poudre et les bidons de gaz entassés dans nos casemates. Ligne fortifiée, ligne Maginot, défensive, soit ; mais pourvue en munitions de toutes sortes. Et les munitions, c'est la Compagnie Terraz-Machard. Le croiriez-vous, Wysberg ? Même nos papeteries et nos imprimeries tournent à plein régime. Le moral du guerrier, on le fabrique aussi, et pour cela il faut des livres et des journaux. Je fournis, Wysberg. Je suis placé là où il faut. Tant mieux, n'est-ce pas ? Si je n'étais pas là, quelqu'un d'autre le ferait. Autant que ce soit moi. Après tout... »

Lui aussi savait maintenant prendre avec naturel le bras de Wysberg : « ... Après tout, cher ami, vous en profitez aussi. Je connais vos taux, et vos commissions... »

Wysberg et ses amis proches — il arrivait à Terraz de dire en parlant d'eux : « vos complices » — devinrent ainsi des habitués des réceptions que l'industriel donnait dans l'appartement du second étage de l'immeuble de la place de l'Odéon. Il avait suffi de quelques mois pour qu'il constitue autour de lui, par sa fortune, sa puissance économique, ses amitiés politiques, son rôle croissant au groupe sénatorial de l'Alliance républicaine et démocratique, un réseau de relations. Et d'avoir ainsi réussi plus vite qu'il ne l'escomptait à organiser sa nouvelle vie, à se retrouver au centre d'un nouveau monde, grisait Georges Terraz. Le développement continu, en pleine crise, de ses entreprises accentuait encore ce sentiment de plénitude, de vigueur juvénile qui, parfois, le faisait s'arrêter au milieu d'une phrase, dans un atelier ou bien place de l'Odéon, et regarder autour de lui avec une sorte d'étonnement ravi. Jamais, peut-être, il n'avait à ce point éprouvé qu'il était en harmonie avec le monde tel qu'il était, que c'était d'une certaine manière le meilleur des mondes possibles puisque c'était celui dans lequel son sang battait, chaud, dans ses muscles, son sexe; un monde qui l'avait reconnu comme l'un de ses chefs.

Il n'éprouvait un sentiment de gêne que lorsque, arrivant de Paris, il entrait dans le grand salon du château de Norges ou bien dans la véranda de sa maison des bords du lac, à Talloires. Cela ne durait que quelques secondes, au moment où il apercevait Élisabeth, assise le dos droit face à la fenêtre, les yeux perdus dans la contemplation des arbres du parc. Parfois, elle jetait un coup d'œil vers Bernard qui jouait à l'autre bout du salon, sous la surveillance de la nurse.

Cette scène familiale, l'attitude d'Élisabeth, faite d'indifférence et de mépris un peu hautain et ironique, la peur que semblait ressentir Bernard lorsque son père s'approchait de lui étaient si étrangères à ce que Terraz venait de vivre durant plusieurs jours, que, l'espace d'un instant, il se sentait incertain, parfois même en proie à un début de panique. Où était-il? Que faisait-il? Où vivait-il? Cet enfant qui commençait à crier en se précipitant vers la nurse, était-ce bien son fils, l'arrière-petit-fils de Sauveur Terraz, celui qui, un jour, tiendrait les rênes de la Compagnie Terraz-Machard? Et cette femme-là? C'était son épouse; il avait dormi près d'elle; il lui avait fait cet enfant. Mais comment avait-il pu? Elle portait une sorte de sarrau, gris comme ses cheveux. Elle avait des doigts de paysanne posés sur ses genoux que, sous la jupe de lainage, Terraz savait osseux. Il avait serré cette femme-là contre lui. Il en éprouvait une sensation de répulsion, comme lorsqu'il avait touché, enfant, en remuant les herbes, le corps froid d'une couleuvre.

Il s'arrêtait sur le seuil de la pièce avec l'envie de leur tourner le dos, comme s'il eût suffi de cette rotation pour les effacer et se retrouver dans la chambre blanche en arc de cercle de la place de l'Odéon, et voir l'une de ces jeunes femmes potelées, à la peau lisse, qu'il pouvait empoigner par les cheveux en les forçant — ce n'était pas difficile — à l'embrasser.

Il se reprenait, lançait d'une voix forte : « Comment allez-vous, Élisabeth? comment va ce fils?

— Vous, répondait-elle cependant que Bernard cachait son

35

visage entre les cuisses de la nurse, il est inutile de vous poser la question. Vous prospérez, Georges. Comment va le Sénat ? Il vous occupe de plus en plus, il me semble. »

Tout en se levant, en saisissant le bras de Bernard, en le contraignant à se séparer de la nurse — et il criait plus fort —, Élisabeth interrogeait encore Georges :

« Votre appartement place de l'Odéon ? Êtes-vous toujours satisfait de votre installation ? »

Georges Terraz respirait profondément pour tenter de contrôler son irritation, contenir la violence qu'il sentait monter en lui, gonfler dans sa poitrine au point qu'il se sentait étouffer.

« Je vous ai expliqué, Élisabeth, répondait-il avec impatience, que je dois séjourner à Paris parce qu'il y a non seulement le Sénat, mais les négociations avec le ministère de la Guerre. Les contrats se décident là-bas, pas ici. »

Se rendait-elle compte, continuait-il, du développement de la Compagnie ? Mesurait-elle les efforts, les discussions que cela nécessitait, les relations que l'obtention de tels marchés supposait ?

« Les papeteries Machard prospèrent, répliquait à mi-voix Élisabeth. Mon père ne se rend à Paris qu'un jour par mois. Vous n'ignorez pas que le téléphone existe. Mais je ne veux pas vous priver des plaisirs de Paris. »

Georges Terraz sortait.

« Je suis sénateur ! » lançait-il.

Il en voulait à Élisabeth de faire naître en lui cette lassitude, cette amertume, cette irritation de tout le corps. Il en avait envie de se gratter, et il le faisait furieusement tout en marchant sous les mélèzes du parc, calmé peu à peu par l'air glacé.

Un matin, le 5 mars 1933, il aperçut devant la maison des gardiens Julie Varin. Elle venait d'avoir dix-neuf ans le matin même.

La neige, qui était tombée toute la nuit, couvrait la terre d'une couche blanche, lisse et vierge qui étincelait sous le soleil, éblouissante. Georges Terraz la creva en y enfonçant ses talons.

3

Georges Terraz aperçut Julie Varin pour la seconde fois le samedi 28 octobre 1933, à la fin de la matinée. Il était arrivé la veille de Paris avec tant de fureur en lui qu'il n'avait pu dormir. Le mois qu'il venait de passer était l'un des plus irritants qu'il eût connus. Il avait eu des accès de violence dont les filles qui lui rendaient visite place de l'Odéon avaient subi les effets. Il les avait malmenées, tirant si fort leurs cheveux en arrière pour qu'elles se cambrent et que leurs seins jaillissent, qu'elles avaient hurlé en se débattant, disant qu'il était fou, qu'elles ne reviendraient plus, qu'elles allaient le dénoncer, ce malade, ce sadique, cet étrangleur. Il les avait écoutées, le corps couvert d'une sueur froide, les mains tremblantes, et il avait sorti des liasses de billets qui les avaient chaque fois calmées. Il exagérait, avaient-elles commenté en se rhabillant. Il n'était pas comme ça, les autres jours. Qu'est-ce qu'il avait, ce chou, des petits malheurs ? il fallait qu'il passe ses nerfs ? Elles comprenaient ça, mais alors il devait les avertir, se contrôler davantage. Comme ça, elles ne s'y attendaient pas, elles avaient eu peur, est-ce qu'on sait jamais ce qui se passe dans la tête d'un bonhomme quand il baise ? Et s'il changeait ? Elles avaient ri. Elles pouvaient aussi le frapper, lui monter dessus, le fouetter. Il y en avait, et des gens très honorables, des messieurs, des présidents, même, qui trouvaient ça agréable, que ça faisait jouir, et quand on peut plus, avec ces petits trucs-là on peut encore. « Penses-y. On te fera pas plus cher. Toi, c'est jamais

37

une question d'argent, c'est vrai ; c'est pour ça qu'on te pardonne tout, mon chou. »

Elles partaient en emportant sa rage, en le laissant prostré, car après l'exaltation et les jours fastes qu'il avait connus depuis son élection au Sénat — plus d'un an, déjà —, était venu le temps des semaines sombres. Il avait la sensation de piétiner, de ne pas réussir à pousser la dernière porte, celle qui lui aurait permis d'accéder enfin au gouvernement.

Tous ceux qu'il avait reçus place de l'Odéon, dans l'appartement du deuxième étage, le lui avaient promis : Flandin, Chautemps, Sarraut, Daladier, Paul-Marie Wysberg, Laval. Il serait, c'était sûr, de la prochaine équipe. Au fond, il pouvait être ministre d'un président du Conseil classé à droite, comme Laval ou Flandin, ou situé à gauche, comme Daladier ou Sarraut.

« Vous êtes sur la frontière, Terraz, lui avait répété Wysberg. L'Alliance républicaine et démocratique, c'est le groupe charnière ; d'ailleurs, entre nous, cette droite et cette gauche, qu'est-ce qui les sépare ? Le nombre de chaises autour de la table du Conseil des ministres est limité. Il faut donc organiser la rotation. Chacun son tour : gauche, droite. C'est cela, la démocratie, non ? »

Terraz s'était persuadé que son tour était venu. Le ministère Daladier allait tomber, nul n'en doutait.

À la mi-octobre 1933, le président de la République Albert Lebrun l'avait convié à sa chasse de Rambouillet avec une cinquantaine d'invités, tous ceux dont on disait qu'ils pouvaient faire partie des ministères futurs, plus quelques ambassadeurs pour donner le change. Debout dans les taillis en attendant qu'on lâchât les perdrix et les faisans, Terraz et Wysberg avaient bavardé. On murmurait partout qu'Albert Sarraut succéderait à Daladier.

« Je le vois demain, avait dit le banquier. Il me doit beaucoup. Je vais naturellement parler de vous. Il ne peut être que bien disposé. Vous serez précieux pour lui. »

En écoutant Wysberg, Terraz se reprochait de se faire prendre à ce jeu. En somme, il s'était laissé dresser comme un de ces chiens qui flairent, courent, débusquent, puis se couchent ou rapportent à leur maître. Lui, il était là, guettant le moment où on l'autoriserait de nouveau à courir.

Il avait tiré sans même viser, pour le bruit, la secousse dans l'épaule, les aboiements des chiens.

Quand ils eurent regagné la clairière et qu'il vit, alignés, les dizaines de perdrix et de faisans, deux cerfs et une biche, il ne put s'empêcher de marmonner : « Quelle farce ! Ça, de la chasse ? Un abattoir. »

Wysberg avait souri, tenté de prendre le bras de l'industriel, mais celui-ci s'était dégagé. L'autre avait insisté et, à la fin, Terraz avait cédé.

« Où est le gibier, mon cher ? avait dit Wysberg. Ne soyez pas impatient. Vous avez raison, c'est une parodie. Nous y participons, vous et moi. Mais nous ne sommes pas dupes, n'est-ce pas ? Croyez-vous vraiment que cela puisse durer ? Imaginez-vous que ces petits messieurs, Lebrun et compagnie, puissent réellement affronter les furieux, les enragés d'ici et d'ailleurs ? Allons donc ! Aidons-les à mourir, et ne crevons pas avec eux. Si vous n'êtes pas ministre, Terraz, et moi non plus, nous serons autre chose d'ici peu. Il faudra bien que tout change. Voyez l'Italie, voyez l'Allemagne. Pensez-vous vraiment que nous puissions, en France, ne pas bouger ? La terre s'est mise à trembler, elle ne s'arrêtera plus de longtemps... »

Terraz avait dégagé son bras et s'était avancé vers le gibier. Il avait glissé la main sous les ailes des perdrix, puis touché le poitrail et le ventre des cerfs et de la biche. C'était tiède encore. Les viscères remuaient, l'œil était ouvert, fixe et vitreux.

Terraz s'était cru calmé. Il avait passé la soirée dans la « Maison » de la rue Delambre entre deux filles aux corps tièdes. Mais lorsque, le 24 octobre, il avait appris la chute du ministère Daladier et compris qu'il ne ferait pas partie du gouvernement que constituait Albert Sarraut, la déception et la fureur l'avaient à nouveau gagné.

Il avait quitté Paris après la publication de la liste ministérielle, choisissant de rentrer par la route, de conduire lui-même, mais, dans le Morvan, peu avant Saulieu, il avait affronté un orage d'une violence telle que la chaussée était noyée sous des trombes d'eau et des rafales de grêle. Il avait dû passer la nuit à l'Hostellerie de la Côte-d'Or, et l'excellent dîner qu'il avait consommé — blanc de volaille au foie gras frais et aux truffes — ne l'avait pas apaisé. Il avait renvoyé par deux fois la bouteille de Corton sous prétexte que le vin était éventé et sentait le bouchon. Il était reparti tôt, réveillant le portier, l'insultant parce que le café tardait.

La nuit du vendredi 27, qu'il avait passée chez lui à Norges sans même avoir, à son arrivée, embrassé son fils, il n'avait pu dormir. Il s'était donc levé à trois heures du matin, avait endossé ses vêtements de chasse, enfilé ses bottes, bourré ses poches de cartouches, pris deux fusils de calibres différents, l'un pour la bécasse, l'autre pour le gros gibier, et était sorti dans le parc. Le mois précédent, il avait acheté un bois d'une vingtaine d'hectares et des pâturages qui jouxtaient sa propriété. Il ne les avait jamais parcourus, mais il avait déjà fait ouvrir une porte dans le mur de clôture. Malgré le brouillard, il l'avait retrouvée et s'était enfoncé dans cette forêt humide, en pente raide. Parfois, il s'éclairait avec sa lampe torche, mais, le plus souvent, il avançait dans l'obscurité, débusquant des oiseaux, des quadrupèdes, peut-être des sangliers qui, en s'enfuyant, brisaient les branches sèches. Il s'était mis à l'affût à l'orée de la forêt, en bordure des pâturages, et il avait tiré plusieurs fois, dans la demi-obscurité de l'aube, sur des bécasses, ne cherchant même pas à les ramasser, redescendant lentement, crispant les doigts sur les bretelles de ses fusils, fatigué mais calme, tout le corps habité par une résolution farouche. *Il les aurait*. Qui ? Les autres, tous les autres. Les Chautemps, et les Sarraut, et même les Wysberg. Ils allaient apprendre à le connaître, à découvrir ce que c'était que l'obstination d'un montagnard !

Une pluie fine s'était mise à tomber alors que le brouillard s'était dissipé. Ayant franchi le mur de clôture, il avait marché plus lentement dans le parc au sous-bois nettoyé, aux chemins entretenus. C'est alors qu'il se dirigeait vers l'allée de mélèzes qu'il avait aperçu Julie Varin. Elle lui tournait le dos, accroupie ; peut-être ramassait-elle des champignons. Dans cette position, penchée en avant, ses hanches paraissaient larges, sa taille étroite. Mais Terraz fut fasciné par le cou : elle portait les cheveux relevés sur la nuque et enfouis sous un béret. Ce cou était long, mince, maigre même, creusé par un sillon en son milieu, et, en s'approchant, Terraz distingua des mèches échappées du béret, qui voletaient au-dessus de la nuque. Il se sentit lourd, rugueux, invincible, comme recouvert d'une épaisse carapace d'où pointaient des aspérités tranchantes. Il posa sans bruit ses fusils, les allongeant sur le sol, puis s'avança.

Alors qu'il était à moins d'un mètre de la jeune femme, elle tourna la tête. Il vit d'abord ses yeux s'agrandir, exprimer la surprise et la frayeur, sa bouche s'ouvrir comme pour pousser un cri. Elle se redressa d'un bond. Le pull-over bleu à grosses mailles torsadées se terminait au ras du cou. Celui-ci en paraissait plus long, plus frêle encore, alors que la poitrine semblait lourde, les seins ronds et gros. Elle ne cria pas, serrant au contraire les lèvres dans une expression de mépris, en même temps qu'elle fermait à demi les yeux comme pour moins voir, ne pas se laisser envahir par la peur.

Terraz fit un pas et agrippa Julie Varin par les épaules, la collant contre lui. En glissant ses mains sous son pull-over, il lui sembla reconnaître cette tiédeur de la peau. Il serra plus fort. Elle se cambra pour se dégager, essayant de glisser son genou entre les cuisses de Terraz, mais il emprisonna sa jambe soulevée et elle en fut déséquilibrée. Il tomba avec elle sur la mousse humide. Elle avait à nouveau la bouche ouverte et les yeux exorbités, mais ne criait toujours pas. Il l'écrasa de tout son poids, de cet estomac qu'il ressentait comme une protubérance de chair, un réservoir de force. Il dégagea ses mains du dos de Julie Varin, cercla le cou de la jeune femme avec sa main droite, cependant que, de la gauche, il cherchait à soulever la jupe, à atteindre le sexe. Lorsque enfin il y réussit, il se souleva, la poitrine gonflée, les cuisses appuyant durement sur les siennes. Il la tint sous lui, la main droite comprimant toujours le cou, et, à gestes brusques, maladroits, alors qu'elle demeurait immobile, inerte, ce qui accrut son désir et sa hâte, il la pénétra en poussant un cri rauque qui resta au fond de sa gorge. Il retomba sur elle. Il desserra sa prise et pensa alors à ce qu'il avait appelé la « pince », les deux doigts restants à la main de Léon Varin, le père de Julie.

Il se leva lentement, en prenant appui sur ses poings qui s'enfoncèrent à demi dans la terre.

La jeune femme ne bougea pas. Son cou était marbré de noir et de rouge.

4

Ce samedi 28 octobre 1933, vers neuf heures du matin, Élisabeth Terraz-Machard s'arrêta sur le seuil de la petite salle à manger où, chaque jour, Madeleine Varin lui servait le thé et les toasts. Georges Terraz était debout, les deux mains appuyées à la baie vitrée donnant sur le parc. Il tournait ainsi le dos à Élisabeth et sans doute ne l'avait-il pas entendue s'approcher, car il ne bougea pas. Il était en robe de chambre, les pieds nus dans ses pantoufles noires. Le pantalon de son pyjama bleu laissait voir ses chevilles. Élisabeth s'avança, mais Georges Terraz resta immobile. Il paraissait fasciné par les arbres que les bourrasques ployaient. Leurs branches venaient frôler les baies de la salle à manger sur lesquelles la pluie glissait en nappes, y dessinant des rides courbes. Des points fugitifs comme des feux follets illuminaient les vitres qui reflétaient les gerbes d'étincelles jaillissant du feu de bois qui crépitait dans la cheminée.

Élisabeth était si étonnée par la présence de son mari qu'elle s'exclama : « Vous êtes malade, Georges ? »

Il n'avait partagé des petits déjeuners avec elle, dans le laisser-aller d'une robe de chambre, que lors de leur voyage de noces, en avril 1928, à Naples, Rome et Venise. Mais déjà, les derniers jours, à Venise, il avait commencé de s'habiller, pestant contre ces Italiens si lents à servir le café matinal, et qui, sans les coups de trique que Mussolini leur appliquait, eussent passé leur vie à jouer de la mandoline en demandant l'aumône et en prostituant leurs femmes. Depuis lors, il se levait — Éli-

43

sabeth ne savait trop à quel moment — à l'aube, sûrement, et ne réapparaissait au château de Norges ou bien dans la maison de Talloires qu'à l'heure du dîner. Son élection au Sénat, en 1931, avait définitivement séparé sa vie de celles de sa femme et de son fils. D'ailleurs, depuis 1930, année de la naissance de Bernard, Élisabeth et Georges ne faisaient plus chambre commune.

Le lit conjugal n'avait été pour eux qu'un épisode presque folklorique de leur voyage de noces, quand on leur montrait, dans les chambres d'hôtel, avec des mines entendues, « *il letto matrimoniale* ». Ni l'un ni l'autre n'avaient osé réclamer des lits jumeaux, mais, de retour en France, ils avaient enfin pu vivre comme des êtres civilisés, non comme des bestiaux serrés à l'étable.

Le corps de Georges Terraz avait toujours paru monstrueux à Élisabeth, et elle s'était toujours refusée à se laisser embrasser sur la bouche, comme il avait essayé de le faire à Rome, la première nuit. Elle n'aimait pas son visage, cette mâchoire, ces yeux rapprochés et enfoncés. Mais elle détestait surtout ses doigts, qu'il remuait nerveusement, tambourinant sur les tables lorsqu'il s'impatientait. Élisabeth les voyait comme des sortes de reptiles dont les ongles figuraient la tête et au corps couvert d'un crin noir. Ces doigts-là étaient capables du pire. Ils devaient s'enfoncer dans les chairs, les fouailler, les retourner. Elle frissonnait, essayant de ne pas se souvenir de cette première nuit à Rome, de ces deux bêtes qui s'étaient frayé un chemin en elle, la déchirant, puis de cet autre doigt qu'elle n'avait pas vu mais qu'elle imaginait pareil à ceux de la main, large, horrible, terminé par une pointe aiguë.

Lorsqu'elle regardait Madeleine Varin déshabiller Bernard, Élisabeth détournait toujours la tête quand la domestique faisait glisser sa culotte. Malgré elle, elle avait néanmoins aperçu plusieurs fois ce petit bout de chair fripée et avait été tentée de le toucher, de le cacher, comme si elle avait voulu l'empêcher de devenir cette bête monstrueuse dont, heureusement, elle-même ne subissait plus le contact, mais qu'elle imaginait avec horreur allant fureter partout où elle le pouvait, sale, se vautrant dans les ordures, les excréments. Elle trouvait que Georges était un être méprisable. Mais Léon Varin l'était aussi bien, tout comme le jardinier et les autres hommes. Elle s'efforçait de ne pas penser à Alphonse Machard, son père ; lui, était d'une autre race. Comme Bernard, son fils, si petit, si propre, si doux.

« Vous êtes malade, Georges ? » répéta-t-elle.

Il lui fit face. Elle vit d'abord cet estomac, ces poils grisâtres qui le couvraient et remontaient jusqu'aux pectoraux. Georges Terraz s'employa à boutonner la veste de son pyjama.

« J'ai chaud, dit-il. Ce feu, quelle idée ! »

Il avait le visage empourpré, les cheveux ébouriffés comme s'il venait de les laver et qu'ils commençaient à sécher.

« Où est Madeleine ? » s'enquit Élisabeth.

Terraz n'avait vu personne. Il était pourtant là, dit-il, depuis longtemps. Il voulait prendre le petit déjeuner avec sa femme et son fils, puisque, exceptionnellement, ce matin, il disposait d'un peu de temps. Il ne serait pas ministre cette fois-ci, alors, en attendant la prochaine crise ministérielle, il pouvait souffler un peu.

Tout à coup, Madeleine Varin entra en courant dans la salle à manger. Elle avait les yeux hagards et marmonnait en secouant la tête. Elle traversa la pièce, se dirigea vers la cuisine tout en s'excusant : elle était en retard. Élisabeth l'arrêta, lui saisissant la manche. Mais qu'avait-elle, enfin ? Madeleine se mit à pleurer, jetant des coups d'œil effrayés vers Georges Terraz.

« Julie est tombée », répéta-t-elle. Léon l'avait retrouvée dans le parc, comme morte. « Elle n'arrive plus à parler, elle ne bouge plus les yeux, il faut le médecin, Madame, est-ce que Léon peut téléphoner ?

— Allons, allons, fit Georges Terraz. Ne nous affolons pas. Elle n'est pas morte ? Elle respire ? Elle voit ? Bon. » Il s'était assis. « Téléphonez si ça vous rassure. Appelez le docteur Mestre, à Chambéry, dites que c'est pour moi, il viendra plus vite. Et puis du café ; très fort, n'est-ce pas, Madeleine ? »

Madeleine Varin était ressortie en courant. Par la baie, Élisabeth l'aperçut qui s'éloignait en gesticulant dans l'allée de mélèzes.

« Je me demande... », commença-t-elle.

Georges Terraz fit la moue, puis secoua les épaules, et ce mouvement fut si brusque que sa veste de pyjama se redéboutonna. Élisabeth vit à nouveau cette poitrine massive, grisâtre.

« Ne vous demandez rien, ma chère, dit-il. Une femme malade, ça lui vient toujours... »

Il s'interrompit.

« On ne peut rien vous dire, ce sont des choses qui ne vous intéressent pas. Je me demande pourtant... »

Il soupira :

« Comment va Bernard ? Vous n'allez pas m'en faire une fille ? »

Madeleine rentra à ce moment-là dans la pièce.

« Elle marche, murmura-t-elle en traversant la salle à manger. Elle peut marcher, mais elle ne parle plus.

— Le café, Madeleine », lâcha Terraz d'un ton excédé.

5

Lorsque, en fin de matinée de ce samedi 28 octobre 1933, Élisabeth reçut au salon le docteur Mestre qui venait d'examiner Julie Varin, Georges Terraz avait déjà quitté Norges. Il avait tout à coup paru pressé, emportant dans sa chambre la tasse de café que Madeleine Varin lui avait servie. Il avait évoqué un rendez-vous à Grenoble, expliqué qu'il gagnerait Paris dans la nuit, puis, au moment de quitter la salle à manger, il avait ajouté qu'Élisabeth devait voir Mestre : que le médecin fasse ce qu'il fallait pour cette fille. « Tout cela sera à notre charge, bien sûr », avait-il dit, et, bien que son épouse n'eût émis aucun commentaire, Georges, d'une voix plus forte, avait rappelé que Léon Varin lui avait naguère sauvé la vie, qu'il ne l'oubliait pas.

Cette justification avait étonné Élisabeth. Habituellement, Georges agissait et imposait sans jamais chercher à convaincre. Peut-être est-ce à cause de cette attitude inattendue qu'Élisabeth avait interrogé longuement le docteur Mestre. Celui-ci avait répondu d'un ton ennuyé, tout en restant dans le vague, sans conclure. Cette fille avait subi un choc, c'était sûr. Était-elle tombée ? avait-elle eu peur, l'avait-on agressée ? Elle avait des traces suspectes autour du cou, mais rien de très net. On ne pouvait rien déduire. Elle se taisait. Fallait-il croire à un mutisme traumatique consécutif à ce qu'elle avait vécu, ou plutôt à un choix volontaire, une manière de mettre un terme aux questions ? « Allez savoir... » Mestre pensait qu'il pouvait s'agir d'un rendez-vous amoureux qui avait mal tourné. « Bref, rien de grave, madame Terraz. » Il reverrait Julie Varin dans quelques jours. Il l'examinerait plus attentivement. Puis il avait baissé la voix, regardé vers le parc ; ce matin, elle avait refusé toute investigation intime. « Vous comprenez, après tout, elle aurait pu être violée, ou, disons, forcée. »

Mais Mestre n'avait pas voulu insister. Ce serait plus simple dans son cabinet, à Chambéry, mais s'y rendrait-elle ? Elle ne tenait sans doute pas à ce qu'on sache ce qui s'était passé. Puis il avait ajouté d'un ton las : est-ce qu'on savait jamais, avec ce genre de fille ? Au demeurant, pourquoi devait-on même chercher à savoir ? On cache tellement de choses...

Il s'était brusquement tourné vers Élisabeth. « Les familles, quel cloaque, madame ! Derrière les murs, le fumier. Est-ce qu'on est sûr de l'attitude d'un père à l'égard de sa fille ? J'en ai tant entendu, tant vu, deviné. Votre chauffeur, ce Léon Varin, ce matin, il était là, le dos collé au mur, les yeux mi-clos, mais il ne perdait rien. Sa fille lui lançait des regards affolés. Qui me dit que ce n'est pas lui qui l'a violentée ? Peut-être même avec la complicité de sa femme ? Je vous choque, chère madame... »

Il tendit la main à Élisabeth Terraz qui se borna à incliner la tête, puis il sortit du salon.

Elle remonta à l'étage. Madeleine Varin achevait de faire le lit de Bernard. L'enfant était assis sur le tapis dans la salle de jeux. C'était un garçon vigoureux au visage rond ; pour autant qu'on pouvait en juger à cet âge, il avait hérité de son père la forme massive du visage, mais il devait à sa mère un front haut, un nez fort, et, surtout, de grands yeux écartés qui lui donnaient une expression ouverte. La nurse, une Piémontaise au nom un peu étrange de Mafalda jadis porté par une fille du roi d'Italie, le surveillait. Cette grosse femme souriait sans jamais quitter l'enfant des yeux, et, chaque fois qu'Élisabeth surprenait son fils en sa compagnie, elle se sentait exclue, inutile. Elle éprouvait même un sentiment de désespoir quand elle voyait Bernard coller son visage contre les seins énormes de Mafalda tout en lui entourant le cou de ses bras. Cette intimité charnelle qu'elle n'avait jamais eue avec son fils la choquait et l'humiliait, mais elle n'osait intervenir. Elle s'éloignait, irritée, mal à l'aise. Peut-être cette grosse femme avait-elle déjà corrompu Bernard par ses attouchements, cette promiscuité ? Elle se proposait de les séparer, de changer de nurse, de choisir une Allemande ou une Hollandaise. Elle avait déjà exigé que Madeleine Varin fût seule autorisée à déshabiller et à laver l'enfant. Mais c'était chaque fois des hurlements. Bernard réclamait Mafalda. Il voulait, comme il disait, « la main douce ». Il repoussait Madeleine en criant qu'elle lui faisait mal, et souvent Élisabeth capitulait. « Lavez-le, lavez-le, lançait-elle à Mafalda, mais frictionnez-le, n'est-ce pas, et fort, il faut que la peau soit rouge ! »

Que pouvait-elle empêcher ? L'instinct était là, sûrement, dans le corps de Bernard, tout comme il était dans celui de son père. Elle frissonna, redescendit et, sans même réfléchir, comme si tous ses gestes avaient été prémédités, elle enfila son imperméable, prit un chapeau de pluie et sortit.

Elle resta un instant sur le perron, hésitant à s'élancer. Les mélèzes étaient ployés par les bourrasques de pluie qui avaient transformé l'allée en un torrent bourbeux. L'eau tombait si dru que le portail n'apparaissait que par brefs instants, quand l'averse faiblissait, mais, à ces moments-là, les claquements de la foudre déchiraient le ciel bas, roulaient, renvoyés par les falaises proches, et Élisabeth se souvint de cet arbre foudroyé qu'elle avait vu s'embraser près de chez elle, dans son enfance ; elle eut la certitude que si elle s'engageait dans le parc, elle serait frappée comme l'arbre et se tordrait, brûlée jusqu'à l'âme.

Pourtant elle s'élança sans plus réfléchir, trempée au bout de quelques enjambées, contrainte d'avancer courbée, de ne pas courir, tant le vent qui la heurtait de face soufflait fort. Lorsqu'elle arriva à la maison des Varin, elle s'appuya contre la porte, autant pour se mettre à l'abri que pour entrer, mais le battant s'ouvrit.

Léon Varin était tel que l'avait décrit le docteur Mestre : collé au mur, les bras croisés. Élisabeth vit, posés sur la manche de velours noir, ces deux doigts crochus, cette pince. Julie Varin était affaissée sur la table, la tête enfouie dans ses bras. Son cou était long, frêle. Élisabeth eut la tentation de le caresser, mais la porte claqua derrière elle et Julie Varin sursauta. Au-dessus de son pull-over torsadé, Élisabeth aperçut les marques rouges et noires qui lui marbraient la peau.

Élisabeth voulut parler, mais ne trouva pas les mots, balbutia. Elle avait l'impression d'être fautive ; elle avait envie, comme dans un confessionnal, de s'agenouiller, de demander pardon. En même temps, elle s'indignait de cette pulsion. Devenait-elle folle ? Qu'avait-elle fait pour implorer grâce ? Elle ne réussit qu'à dire qu'elle avait vu le docteur Mestre, qu'elle avait bien sûr tout payé, qu'il faudrait se rendre à son cabinet à Chambéry, que Léon pourrait prendre la voiture pour y conduire sa fille.

Au fur et à mesure qu'elle parlait, Julie se redressait. À la fin, quand Élisabeth se tut, elle se leva, contourna la table, saisit la femme de Terraz aux épaules et se mit à la secouer, sans crier. Pourtant, elle avait la bouche ouverte.

Puis elle tira le battant de la porte, précipita Élisabeth dehors et lui cracha par deux fois au visage.

La porte se referma et Élisabeth resta longtemps immobile sous l'averse au milieu de l'allée. Puis elle se dirigea vers le château d'un pas lent.

Dans l'entrée, elle se vit dans la grande glace baroque au cadre de bois doré. Elle était tête nue. La pluie avait ruisselé sur ses joues.

« Mon chapeau, mon chapeau... », gémit-elle, et elle s'affaissa en sanglotant.

6

C'est le 11 novembre 1933 que Georges Terraz reparut à Norges. Sur la place du village, les deux drapeaux des associations d'anciens combattants venaient de s'incliner devant le monument aux morts quand la voiture du sénateur s'arrêta à quelques mètres de la centaine de personnes rassemblées. L'homme qui la conduisait et qui ouvrit la portière à Terraz était un inconnu que, presque aussitôt, quelqu'un appela « l'homme aux rouflaquettes ». Il portait en effet des cheveux tirés en arrière, couverts sans doute d'une laque brillante qui les faisait paraître très noirs, et, à partir des tempes, de larges favoris descendant à mi-joues et soigneusement taillés, dessinant une sorte de trapèze à large base. On n'avait jamais vu à Norges un homme ainsi coiffé, mais son costume croisé, clair, aux épaules rembourrées, étonna peut-être encore davantage. Il ressemblait à certains acteurs qu'on voyait sur les affiches annonçant le programme des cinémas de Chambéry. On sut plus tard qu'il s'appelait Aimé Covo, et certains assurèrent qu'il était d'origine corse ou peut-être sicilienne. Il avait un peu plus d'une trentaine d'années et avait dû s'engager très jeune durant la guerre, puisqu'il portait le ruban de la Médaille militaire. Peut-être avait-il été blessé ? Une cicatrice, un renflement de la peau traçait une ligne oblique du milieu du front à sa tempe gauche.

Tout en tenant la portière, il s'était tourné vers la petite foule, le visage figé mais les yeux mobiles, et quand Terraz s'avança, que les gens s'écartèrent pour le laisser passer, Aimé Covo se tint près de lui.

À compter de ce 11 novembre 1933, il sembla ne plus quitter Terraz, conduisant sa voiture, le suivant à un pas dans les ateliers des usines qu'il visitait, restant à ses côtés lors des cérémonies. Lorsqu'on tentait de s'opposer à son entrée dans un salon, Terraz, d'un geste, l'imposait. Le bruit se répandit que l'industriel avait été l'objet de menaces et qu'il avait engagé un garde du corps. Certains prétendirent qu'Aimé Covo était en fait un policier en civil chargé de protéger Terraz, qui détenait des secrets militaires, puisqu'il était l'un des principaux fabricants de munitions et de gaz de combat.

Ce 11 novembre 1933, on découvrit donc « l'homme aux rouflaquettes ». Il s'installa au premier rang, aux côtés de Terraz qui arborait ses décorations. Maurice Ferrand, l'instituteur, la manche vide de sa veste enfoncée dans sa poche, avait commencé à murmurer lorsqu'il avait vu Terraz prendre place près des drapeaux, mais il avait eu beau chercher un soutien autour de lui, les gens avaient baissé la tête et préféré reculer, créant ainsi un vide autour de lui.

Lorsqu'il s'en rendit compte, Ferrand fit un pas en avant et se tourna vers la foule : « Ça ne vous dérange pas que l'un des responsables de tous ces morts — il montra la liste des noms gravés dans le monument —, monsieur Terraz, soit là à plastronner ? Et pas de leçon de patriotisme ! » Ferrand écarta de sa main sa manche vide : « Nous avons payé, mais ça suffit ! La paix, la paix, la paix ! »

Le maire donna l'ordre au clairon et au tambour de jouer, et deux gendarmes entourèrent Ferrand, puis le poussèrent lentement à travers la foule qui s'ouvrit pour laisser passer le petit groupe.

Aimé Covo, qui s'était avancé vers Ferrand, reprit sa place près de Terraz. Celui-ci n'avait jamais cessé de sourire, jambes légèrement écartées, bras croisés, menton levé.

« Mussolini ! » lança une voix anonyme. Covo se haussa sur la pointe des pieds, cherchant à identifier celui qui avait pu crier, mais Terraz fit un pas, se plaça près du maire et prononça dans un silence respectueux quelques mots : « nos morts », « la patrie », « le sacrifice », « se préparer », « réformer », « vive la France »...

On applaudit. On vint lui serrer la main. Covo ne quittait pas des yeux ceux qui s'approchaient. Il interrogea Terraz du regard quand il remarqua l'homme en costume de velours noir qui se tenait immobile, le pouce de sa main droite amputée de trois doigts passé dans une boutonnière de sa veste. Le sénateur tourna la tête et s'éloigna.

On sut ainsi, à Norges, que Georges Terraz avait décidé de se séparer des Varin. Le maire de Norges leur trouva un logement et donna à Léon Varin un emploi réservé de cantonnier auquel il avait droit en tant qu'ancien combattant. La fille, Julie, s'était, disait-on, installée à Grenoble. L'instituteur, Maurice Ferrand, l'avait d'abord accueillie chez lui durant quelques jours, puis avait réussi à la faire embaucher par l'intendant de l'École normale d'instituteurs. Elle serait logée, employée à la cuisine, et nettoierait les salles. Que pouvait-elle espérer de plus ?

À Norges, on cancana une ou deux semaines. Il avait dû se passer quelque chose entre les Varin et Terraz. Peut-être ce salaud avait-il voulu se payer la fille ? Elle avait dû refuser et Terraz s'était vengé.

Qu'est-ce qu'on peut faire contre ceux qui sont les plus forts ? Fermer sa gueule et cracher, jusqu'au jour où...

Mais qui pouvait longtemps penser aux malheurs des Varin, à l'injustice dont ceux-ci étaient sans doute victimes, quand on avait tant de raisons de s'indigner ? *Ils* (qui ? les vendus, les pourris, les amis de Terraz, les gens qui lui ressemblaient) avaient trafiqué avec Stavisky, l'escroc, le métèque, un juif, sûrement. *Ils* avaient été payés par lui. Et maintenant, parce qu'*ils* craignaient que Stavisky ne se mît à parler, *ils* l'assassinaient dans un chalet proche de Chamonix, et la police l'avait délibérément laissé agoniser. Pourris, vendus ! On s'était fait tuer pour ça, pour *eux* ? Pour se faire plumer, pour qu'une autre guerre se profile pour ces députés corrompus ? Il fallait que ça change !

Même à Norges et à Chambéry, on manifesta, à une dizaine ou à quelques centaines, le 6 février 1934, puis le 12, avec la droite, ensuite avec la gauche. À Paris, on avait tiré, le 6, place de la Concorde.

On avait vu Terraz, avec ses décorations, accompagné

d'Aimé Covo, non pas place de la Concorde, là où on se battait, mais en compagnie du colonel de La Rocque, en tête des anciens combattants de la ligue des Croix-de-Feu qui piétinaient devant les barrages de police, plus loin, rue du Bac, rue de Grenelle. Puis Terraz avait quitté la manifestation, était rentré chez lui, place de l'Odéon. Dans les rues, on criait : « Herriot à la Seine ! », « À mort les vendus ! », on chantait *la Madelon* et *la Marseillaise*. Des bruits de détonations provenaient du carrefour voisin.

Dans la nuit, quand on l'avait averti que Daladier démissionnait, qu'on allait confier la charge de constituer le gouvernement au vieux Gaston Doumergue, lequel prendrait sûrement Pétain dans son équipe, Terraz avait cru une nouvelle fois qu'on ferait appel à lui. Mais la déception, quand il sut qu'il ne serait pas ministre, ne dura pas. Wysberg avait vu juste : ce régime était fissuré. À quoi bon tenter d'y prendre part ? Il fallait préparer l'avenir avec des hommes nouveaux ou bien des personnalités décidées à tout balayer.

Le début de l'année 34 vit ainsi Terraz multiplier les rencontres. Il fréquenta beaucoup les salons privés du restaurant Lapeyrouse, sur les quais, non loin de la rue du Bac. Il déjeuna avec des officiers généraux, quelques députés et sénateurs — Laval, bien sûr, peut-être le plus déterminé —, Lucien et Benoît de Serlière, car le père et le fils partageaient la même conviction qu'il fallait se préparer à agir. Il voyait Paul-Marie Wysberg au siège de la banque, boulevard des Italiens. Quel que fût le lieu de ces rencontres, Aimé Covo se tenait adossé à la porte, impassible, ne s'écartant chez Lapeyrouse que pour laisser passer les serveurs ou le maître d'hôtel, les dévisageant avec tant d'insistance qu'ils en tremblaient.

Covo regardait de la même manière les femmes qui se présentaient au troisième étage de l'immeuble de la place de l'Odéon. Son corps plaqué au centre de la porte, il ne les interrogeait pas, attendant que chacune donnât son nom. Alors il s'écartait, mais à peine, si bien que la jeune femme le frôlait, et parfois, comme s'il s'agissait d'un geste qui allait de soi, il la palpait, plaçant les mains sous ses seins, puis les glissant jusqu'aux hanches, serrant les cuisses et les fesses. Certaines tentaient de se dégager. « Ça va pas ! » protestaient-elles. Il les écrasait contre le cadre de la porte, toujours sans un mot, et les maintenait ainsi, paume ouverte sur leur sexe. Puis il les laissait passer.

En entrant dans la chambre où Georges Terraz les attendait, elles pestaient. Qu'est-ce que c'était que ce type, ce voyou ? Elles n'étaient pas des filles qu'on traitait comme ça ! Terraz les laissait dire ; parfois il murmurait : « On tue beaucoup, ces temps-ci. Moi... » Il s'approchait d'elles, les enlaçait, les pressait contre lui. « La vie, ça se garde, ça se prend, ça se défend », ajoutait-il.

Et c'était vrai qu'en cette année 1934, le sang peu à peu envahissait les rues et les places : celle de la Concorde, le 6 février ; celles des villes d'Allemagne, Berlin, Munich où, le 30 juin, les SS égorgèrent leurs anciens camarades des SA. Nuit des Longs Couteaux dont le sang se mêlait à celui des Juifs, des ouvriers viennois mitraillés par la police du Chancelier Dollfuss avant que lui-même ne fût assassiné. Sang à Marseille, sur la Cannebière, quand tombèrent, en octobre, le 9, sous les balles d'un Croate, Alexandre de Yougoslavie et le ministre Barthou, qu'on laissa se vider de leur sang et mourir.

Ce 9 octobre, personne n'entendit, à Norges, les détonations en provenance du château. Il était situé si loin du portail, au bout de l'allée de mélèzes, que même quelqu'un qui se serait tenu à l'affût, guettant les bruits depuis le village, n'aurait rien perçu. Peut-être aurait-il seulement entrevu, vers neuf heures, Léon Varin franchir le mur de clôture, loin de son ancienne maison, et aurait-il distingué le fusil qu'il portait accroché à son dos.

Les gendarmes retrouvèrent ce fusil tenu à deux mains par le cantonnier dont le crâne avait éclaté. Il avait placé le canon de l'arme dans sa bouche et appuyé sur la gâchette avec le pouce de ce que tout le monde appelait sa « pince ». Son corps était allongé sur le dos, dans la petite salle à manger du château, assez loin du cadavre d'Élisabeth Terraz-Machard qu'il avait tuée d'une balle en pleine tête. Le corps de la nurse Mafalda se trouvait non loin de la baie vitrée. Elle avait reçu le coup en pleine poitrine, le sang avait jailli sur son tablier blanc. Elle avait dû tomber en arrière sous la violence du choc, un projectile de calibre 20, et avait ainsi renversé Bernard Terraz tout en le protégeant. Léon Varin avait-il cru l'avoir tué lui aussi, ou bien les deux mortes avaient-elles suffi à le calmer ? Il s'était suicidé sans tirer sur l'enfant que les gendarmes découvrirent recroquevillé derrière le corps de la nurse. Le sang de cette dernière l'avait en partie recouvert, mais il n'avait aucune blessure et ne paraissait pas choqué par la scène à laquelle il avait assisté.

On le confia à la nouvelle domestique qui s'était enfuie aux premiers coups de feu, dans l'attente de l'arrivée de Georges Terraz qu'on avait aussitôt prévenu.

Ce n'est qu'en fin de matinée que les gendarmes se rendirent au domicile du meurtrier, dans l'une des ruelles de Norges. Les Varin habitaient une sorte d'appentis proche du torrent. Ils avaient rassemblé dans cette petite pièce au plafond incliné les quelques meubles qu'ils possédaient.

Dès qu'ils ouvrirent la porte, une odeur pestilentielle fit reculer les gendarmes. Madeleine Varin gisait morte sur le lit. Elle avait dû succomber depuis plusieurs jours. Probablement, sembla-t-il aux gendarmes, d'un arrêt cardiaque. Elle ne portait aucune trace de blessure.

Dans son rapport, l'adjudant de gendarmerie conclut que Varin, sans doute affecté par la mort de sa femme, qu'il avait sans doute imputé aux mauvaises conditions de logement consécutives à leur renvoi du château de Norges, avait perdu la raison et voulu se venger.

Julie Varin fut interrogée par la gendarmerie à Grenoble. Elle n'avait pas quitté cette ville depuis des mois. Elle avait rompu avec ses parents, lesquels ignoraient même qu'elle avait accouché, en juin 1934, le 30, d'une petite fille prénommée Monique, qui avait été déclarée de père inconnu.

Elle n'avait pas l'intention d'assister aux obsèques de son père et de sa mère. Elle ne voulait plus vivre que pour sa fille, et était décidée à oublier tout ça.

Ce que firent aussi promptement les habitants de Norges. Pensez, ce même 9 octobre, on avait assassiné à Marseille, sur la Cannebière, un roi de Yougoslavie et un ministre des Affaires étrangères de la République !

7

C'est le lundi 12 novembre 1934 que l'instituteur Maurice Ferrand décida qu'il se rendrait à Grenoble, à l'École normale d'instituteurs, le jeudi 16, afin d'y rencontrer Julie Varin. Il faudrait bien qu'elle s'explique.

Lorsqu'il l'avait hébergée l'année précédente, il n'avait pas osé l'interroger. Elle était prostrée, se mettait tout à coup à pleurer, puis restait des heures à contempler, dans la cour de l'école, les enfants qui y jouaient avant de rejoindre la salle d'étude. Elle avait accueilli la proposition de Ferrand, cet emploi de femme de salle, mais avec un logement décent, à l'École normale, sans manifester le moindre sentiment.

Ferrand avait respecté son mutisme, peut-être d'abord par timidité. Julie Varin n'était plus l'enfant en blouse noire boutonnée sur le côté qu'il avait connue cinq ans auparavant, dans la classe du certificat d'études, mais une jeune femme. Il avait même hésité à lui proposer de s'installer chez lui, ne fût-ce que pour quelques jours. Mais il lui avait ouvert sa porte. Son logement de fonction était vaste, et qui pouvait imaginer — pensat-il tout en s'accusant de naïveté — que le mutilé qu'il était, l'homme de quarante ans, le vieux célibataire, pouvait avoir des arrière-pensées suspectes en recevant chez lui une ancienne élève malheureuse ? Il avait même souhaité qu'on le critiquât ouvertement. Il aurait répondu comme il le fallait aux calomniateurs ! À deux ou trois reprises, il lui avait semblé qu'on le regardait avec des airs entendus. Mais on connaissait ses colères, et on s'était tu.

Un an plus tard, on avait sans doute oublié que Julie Varin avait séjourné chez lui. Mais Ferrand se souvenait de chaque instant passé avec elle. « Cette malheureuse » — c'est ainsi qu'il la nommait — l'avait ému. Elle lui paraissait blessée, démunie, égarée, une pauvre petite livrée à une meute de loups. Et il en avait conçu encore plus d'hostilité envers Terraz qu'il soupçonnait, sans pouvoir imaginer quoi que ce fût de précis, sans preuve, bien sûr, d'être l'un de ces prédateurs qui avaient traqué la « malheureuse ».

Les crimes et le suicide de Léon Varin l'avaient conforté dans ce sentiment. Mais Julie Varin n'avait plus donné signe de vie durant tous ces mois. Ferrand avait su par le directeur de l'École normale, Le Guen, qu'elle était une employée modèle, qu'elle avait accouché en juin 1934 d'une petite fille, et que, « par dérogation, exceptionnellement, par humanité, tout ce que tu voudras, Maurice, et un peu pour toi aussi », l'intendant de l'école avait accepté de loger la mère et l'enfant dans deux pièces équipées d'une petite cuisine.

« Je crois qu'elle est sortie d'affaire, avait ajouté Le Guen. Tu es content, rassuré ? »

Ferrand avait marmonné des remerciements, gêné qu'on sût qu'il s'intéressait au destin de Julie Varin.

« Ce n'est pas toi, quand même, qui l'aurait... ? » avait commencé Le Guen, puis, devant les protestations de Ferrand, il avait précisé qu'il n'aurait pas compris, si tel avait été le cas, qu'il n'épousât pas la mère. « Parce que, cette Julie Varin... »

Ferrand avait espéré la voir aux obsèques de ses parents auxquelles n'avaient assisté que trois personnes : un représentant de la mairie de Norges, un inconnu — peut-être un policier — et lui-même. Mais Julie Varin ne s'était pas déplacée, et, en interrogeant les gendarmes, Ferrand avait appris ce qu'il en était : elle avait déclaré avoir rompu avec sa famille, elle ne voulait plus rien savoir, plus se souvenir de rien. Elle avait une fille et cela lui suffisait. C'était elle, toute sa vie, maintenant. Ferrand avait encore pensé : « Pauvre malheureuse », mais en hochant la tête, cette fois, comme s'il admirait la résolution et le choix de Julie Varin.

Au lendemain du crime et du suicide du 9 octobre, il avait lu plusieurs journaux locaux et nationaux, et ce, durant plusieurs jours, espérant y découvrir trace d'une enquête sur cette affaire. Mais on n'avait consacré que quelques lignes à « *la terrible tragédie du château de Norges* » ou au « *mystérieux drame de la folie meurtrière* ». Ferrand supposa que Georges Terraz avait eu les moyens de rendre les journalistes discrets. Ceux-ci préféraient raconter pour la dixième fois le crime de Violette Nozières, s'indigner des propos des poètes — que Ferrand lisait — André Breton et Paul Éluard, qui avaient salué l'empoisonneuse comme une « héroïne de la liberté amoureuse », et féliciter les jurés de l'avoir condamnée à mort, plutôt que d'essayer d'expliquer ce qu'avaient pu être les mobiles de Léon Varin, cet homme qui, en 1917, avait sauvé la vie de Georges Terraz, et qui l'avait servi durant plus de quinze ans. Mais ç'avait été le silence.

Puis, tout à coup, le 12 novembre 1934, des articles avaient réévoqué l'affaire...

Le lundi soir après la classe, Ferrand s'était rendu à Chambéry pour acheter tous les quotidiens qu'il pouvait trouver. En fait, ce n'était pas au crime ni au suicide qu'on s'intéressait, mais à Terraz. On notait son absence aux cérémonies de la veille. Il n'avait été présent ni à Norges, au monument aux morts, ni à Chambéry, à la préfecture, pour la réception clôturant le défilé militaire. On expliquait son absence par les consultations que Pierre-Étienne Flandin conduisait à Paris en vue de la constitution de son gouvernement, puisque le ministère de Gaston Doumergue venait d'être renversé. Georges Terraz était pressenti pour occuper le poste de ministre des Finances. En quelques mois, il était devenu l'une des personnalités majeures au Sénat. Le 15 octobre 1934, quelques jours après le drame, il avait été élu secrétaire général du groupe de l'Alliance républicaine et démocratique, et Flandin, en souhaitant le faire participer à son équipe gouvernementale, s'assurait de l'appui du groupe. Mais — et c'était là la raison de l'évocation par les journalistes du crime et du suicide du 9 octobre — Georges Terraz avait refusé la proposition de Pierre-Étienne Flandin. C'était si inattendu, si contraire aux mœurs politiques que les journalistes en avaient conclu que « le deuil cruel qui a frappé le sénateur il y a à peine un mois, sa femme assassinée, ainsi que la nurse de son fils, par un gardien que Georges

Terraz employait depuis des années, l'a sans doute marqué bien davantage qu'on ne l'a cru ».

Dans la cour de l'école communale de Norges, tandis que le concierge agitait la cloche pour signaler que la récréation se terminait, Ferrand avait lentement replié le journal. Ses élèves étaient déjà en rang au pied de l'escalier, mais il s'attarda. Comme à chaque fois qu'il hésitait, son moignon de bras gauche, à peine une épaule un peu renflée, le faisait souffrir et le démangeait. Il le serra avec sa main droite, enfonçant son pouce dans les chairs qu'il savait boursouflées, rougies. Et il pensa qu'il irait à Grenoble, ce jeudi 16, afin de rencontrer Julie Varin.

Il respira profondément et souleva la manche vide de sa blouse, donnant ainsi le signal de la rentrée aux élèves.

Quand Ferrand jouait ainsi avec sa mutilation, les enfants savaient qu'il était, comme ils disaient entre eux, « bien luné ».

8

Plusieurs fois, tout au long du trajet entre Norges et Grenoble, Maurice Ferrand ralentit. Il cherchait des yeux l'entrée d'un chemin qui lui eût permis de faire demi-tour, de renoncer à sa visite à Julie Varin. Mais, bien qu'il roulât au pas, il s'était ravisé trop tard, et il devait continuer, ayant laissé passer le refuge ou le croisement qui lui eût permis de retourner sur Chambéry.

Cette journée du jeudi 16 novembre 1934 était limpide, à l'exception de quelques brumes qui s'effilochaient dans les combes. Mais les falaises et les barres calcaires étaient ciselées par le soleil, les plans rocheux formaient des miroirs bleutés et jamais, depuis des années, Ferrand n'avait été à ce point exalté par l'austère grandeur de ces murailles naturelles, pareilles à des forteresses imprenables. Il ne s'interrogea plus, ayant conclu un peu lâchement qu'il s'offrait une promenade et qu'il lui avait fallu un prétexte pour échapper à l'école, à la correction des cahiers, à la lecture ou bien au travail de secrétariat qu'il effectuait à la mairie de Norges.

Il s'arrêta à une dizaine de kilomètres de Grenoble pour baisser la vitre de la portière, puis il repartit, le visage fouetté par le tourbillon bruyant qui se glissait sous la capote de la voiture. Ferrand frissonnait, mais il aimait cette sensation. Il avait l'impression de lutter contre le vent ; sa conduite tournait à l'exploit.

Il ne pouvait aller plus vite. Sa voiture, une Rosengart à deux places, ne développait que cinq chevaux et avait été aménagée pour permettre à un mutilé du bras de conduire. Ferrand l'avait achetée sur un coup de tête, pour défier son entourage, tous ceux qui pleurnichaient en voyant sa manche vide, qui détournaient les yeux et murmuraient que c'était un grand malheur, chez un tout jeune homme, que d'avoir ainsi le bras coupé. Une seule fois, Ferrand s'était emporté, hurlant à sa mère qu'il n'était pas châtré, que ce n'était pas avec le bras qu'on faisait l'amour aux femmes, qu'il était toujours un homme. Mais elle l'avait désespéré en répétant d'une voix douce et accablée : « Mais oui, mon pauvre petit, mais oui... »

Lorsqu'il était entré dans la cour de la ferme de ses parents au volant de la voiture, puis qu'il avait emmené sa mère sur les routes conduisant au pic du Nivolet, il avait cru qu'il ferait pour toujours taire les pleurnicheurs, qu'on ne s'apitoierait plus sur lui. Mais non, les femmes qui l'aimaient, sa mère, sa grand-mère, avaient trouvé autre chose. Celle-ci, de sa voix chaude et bien timbrée, étonnante dans un corps si maigre, presque décharné, lui avait dit : « Mon pauvre petit, ce n'est pas une voiture qu'il te faudrait, mais une épouse qui te ferait des enfants ; c'est ça que tu dois chercher. »

Elles savaient comment l'atteindre, le blesser, ces femmes de sa famille. Mais est-ce qu'elles l'avaient vu, torse nu, avec ce moignon rouge qu'il n'osait même plus regarder parce que sa souffrance se faisait alors encore plus vive et qu'il lui semblait qu'il allait hurler aussi fort que dans le poste de secours où on lui avait cautérisé ce qui lui restait du bras : rien, une épaule lacérée ? Savaient-elles ce qu'il fallait de patience pour accomplir un geste quand on ne disposait que d'un bras, d'une main, quand on avait chaque fois l'impression qu'on allait basculer, le corps étant déséquilibré, plus lourd à droite qu'à gauche, et qu'on marchait un peu tordu comme pour remplir cette manche vide qui flottait et dans laquelle le vent, par la fenêtre ouverte de la portière, s'engouffrait, apaisant des brûlures qui ne cessaient jamais ?

« Qu'est-ce que tu lui veux ? » interrogea Le Guen.

Son bureau de directeur de l'École normale était vaste, décoré des bustes de Marianne, de Condorcet, de Jules Ferry et, discrètement accroché sur la cloison la moins éclairée, d'un tableau représentant le masque mortuaire de Jean Jaurès sur fond de livres et de drapeaux tricolores. Le Guen avait fait une guerre courageuse comme capitaine d'infanterie, plus de quarante mois en première ligne, et à peine deux éraflures à la joue et à la jambe. Il était vigoureux, marchait dans son bureau d'un pas énergique, parlant avec l'autorité et l'ascendant d'un aîné qui savait, qui décidait. Au retour de la guerre, il avait voulu entraîner Ferrand au parti socialiste, puis à la franc-maçonnerie, mais celui-ci s'y était refusé : « Qu'est-ce qu'on peut faire de moi ? Je suis le tiers d'un homme. Juste bon à enseigner aux enfants. »

« Je veux, lui répondit Ferrand, comprendre ce qui lui est arrivé, pourquoi son père... »

Il s'arrêta, parla longuement de Léon Varin : un brave homme, taciturne, respectueux — trop, peut-être.

« Pourquoi est-ce qu'on explose ainsi, tout à coup ? Pourquoi on tue deux femmes avant de se suicider ? »

Le Guen haussa les épaules, s'approcha de la fenêtre. Julie Varin, assise dans la cour, se déplaçait avec le soleil. Elle ne quittait jamais l'établissement. Dès qu'elle avait un instant de liberté, elle sortait sa fille dans la cour.

« Cette petite, c'est la mascotte de l'école, murmura-t-il. À ta place... »

Il enveloppa les épaules de Ferrand de son bras. Il fallait laisser cette fille tranquille, ajouta-t-il. C'était comme dans les tranchées, quand des types étaient enterrés par un obus, sous des mètres de boue, de gravats ; il valait mieux ne rien remuer, vivre par-dessus, les oublier. Il n'y avait que les rats pour tenter de les déterrer.

« Tu n'es pas un rat, Ferrand.

— Qui sait ? » répondit l'instituteur en sortant du bureau.

Lorsqu'il s'approcha de la jeune femme qui tenait sa fille dans ses bras, le visage penché vers elle, Ferrand eut l'impression d'avoir déjà vu cette scène dans son enfance et qu'en avançant vers Julie Varin, il s'était enfoncé dans son propre passé. Il reconnaissait ce profil ; cette courbe de la nuque et du dos lui était familière, tout comme cette épaule malingre. C'était sa grand-mère berçant l'un de ses cousins, à moins — il s'affola à cette pensée — qu'il ne revécût un moment oublié de sa petite enfance, quand sa grand-mère, en effet, le dorlotait ainsi, lui murmurant des mots qu'il ne comprenait pas.

Dès que Julie Varin aperçut Ferrand, elle fit *non* en remuant lentement la tête et en cachant sa fille de ses bras.

« Je voulais savoir... », commença-t-il.

Il était debout devant elle et il accrocha l'une à l'autre des phrases qu'il croyait vides, qu'il faisait bouger comme des grelots, mais qui le surprenaient.

Manquait-elle de quelque chose, pouvait-il l'aider ? Il n'était pas venu à l'école pour la voir, mais pour rencontrer Le Guen, un vieil ami, et en regardant dans la cour, il l'avait vue, elle. Parfois, il se demandait s'il n'allait pas solliciter un poste à l'École normale d'instituteurs, ici, à Grenoble, parce qu'il était las d'enseigner à Norges : toujours la même vie. À Grenoble, bien sûr, ce serait une autre existence, des élèves-maîtres, plus exigeants.

« Vous les voyez ? » questionna-t-il.

Il s'étonna de la voussoyer.

Julie fit oui.

Ferrand se pencha, et elle écarta les mains, puis les bras, pour qu'il pût voir la petite. Celle-ci était brune comme sa mère, mais le visage était large, les yeux rapprochés. Elle avait une expression volontaire et presque sévère.

Ferrand tendit la main, mais n'osa toucher l'enfant. Il dit encore quelques mots, de ceux qu'on prononce quand on voit des enfants, mais ce n'était que du bruit, comme pour masquer cette rumeur, cette houle qui montaient en lui, emplissant sa poitrine et sa bouche.

« Si je vous épouse, dit-il enfin, la tête baissée, je ne vous demanderai jamais rien. » Il leva la main, l'approcha de l'enfant. « Je n'ai personne. Elle s'appellera Ferrand, ce sera plus facile pour elle. Pour tout. »

Il traversa la cour d'un pas rapide.

Il ne se souvint de son moignon que lorsque le vent, sur la route du retour, emplit la manche vide de sa veste.

9

On ne sut pas, à Norges, que Maurice Ferrand avait épousé, le 20 juillet 1935, à l'hôtel de ville de Grenoble, avec pour témoin François Le Guen, directeur de l'École normale, Julie Varin, la fille de Léon et Madeleine Varin dont personne, au village, ne voulait se souvenir.

Des vies comme celles-là, quand on y pense, elles font peur. Il faut tourner la tête pour ne pas les voir. Il faut les oublier ; sinon, on n'en finirait plus d'imaginer ce qu'elles ont été et pourquoi elles se sont terminées comme ça, dans le drame, et, à force, on en perdrait l'envie de vivre.

Heureusement, on avait détruit, à Norges, l'appentis où Madeleine et Léon Varin avaient vécu, où Madeleine était morte. La décision avait été prise de manière inattendue à la fin d'une délibération du conseil municipal. Le maire, Joseph Garric, un receveur des Postes à la retraite, avait dressé la liste des travaux qu'il projetait d'entreprendre dans la commune. Et, tout à coup, il avait dit qu'il y avait urgence, qu'il fallait couvrir, avant le printemps, le torrent, car à chaque fonte des neiges les eaux bouillonnantes emportaient une partie des berges, menaçant les riverains. On pouvait faire creuser le lit du torrent et couler, sur les berges et au-dessus, une dalle de ciment. Il disposait des fonds nécessaires. La commune n'aurait pas à emprunter : un habitant de Norges était prêt à prendre en charge toutes les dépenses si elles étaient engagées dans les jours à venir. Aucun conseiller municipal n'avait paru surpris, aucun n'avait questionné le maire, comme si chacun d'eux souhaitait depuis longtemps voir disparaître ces eaux tumultueuses et cet appentis de vieilles planches où deux malheureux avaient trouvé refuge quand l'Autre les avait chassés de chez lui. Ils avaient donc levé la main, approuvant la proposition du maire, puis ils avaient rapidement quitté la salle du conseil. Ils savaient bien qui paierait la dalle, qui dédommagerait ceux qu'on allait exproprier de quelques parcelles ou dont on allait raser les cabanes : le généreux Georges Terraz.

Grâce à lui, Norges avait été l'un des premiers villages dont les rues et les places avaient été éclairées à l'électricité, dès 1910. Il avait fait goudronner toutes les voies communales à ses frais. Un homme comme ça, ça se respecte, quoi qu'on pense de lui. On enlevait son béret quand il traversait Norges en compagnie de l'homme aux rouflaquettes qui le suivait partout.

Certains, à Norges, avaient même souhaité qu'il se présentât aux élections municipales. Mais Maurice Ferrand avait alors décidé de constituer sa propre liste, qui soutiendrait au second tour le maire sortant, Joseph Garric. Finalement, Terraz n'avait pas fait acte de candidature. Il avait seulement proposé de payer le ravalement de la façade de la mairie et de celle de l'école, et même de faire construire un gymnase. Ferrand avait fait échouer les deux projets, et, à chaque occasion, il provoquait Terraz. C'était ridicule, une guerre perdue d'avance. Les paysans qui avaient refusé de vendre leurs pâturages et leurs forêts à l'industriel avaient vu débarquer chez eux les percepteurs, les ingénieurs de la voirie, les inspecteurs des services sanitaires, et, à la fin, ils avaient cédé leurs terres, une vingtaine d'hectares dans le prolongement du parc du Château. Personne ne pouvait résister à Terraz. Et maintenant qu'il était entré, en juin 1935, au cabinet de Pierre Laval comme ministre ou secrétaire d'État, qui pourrait s'opposer à lui ?

La preuve ? Même Ferrand avait rendu les armes. On l'avait nommé à Grenoble, et c'était sûrement mieux pour lui et pour le village. Terraz l'aurait brisé, comme tous ceux qui faisaient les fortes têtes. Certains le savaient, le racontaient encore à mi-voix : en 1917, dans les bataillons qu'il commandait, il avait fait fusiller des dizaines de chasseurs, et ceux qu'il n'avait pas fait exécuter, il les avait envoyés se faire tuer par les Boches.

Terraz ? Un boucher. Ça, Ferrand avait raison de le dire ! Mais ça servait à quoi ? Terraz était ministre et Ferrand avait quitté Norges. D'ailleurs, les enfants de l'école, cette manche vide avec laquelle Ferrand jouait, ça les impressionnait. Aux élèves-maîtres de l'École normale, Ferrand allait pouvoir raconter ce qu'il voulait, comme il voulait. Ça passait au-dessus de la tête des gosses de Norges, et quand ça y entrait, c'étaient des idées dont un paysan ne savait quoi faire. Trop de politique, Ferrand. On l'avait vu défiler à Grenoble, rue Champollion, sous la banderole du Comité de vigilance des intellectuels antifascistes, à la mi-octobre 35. Les manifestants protestaient contre la guerre que l'Italie faisait aux Éthiopiens. Ferrand arborait ce jour-là une rangée de médailles. Mais, le plus étonnant, c'était la petite fille brune qu'il portait sur son bras.

Près de lui, en retrait, marchait celle qui devait être sa femme, une gosse d'une vingtaine d'années. Il fallait qu'elle ait eu envie de se faire épouser pour accepter un homme qui avait au moins vingt ans de plus qu'elle, et mutilé de surcroît. Mais il y a des filles qui sont prêtes à tout.

Lui, Ferrand, arborait un autre visage. Il avait rasé sa moustache et paraissait avoir maigri. À Norges, on l'avait toujours vu congestionné : une tête si rouge qu'elle semblait sur le point d'exploser. Là, il avait rajeuni. C'était lui qui criait le plus fort de tout le cortège, d'une voix gaie : « Le fascisme ne passera pas ! » Un autre homme. Est-ce que l'enfant était de lui ? « Certaines sont capables de tout faire accepter à un homme, expliquait-on. Elles le tiennent. » Ferrand avait peut-être eu envie de se laisser berner. Il profitait de la femme, il avait l'enfant. Qu'est-ce qu'il pouvait demander de plus, à son âge, avec un bras en moins ? Et encore, ce bras, c'était ce qu'on voyait. Mais, souvent, quand un obus vous arrache un bras, il ne vous laisse pas le reste intact, c'est logique.

Cette femme, il ne faudrait pourtant pas qu'elle s'imagine qu'elle pouvait tout se permettre. Elle était jeune. Elle serait peut-être tentée d'aller voir un homme entier ; elle avait peut-être déjà l'habitude de ça. Au début, Ferrand accepterait, mais, un jour, il aurait un coup de folie, comme Léon Varin. Encore que ce dernier n'eût perdu que trois doigts...

La guerre, les hommes, ça les change tellement : ça estropie et le corps et la tête.

10

D'abord chaque semaine, puis presque chaque soir, Julie
essaya. Elle s'assurait du sommeil de sa fille. Monique dormait
dans une petite chambre qui donnait sur celle, plus vaste,
qu'occupait sa mère. Celle-ci l'embrassait, puis entrait sur la
pointe des pieds dans la salle à manger-bureau qui occupait le
centre de l'appartement. Elle écoutait. Aucun bruit ne provenait
de la chambre de Maurice Ferrand, située à l'autre bout de
l'appartement. Elle ne réussissait jamais à savoir s'il dormait
déjà ou s'il lisait. Peut-être était-il sorti participer à l'une de ces
réunions qu'il animait, puisqu'il était devenu responsable pour
l'Isère du syndicat des instituteurs et, en même temps, secrétaire du Comité de vigilance des intellectuels antifascistes ?
Julie s'arrêtait devant l'une des trois fenêtres ouvrant sur la
cour de l'École normale, les bâtiments de l'internat, et, au-delà,
les toits de Grenoble. À l'horizon, sur la rive droite de l'Isère,
se dressaient les abrupts de la Bastille, ce massif et ce fort qui
dominent le fleuve et la ville. Souvent, après un coup de vent,
une averse de neige ou de pluie, le ciel ressemblait à une
plaque de métal noire et brillante où se reflétaient à la fois les
rochers calcaires aux angles vifs et les murs de la citadelle. Parfois, le vent portait une sonnerie de clairon déformée, devenue
un cri étouffé, un appel de détresse. Julie portait la main à son
cou comme si elle étouffait. Elle tentait de se calmer. Elle craignait et souhaitait que la porte de la chambre de Maurice
s'ouvrît. Elle s'appuyait au long buffet et elle avait tout à coup
envie de se précipiter, de frapper la porte à coups de poing et

de pied. Mais qu'est-ce qu'il croyait ? Qu'on pouvait la traiter comme ça ? Qu'elle n'était qu'une salope qui prend sans rien donner ? Julie savait ce qu'un homme attend d'une femme...

Mais Maurice Ferrand était un drôle d'homme. À la sortie de l'hôtel de ville, il lui avait pris le bras, et cependant que François Le Guen leur demandait de sourire, de s'enlacer, parce qu'il allait les photographier, Maurice avait murmuré à Julie qu'elle n'avait rien à craindre, qu'il respecterait le serment qu'il avait fait de ne rien lui demander, jamais. Peut-être plus tard, lorsqu'il serait vraiment impotent, devrait-elle prendre la décision de le placer dans un hospice. Pour cela, elle pourrait s'adresser aux collègues ; à Le Guen, s'il vivait encore. Lui, Maurice, avait pensé à cette éventualité, vu un notaire, pris toutes les dispositions pour que Julie et sa fille puissent disposer de son héritage. Il avait commencé à énumérer les biens dont il disposait, et Julie l'avait regardé avec effroi : mais qu'est-ce qu'il se mêlait de lui raconter, ce jour-là précisément ? Elle ne voulait plus l'écouter. Plus tard, durant le banquet à l'auberge de Pont-de-Claix, Maurice avait chanté des refrains révolutionnaires. Il avait paru joyeux, plein d'allant. Elle l'avait trouvé beau, avec des traits fins et néanmoins vigoureux. Elle aimait ses cheveux gris. Elle avait même oublié qu'il n'avait qu'un seul bras. Mais, à un moment donné du repas, Maurice avait commencé à déboutonner sa veste, et elle avait vu cette sangle qui lui serrait la poitrine et paraissait amarrer le moignon à l'épaule. Et elle avait fermé les yeux. C'était trop injuste. Lorsqu'elle avait regardé de nouveau Maurice, il la fixait, les yeux légèrement plissés, les lèvres boudeuses, avec un air de résolution et de tristesse.

Ce premier soir de leur vie commune, il avait tenu à ce qu'elle restât seule avec sa fille dans les deux pièces qu'elle occupait à l'école. Il dormirait à l'hôtel, expliquait-il, mais il aurait tout organisé avant la fin de la semaine.

François Le Guen leur avait octroyé l'un des plus beaux appartements de l'école, comportant quatre pièces et une grande cuisine. Il l'avait visité avec eux, leur posant des questions, leur suggérant de mettre leur chambre là, près de la plus petite pièce qui servirait à Monique. Il avait répété en se penchant vers l'enfant : « Monique Ferrand, ça sonne bien. »

Maurice avait paru distrait, ouvrant les fenêtres, mesurant les pièces à grandes enjambées. Et, moins d'une semaine plus tard, Julie était rentrée dans un appartement entièrement meublé. Maurice appuyait sa main à la table qu'il avait fait placer au centre de la plus grande des pièces : « Salle à manger, bureau, avait-il dit. Il faut que je travaille. La petite aussi, bientôt. On se mettra là tous les deux, l'un en face de l'autre. »

Puis il s'était dirigé vers la pièce qui se trouvait à gauche, en avait ouvert la porte, et Julie avait vu le petit lit étroit, identique à celui dans lequel elle avait dormi depuis plusieurs mois et que l'intendant de l'école lui avait fourni.

Maurice n'avait fourni aucune explication, mais, tendant le bras vers le côté opposé de la salle à manger, il avait dit :

« Vos chambres. »

Julie n'avait pas bougé, mais elle s'était sentie accablée, humiliée, révoltée, bouleversée par une succession de sentiments violents qui la faisaient se tourner tantôt vers Maurice, tantôt vers cette porte. À la fin, elle était entrée dans sa chambre qui comportait un lit à une place, peut-être un peu plus large que celui de Maurice, et, dans la pièce suivante, un lit d'enfant.

« Elle y sera à l'aise jusqu'à cinq ou six ans », avait précisé Maurice.

Il avait ainsi dessiné le cadre de leurs vies. N'avait-elle donc pas le droit de choisir ? Elle n'aimait pas ces meubles. Elle avait dû se contenter d'acheter des rideaux, le linge, des assiettes. Pour qui la prenait-il ? Qu'est-ce qu'il croyait être, avec ses airs de saint homme, de généreux qui offre le gîte et le couvert, et, pour faire bon poids, un nom à la bâtarde ? Par moments, elle le haïssait. Elle l'entendait souvent avec Le Guen parler de l'égalité, de la liberté, tous ces grands mots dont il se gargarisait. Mais qu'est-ce qu'il lui offrait, à elle ? Qu'est-ce qu'elle était, si elle ne pouvait rien lui rendre ? Une salope, une esclave, rien du tout. Elle avait envie de crier : « Je suis là, je suis en vie, je suis libre, prends ce à quoi tu as droit ! »

Mais, depuis qu'ils vivaient ensemble, Maurice Ferrand semblait ne même plus la voir, attentif seulement à Monique, la berçant, lui parlant sans fin. Julie était émue aux larmes, puis, tout à coup, la colère l'emportait : « Donnez-la-moi, disait-elle, je dois la coucher ! »

Peut-être avait-il voulu seulement l'enfant, peut-être souhaitait-il que Julie mourût pour rester seul avec Monique ? Peut-être était-il fou ?

Julie pensait à Georges Terraz, à son père, à ces deux crimes que Léon Varin avait commis, auxquels elle ne voulait plus songer mais auxquels elle ne cessait de revenir, Ferrand, par son attitude, l'y contraignant.

Elle imagina même que Maurice refusait de coucher avec elle parce qu'elle avait été violée par Terraz. Pourtant, jamais il ne l'avait interrogée, jamais il n'avait cherché à savoir qui était le père de l'enfant.

Peut-être attendait-il qu'elle le lui racontât, alors même qu'il savait ?

Et c'est ainsi que, le soir, Julie s'avançait vers la chambre de Maurice Ferrand, laissant sa main glisser le long du buffet qu'elle n'avait pas choisi, touchant la poignée de la porte, n'osant la baisser. Qu'aurait-elle dit ? Qu'aurait-elle vu ?

Il était peut-être assis sur le lit, nu. Elle l'imaginait, tout le flanc cisaillé, le sang s'échappant encore des plaies, qu'il étanchait.

Il se précipiterait peut-être sur elle comme si elle venait de percer quelque secret ? Il la tuerait, et qui s'occuperait alors de Monique ? Qui ?

Julie s'éloignait à reculons.

11

À partir de la mi-octobre 1935, Maurice Ferrand sortit presque chaque soir. Parfois, il quittait l'école avant le dîner, passant rapidement dans l'appartement, embrassant la petite, annonçant où il se rendait, et c'était souvent au bout du département, à la porte d'une usine de la Compagnie Terraz-Machard, ou bien à Pont-de-Claix, dans l'auberge même où s'était tenu le banquet de leur mariage. Il y réunissait des instituteurs des hautes vallées pour tenir un meeting de protestation contre les décrets-lois pris par le gouvernement Laval et que Georges Terraz, son secrétaire d'État, faisait appliquer avec rigueur, frappant les fonctionnaires, les enseignants au premier chef, estimait Ferrand. « Il nous hait », disait-il en s'arrêtant sur le pas de la porte. Terraz, expliquait-il, souhaitait leur faire porter l'uniforme, comme en Italie ou en Allemagne ; il se prenait pour un petit Führer, « mais la France, ce n'est pas ça, Julie ; la révolution, en 89, a commencé ici, à Grenoble, et il va voir... »

Elle l'attendait, assise près de la fenêtre.

Au début, elle s'était contentée de rêver, de somnoler, de coudre, puis, presque sans y penser, elle avait pris un livre parmi tous ceux que Maurice avait entassés sur les rayonnages ou bien en piles instables écrasées contre l'une des cloisons de la pièce. Elle, qui n'avait plus ouvert un livre depuis des années, s'était mise à lire avec tant de passion que Maurice, en rentrant, la surprenait, la secouait par l'épaule, lui demandant si elle dormait. Mais non, elle lisait. Elle montrait le livre comme en le défiant, avec orgueil.

Un jour, il avait penché la tête, souri, un peu suffisant : « Tu lis ? Tu veux lire ? » Le lendemain matin, il lui avait préparé une pile de livres dans l'un des coins de la pièce, expliqué qu'il partait pour la journée : meeting, réunion, défilé, constitution de comités locaux du Front populaire, rencontre avec les syndicats ouvriers. « Tu peux commencer par ceux-là », avait-il dit en montrant la pile. Mais, dès qu'il eut quitté l'appartement, Julie l'avait renversée d'un geste violent. Non, il ne lui imposerait pas les livres qu'elle devait lire ! Elle prendrait ceux qu'elle voudrait ; ça, au moins, il ne pourrait pas l'empêcher !

Elle rentra dans sa chambre. Comme chaque matin, il avait fait son lit, maladroitement. Il l'humiliait en lui refusant ainsi la possibilité de l'aider. Elle ouvrit en grand la fenêtre, et, avec des mouvements brusques, elle arracha l'édredon, les draps, changeant toute la literie, bordant le lit avec soin de manière à ce qu'il sût qu'elle l'avait refait.

Elle lut, s'abstenant ostensiblement de toucher aux ouvrages qu'il lui avait destinés.

Il l'avait trouvée plusieurs fois avec des romans entassés autour d'elle, dont elle n'avait parcouru que quelques pages, si avide de connaître les autres qu'elle les déflorait rapidement. Il se penchait pour les ramasser. Il sentait le tabac froid, la poussière et la sueur, et elle imaginait une salle mal éclairée, la foule des ouvriers qui se pressaient, les applaudissements, les poings levés, le nom de Terraz que Maurice avait lancé à plusieurs reprises pour entendre hurler la foule.

« Tu n'as jamais voulu lire ceux-là », murmura-t-il un jour en montrant les livres qu'il avait sélectionnés à son intention.

Il s'était assis en laissant pendre son bras droit, si bien qu'on eût dit que ses deux membres étaient tranchés, qu'il n'était qu'un moignon d'homme dont elle ne voyait que le tronc coupé en son milieu par le rebord de la table.

« Je choisis ce que j'aime », répondit-elle d'une voix résolue.

Elle vit que cette détermination, la froideur de sa voix l'avaient surpris. Il la regardait comme s'il la découvrait, les yeux fixes, agrandis.

« J'ai le droit de vouloir pour moi, reprit-elle. Il n'y a pas que toi. »

Elle approcha sa chaise de la table, tournant le dos à la fenêtre. Derrière elle, la falaise de la Bastille dessinait une barre blafarde qui tranchait le ciel bleu-noir et glacé.

« Raconte-moi, dit-elle. Je veux savoir ce que tu fais, ce que tu dis, ce qui se passe. »

Elle s'étonnait des mots qu'elle prononçait. C'était comme si les phrases qu'elle avait lues devenaient siennes, lui donnaient de la force. Elle avait le sentiment de connaître maintenant tant de vies rencontrées au fil des pages.

« Ce qui se passe ?... » bougonna-t-il.

Il se leva, commença à arpenter la pièce. Les gens, dit-il, ne comprenaient pas que la guerre se profilait. Les gens voulaient la paix, le pain, la liberté, et c'était ce que lui, comme tous les autres, leur promettait, mais ce n'étaient qu'illusions. Il y aurait la guerre, parce que le nazisme c'était ça, et personne, pas même Le Guen, ne l'envisageait. Les gens voulaient qu'on les berce, qu'on les rassure. Et il fallait se contenter de ce qu'ils étaient. Georges Terraz, ce salaud qui ne manquait pas de cran, s'était présenté à l'une des réunions que Maurice Ferrand avait tenues devant une usine de la Compagnie Terraz-Machard. En quelques minutes, il avait retourné ses ouvriers. « L'emploi, c'était lui ; le salaire, c'était lui ; les commandes, c'était lui. Moi, qu'est-ce que j'étais ? Un fonctionnaire, un type qui était assuré de toucher chaque mois son traitement ; alors, bien sûr, j'étais pour la grève, qu'est-ce que je risquais ? Ils ont ri, ils l'ont applaudi, et ils sont rentrés chez eux. Nous sommes restés à une petite dizaine, et Terraz est encore venu nous narguer, nous menaçant de nous faire déloger par les gardes mobiles si nous recommencions à tenir des meetings à la porte de ses usines. »

Maurice semblait revivre la scène, le visage inondé de sueur. Sans y prendre garde, il avait déboutonné puis ôté sa veste, qu'il avait lancée sur le canapé, et Julie avait vu, sous la chemise, cette protubérance énorme, irrégulière, qui gonflait l'épaule.

« La guerre, avait repris Maurice, va les surprendre tous, et ce sera pire qu'en 1914. Ils accepteront tout. Et ils auront Terraz. »

Tout à coup, il s'arrêta devant la fenêtre, prenant conscience qu'il avait commencé à se déshabiller. Il marcha d'un pas rapide vers sa chambre, mais Julie se plaça devant la porte.

« Reste là, lui dit-elle, parlons encore. »

Elle posa la main sur la poitrine de Maurice, et il se laissa repousser vers le milieu de la pièce, face à la fenêtre.

« Regarde comme c'est beau », ajouta-t-elle.

Le fort de la Bastille était tout entier pris dans la lumière lunaire, les angles des murs s'enfonçant dans le voile noir de l'horizon.

Le visage de Julie vint s'appuyer contre l'épaule de Maurice, ce moignon qu'elle sentait tout chaud.

Il ne bougea pas.

12

C'est le 17 juin 1936 que Georges Terraz chargea Aimé Covo de réunir sur Maurice Ferrand tous les renseignements dont on pouvait disposer. Ferrand, c'était une mouche à merde qui s'obstinait à tourner autour de Terraz depuis des mois. Il ne se passait pas de jour sans qu'un directeur d'usine de la Compagnie ne signalât la distribution aux ouvriers d'un tract signé de Maurice Ferrand, président du Front syndical unifié de l'Isère, ou bien secrétaire général du Comité de soutien au Front populaire. En novembre 1935, Terraz s'était heurté, à l'entrée de l'usine chimique de la Maurienne, à un groupe d'ouvriers qui écoutaient un orateur juché sur la plate-forme d'une camionnette. Terraz l'avait aussitôt reconnu à cette manche vide qui flottait et que Ferrand, parfois, empoignait, l'enfonçant rageusement dans la poche de sa veste. La rencontre avait tourné à l'avantage de l'industriel. En quelques phrases, il avait renversé la situation et les ouvriers s'étaient dispersés. Mais c'était en novembre 1935 : à l'époque, Terraz était encore membre du gouvernement Laval. Le Front populaire n'avait pas encore entraîné les indécis, tous ces moutons qui vont là où le troupeau se dirige. Depuis lors, le climat avait changé. En janvier 1936, lorsque Terraz, après la chute du cabinet Laval, avait regagné Norges et recommencé à visiter chaque jour ses ateliers, l'hostilité et la résolution des ouvriers lui explosaient au visage. À Norges même, les villageois se détournaient pour ne pas avoir à le saluer. Au Château, il lui avait semblé que les domestiques le regardaient avec un air de défi insupportable. Il avait eu, comme à son habitude, un geste un peu équivoque à l'égard de l'une des « petites bonnes » qui s'affairaient, rougeaudes et charnues, dans le salon. Il lui avait frôlé la croupe et peut-être lui aurait-il glissé la main entre les cuisses si l'autre n'avait pas hurlé, ne s'était pas retournée, le visage en feu, criant qu'on ne pouvait pas tout se permettre parce qu'on était patron. Il n'y avait plus d'esclaves, en République ! Est-ce qu'il n'avait pas honte, lui, un sénateur, avec ce qui était arrivé à sa femme, ici même ? Il avait reculé, plaisanté au lieu de lui foutre sa main, puis son pied au cul.

Elle se faisait des idées, avait-il protesté. Il n'avait même pas osé employer le mot « illusions », de crainte de la blesser.

Voilà où l'on en était.

Dans les ateliers, c'était pire. À l'entrée de l'une des imprimeries de Chambéry, Terraz n'avait pu s'empêcher de lacérer les affiches annonçant les prochaines réunions de Maurice Ferrand. La mouche à merde était encore là. Le directeur de l'imprimerie s'était précipité pour arrêter Terraz : « Les meneurs, avait-il expliqué, ne cherchent qu'une occasion pour déclencher la grève. » Terraz s'était retourné, le visage empourpré, et avait hurlé en repoussant l'homme : « À la porte ! Je vous fous à la porte pour incompétence, couardise ! Je me fous de vos droits ! À la porte ! » Puis il avait ordonné à Covo de déchirer ce qui restait des affiches. Mais, au bout de quelques minutes, les sonneries avaient retenti, les ouvriers quittaient les machines et se rassemblaient dans le hall, encerclant Terraz et Aimé Covo. Ils avaient été bousculés, poussés vers le bureau vitré du directeur qui, accablé, rangeait ses papiers. « Je vous emmerde ! vociférait Terraz. C'est à moi ! Je ferme quand je veux ! Je travaille avec qui je veux ! Mais qu'est-ce que vous imaginez ? Que vous allez me faire plier ? Blancs-becs, connards ! »

Covo, les bras écartés, essayait de le protéger, mais il avait été jeté à terre. Et Terraz, en voyant tous ces visages autour de lui, ces corps épaules contre épaules, comme un mur bleu et gris, avait commencé à avoir peur. Puis, tout à coup, le calme : un délégué qui avait sauté sur le bureau annonçait que Maurice Ferrand demandait qu'on relâche Georges Terraz, qu'on le reconduise à la porte de l'usine, laquelle serait occupée à compter de ce jour. Les acclamations avaient fait vibrer les vitres, et Terraz et Covo avaient été portés jusqu'à leur voiture au milieu des cris : « Front populaire ! Front populaire ! »

Entre Chambéry et Norges, Terraz était resté assis, contrairement à son habitude, sur le siège arrière de la voiture. Ils allaient gagner. Ils auraient le pouvoir. Peut-être s'empareraient-ils des usines. Certains des ouvriers avaient crié : « Les soviets partout ! » Terraz avait eu la sensation que l'avenir lui échappait.

Rentré au Château, il avait vérifié le fonctionnement de tous ses fusils, dénombré ses munitions, et il s'était félicité d'avoir placé Bernard dans un *home* d'enfants, à Montana. La Suisse serait à l'abri, peut-être le dernier refuge.

À la veille des élections de mai 1936, il avait fait un bref séjour à Paris afin de rencontrer Pierre Laval. L'homme qu'il avait côtoyé au gouvernement durant plusieurs mois l'avait impressionné. Il avait aimé chez lui la détermination hargneuse du paysan, la volonté têtue de vaincre, la confiance qu'il conservait dans son destin politique et la résolution, qu'il ne cachait pas, de se venger, d'écraser tous ces « bons à rien » qui avaient ruiné sa politique étrangère, empêché l'alliance avec Mussolini contre Hitler. « Des cons, Terraz ! avait-il déclaré d'emblée dans la bibliothèque du Sénat où ils se rencontraient. Il va y avoir une grosse averse, avait-il repris, moins longue qu'on ne l'imagine. Les gens vont se défouler, voter pour le Front populaire, mais le temps va vite changer. Cédez, Terraz, quand vous ne pouvez faire autrement, mettez-vous à l'abri. Nous reprendrons les rênes, et alors nous ne les lâcherons plus, croyez-moi. Ils s'imaginent qu'ils vont tout obtenir ? Ils sont cons, Terraz, ils vont foutre la merde et nous précipiter dans la guerre. Alors, ce sera à nous d'agir. Ils vont avoir leur Sedan, comme l'Empire. Et le régime s'effondrera comme celui de Napoléon III. Nous en bâtirons un autre, Terraz ! »

Terraz était rentré calmé à Norges. L'averse était tombée : le Front populaire avait remporté les élections et Blum était au pouvoir. Des cortèges parcouraient les rues de Chambéry, de Grenoble et même de Norges où un Comité des travailleurs de la terre avait été créé. « Les paysans aussi ! » avait ricané le sénateur. Et l'exaspération l'avait à nouveau gagné. La mouche à merde tournoyait. Les usines de la Compagnie étaient encore, le 17 juin, occupées par leurs ouvriers, alors que, sous la présidence de Blum, syndicats et patrons avaient signé dix jours auparavant, à Matignon, des accords d'augmentation des salaires, de congés payés et de reprise du travail. Mais Ferrand maintenait ses consignes, incitait les comités d'usine à exiger des négociations particulières, au cas par cas, pour adapter les accords de Matignon aux conditions locales de travail. Mouche à merde !

Terraz faisait tournoyer ses bras : « Mais qu'est-ce qu'il cherche ? Il veut qu'on l'écrase ? Mais on va le faire, concluait-il en serrant les mâchoires. Il faudrait que quelqu'un lui parle de Jean Keller... Mais qui se souvient de Keller ? Qui ? »

Covo écoutait les bras croisés, rapportait les premiers renseignements qu'il avait glanés. Ferrand vivait à l'École normale d'instituteurs de Grenoble avec sa femme et sa fille. Il participait presque chaque soir à des réunions dans le département. Le plus souvent, il était accompagné. Des ouvriers venaient le chercher et le reconduisaient jusque chez lui.

D'un mouvement brusque, Terraz imposait silence.

Durant ces mois-là, il ne recouvrait son calme que lorsqu'il avait franchi le poste frontière et qu'il roulait, assis à côté de Covo, en direction de Genève.

Il suffisait de deux barrières se levant sur une route pour que l'humeur de Terraz changeât. Il respirait mieux. C'était comme si le paysage avait été nettoyé. Les douaniers français et suisses le traitaient avec considération. « Monsieur Terraz, monsieur le sénateur... » Ils saluaient et ouvraient le passage.

Il avait ainsi pu mettre à l'abri en Suisse toute sa fortune mobilière, des pièces et des lingots accumulés depuis 1850 par Sauveur et Louis Terraz. Georges Terraz avait eu à l'égard de ce qu'il appelait, comme son grand-père Sauveur, « les assignats » — le franc papier —, la même défiance que ses ascendants. En fait, il ne voulait conserver que ce qui ne pouvait pas se déchirer : l'or et les ateliers. Le papier imprimé, ça servait à payer les ouvriers et les filles. Ça ne valait qu'un temps. Et parce que Georges avait, durant les années de guerre, changé en or, à n'importe quel cours, les sommes considérables qu'il touchait, sa fortune en avait été décuplée. De stabilisation en stabilisation, de Herriot en Poincaré, de Tardieu en Laval, et maintenant, pour couronner le tout, en Blum, le franc avait perdu les quatre cinquièmes de sa valeur. L'or, lui, avait multiplié la sienne.

Parfois, dans les sous-sols de la banque de Genève, Georges

Terraz, après avoir fermé les portes de ses trois coffres, les rouvrait l'une après l'autre, reculait d'un pas et regardait ces cavités profondes et silencieuses où s'entassaient de petits sacs de jute : l'or des Terraz. Il les refermait en les poussant à peine du doigt. Les portes étaient épaisses, mais elles pivotaient sans difficulté et se bloquaient après de petits déclics qui résonnaient longtemps dans la tête de Terraz.

Puis il s'installait aux côtés d'Aimé Covo, qui démarrait aussitôt. Souvent, il monologuait d'une voix calme, presque joyeuse, comme si le fait d'avoir touché, contemplé son or, l'avait rassuré. Blum ne pouvait tenir, disait-il. La France était un pays catholique, une terre paysanne, elle n'accepterait pas longtemps qu'un Juif, une pédale dirige le pays ! Est-ce que Covo avait vu Blum, l'avait entendu pleurnicher ? Une voix de chanteuse enrouée. Il n'aurait pas été capable de faire mettre au garde-à-vous une section ! Alors, gouverner le pays... Voilà où on en était. Mais Blum n'était qu'un pantin. Les hommes dangereux, les vrais meneurs, les agitateurs, les voyous, les salopards genre Ferrand étaient d'une autre trempe. Des moscoutaires. « Eux, ils ont des couilles, on voit ce qu'ils font en Espagne. »

Terraz secouait la tête, répétait d'une voix à nouveau voilée par la colère qu'il n'était pas disposé à se laisser insulter, dépouiller, assassiner par ces salopards, qu'il voulait savoir qui était ce type. Il le voulait sous son poing, comme une mouche à merde !

La voiture roulait vers Sion, s'éloignait de la frontière, puis elle s'engageait dans les lacets qui, au milieu des vignes, conduisent à Crans-sur-Sierre et à Montana. Terraz ne fournissait à Covo aucune indication, mais c'était devenu un rituel. Après avoir déposé ses fonds à la banque de Genève, Terraz rendait visite à Bernard qui, depuis la mort de sa mère, vivait donc à Montana dans l'un de ces immenses chalets situés au milieu d'une clairière et où gambadent enfants et poneys.

13

Julie se réveilla en sursaut. Elle était recroquevillée dans le fauteuil, devant la fenêtre. Elle avait froid. Elle passa une main sur la vitre et, dans l'arc de cercle qu'elle dessina ainsi, elle vit la neige qui tombait, drue. Elle se tassa encore. Qu'avait-il besoin de partir presque chaque soir ? Que croyait-il ? Qu'il allait changer les gens ? Il était plus vieux qu'elle. Il avait fait la guerre. Il y avait laissé son bras et sa main. Il avait étudié, lu ; il enseignait aux futurs instituteurs, on l'écoutait. Il présidait des comités. Lorsqu'elle l'avait accompagné parfois à des manifestations, elle avait senti qu'on l'admirait, qu'on l'aimait, même. Des hommes lui donnaient l'accolade : « Maurice », « Ferrand ». Ils prononçaient son prénom ou son nom avec un enthousiasme, une ferveur qui irritaient Julie. Qu'est-ce qu'ils imaginaient, ceux-là aussi ? Que Maurice avait le pouvoir de transformer leurs vies ? Qu'est-ce qu'ils croyaient ? Qu'il était un magicien, un homme différent des autres ? Il était seulement plus naïf, plus fatigué, plus usé qu'eux, parce qu'il se donnait. Il gaspillait ses forces. Qu'avait-il besoin de sortir presque chaque soir ? Ne comprenait-il pas que c'était fini, leur histoire de Front populaire, de pouvoir aux pauvres, aux travailleurs ? Et que cette histoire-là allait mal se terminer ? que ce serait ceux qui s'étaient mis en avant, comme Maurice, qui allaient payer pour les autres ?

Elle se leva, prépara le lit, vérifiant qu'il était bien bordé. Maurice était grand. Il gesticulait durant la nuit. Il toussait. Il avait chaud et froid. Il ne savait toujours pas comment dormir avec ce moignon qui le gênait, qui lui faisait dire parfois que c'était comme s'il avait un pieu enfoncé dans l'épaule. Souvent, il se levait au milieu de la nuit, s'asseyait sur le bord du lit, et Julie tentait, en lui caressant le dos, la main bien à plat, de le calmer, de l'inciter à se rallonger, à venir contre elle, ce qu'il finissait par faire. Il était vieux, répétait-il. De fait, elle le sentait souvent épuisé en écoutant sa respiration saccadée, mais c'était pourtant un petit enfant qu'elle berçait comme elle avait bercé sa fille, avec la même impression qu'ils étaient l'un et l'autre faibles, démunis, qu'ils n'avaient qu'elle pour les protéger.

Elle traversa la salle à manger, entra dans la chambre de sa fille. Durant les premiers mois de leur mariage, Ferrand s'était installé dans cette pièce, Julie et Monique dormant à l'autre bout de l'appartement. Puis, au mois de juillet 1936, Julie avait profité de l'absence de Maurice, qui participait à un rassemblement des syndicalistes de l'enseignement à Paris, pour bouleverser l'organisation de l'appartement. Elle avait acheté un grand lit et transformé les chambres qu'elle occupait avec sa fille en ce qu'elle avait appelé, pour Monique : « la chambre des parents, celle de ton papa et de ta maman ». Puis, de la chambre de Ferrand, elle avait fait celle de sa fille.

Lorsque Maurice était rentré, les portes de toutes les pièces étaient ouvertes, et, dès le seuil de l'appartement, il avait pu mesurer les changements. Il était resté longtemps immobile, puis, tout à coup — et Julie en avait été bouleversée —, il s'était mis à sangloter, cachant son visage derrière son bras droit replié à hauteur des yeux, la manche gauche de sa veste tombant, vide, le long du corps. Julie s'était approchée de lui, l'avait enlacé, entraîné, murmurant : « Viens te coucher, maintenant, viens », et il s'était laissé guider vers le grand lit, comme un enfant.

Julie se retourna, effaça d'un mouvement de l'avant-bras la buée qui avait à nouveau recouvert la vitre. La neige tombait sans discontinuer. Elle ouvrit la fenêtre et elle eut l'impression, en avançant la tête, de s'enfoncer dans un silence onctueux, comme si chaque flocon qui voletait emportait un bruit, la neige vidant le ciel de toute rumeur. On ne voyait ni les toits ni le fort de la Bastille, à peine le bâtiment de l'internat, de l'autre côté de la cour de l'école. Pas une lumière ne découpait la nuit.

Qu'avait-il à sortir chaque soir ? Comment pouvait-il encore croire que ça valait la peine de se dévouer, de parler, alors que les gens étaient déjà rentrés dans leurs trous, trottinant vite dès qu'ils avaient appris les nouvelles d'Espagne ? Ah, le Front populaire, ce n'était pas qu'une augmentation de salaires et les congés payés, ah, ça pouvait aussi provoquer la guerre civile, ah, il fallait peut-être le défendre ? Enfonçons-nous sous terre après avoir pris notre petit morceau de fromage et laissons ceux qui aiment jouer aux héros, laissons les courageux risquer leur peau !

Il y avait eu ce malheureux ministre de l'Intérieur socialiste, Roger Salengro, qui s'était suicidé, et Maurice Ferrand en avait été bouleversé. Toute une soirée, il avait répété qu'il fallait savoir ce que c'était, le front, les premières lignes, les patrouilles, pour comprendre, et que c'était un crime d'accuser Salengro de désertion, une calomnie criminelle, mais Salengro en avait eu marre, parce qu'un type honnête ne peut accepter tant de mensonges. Maurice s'était penché, avait embrassé Julie. Lui, qu'elle le sache, ne se suiciderait pas. Il faudrait qu'on le tue. Mais ça, au train où allaient les choses, ça n'était plus impossible.

Julie s'était accrochée à son cou. Qu'est-ce qu'il racontait ? On était en France, est-ce qu'on tuait pour ce genre de choses ? Puis, tout à coup, elle s'était enfuie dans leur chambre. Maintenant qu'elle lisait les journaux, elle savait bien que la politique, c'était comme une guerre, avec des morts, des blessés sur les places, dans les rues. Elle avait vu les photos de Madrid et de Barcelone, et, au cinéma Champollion, elle avait baissé la tête pour ne pas regarder ces séquences d'actualités où on apercevait des sauveteurs tentant d'arracher aux décombres une petite fille qui tenait encore sa poupée serrée contre elle. Lorsque Maurice Ferrand s'était allongé, Julie lui avait dit en se collant à lui : « Partons, changeons de ville. On te connaît trop, ici. Ne t'occupe plus de tout ça. J'ai peur. »

L'angoisse, depuis lors, n'avait plus desserré ses crocs. Ils se plantaient en elle, sous ses seins, ils la déchiraient, lui lacéraient la gorge et, souvent, fouaillaient son bas-ventre. En écoutant François Le Guen qui interrogeait Maurice, elle avait appris qu'on s'était battu à plusieurs reprises à l'entrée des usines de la Compagnie Terraz-Machard. Terraz avait constitué des équipes de « jaunes », d'hommes de main, souvent venus d'autres départements, de Lyon ou de Nice. Ils débarquaient d'un camion, le plus souvent à l'aube, frappaient à coups de matraques les ouvriers des piquets de grève, ou bien saccageaient la permanence du syndicat. Leurs actions devinrent plus fréquentes après la chute du gouvernement Blum, en juin 1937.

En septembre, il y eut à Paris des attentats organisés, dit-on peu après, par la Cagoule. Parmi les membres de cette société secrète, on citait le nom de Terraz. Ces hommes-là étaient décidés à renverser la République les armes à la main. Ils disposaient de fonds illimités fournis par des patrons et des banquiers comme Terraz lui-même ou Paul-Marie Wysberg, ou bien par les fascistes de Mussolini. Pour remercier le Duce de son aide, les cagoulards assassinaient des Italiens antifascistes exilés en France. À Grenoble, l'un d'eux, Vasco Ottalini, un professeur de l'université de Turin qui était venu plusieurs fois dîner chez les Ferrand, fut retrouvé la tête fracassée à quelques mètres de chez lui. Par des rôdeurs qui avaient tenté de le détrousser, conclut la police. Mais Maurice Ferrand affirma qu'il s'agissait bel et bien de l'action de sicaires fascistes à la solde de Mussolini. « Nous le garderons vivant dans notre mémoire, et nous le vengerons en châtiant ses assassins et en défendant les conquêtes du Front populaire. »

C'était au cimetière de Grenoble, devant quelques dizaines de personnes, des immigrés italiens, les responsables des organisations de gauche. Maurice, toujours en avant, avait pris la parole. Maurice dont les journaux rapportaient les propos, Maurice qui offrait son cou pour qu'on le coupe !

Lors de l'inhumation de Vasco Ottalini, Julie avait pris froid, mais elle n'ignorait pas que son état n'était pas seulement dû à la grippe, mais à la peur. Ce corps qu'on portait en terre en ce mois de décembre 1937, c'était l'espoir de Maurice et de Le Guen qu'on enterrait. Les gens malins et tous les lâches, tous les prudents — tout le monde, en somme — avaient déjà regagné leur nid en couinant ; Ferrand restait seul sous la pluie, sous la neige.

Elle regarda une nouvelle fois au-dehors. Qu'avait-il à sortir tous les soirs? Tout à coup, elle prit conscience qu'elle ne s'était pas souciée de l'heure. Elle s'avança vers la pendule, les yeux baissés pour ne connaître qu'au dernier instant la position des aiguilles. Elle vit mais refusa de comprendre. Elle se souvint pourtant qu'il n'était jamais rentré si tard, même en 36.

Il était trois heures quinze.

« Ils l'ont tué, comme Vasco », pensa-t-elle.

14

Ferrand mit presque un an à se rétablir complètement.

« Ne vous plaignez pas », répétait le docteur Dumas, un vieil homme aux gestes lents, à la respiration difficile, qui demandait toujours à ce qu'on ouvrît la fenêtre, appuyant sa paume, doigts écartés, sur sa poitrine : « Les gaz, murmurait-il, ils sont toujours là. Je m'étouffe, que voulez-vous... »

Il auscultait Maurice. Julie se tenait debout, adossée à la fenêtre, serrant le rebord. Il lui semblait qu'elle n'avait plus quitté cette place, que la scène à laquelle elle assistait se déroulait devant elle sans interruption depuis ce 17 décembre 1937, quand, sur le coup de dix heures du matin, on l'avait avertie que Maurice se trouvait à l'hôpital de Grenoble, hors de danger. On l'avait retrouvé nu, enseveli dans une décharge d'ordures à la sortie de la ville. Les médecins avaient tous répété qu'il n'avait survécu que par miracle. Car on l'avait battu sur la tête et le dos, puis dépouillé pour le voler, ou encore, voulait bien admettre la police, pour empêcher son identification. Enfin, on l'avait jeté sur cet amoncellement d'immondices. C'était cela qui l'avait sauvé. Ces ordures brûlaient à feu doux, se consumant sans flamme, et Maurice Ferrand avait ainsi été protégé du froid glacial de la nuit. Au matin, des chiffonniers l'avaient découvert, inconscient mais vivant. Un infirmier l'avait aussitôt reconnu. M. Ferrand avait dès lors été traité comme une personnalité qu'il fallait soigner et sauver à tout prix.

Lorsque Julie était entrée dans la chambre de l'hôpital, Maurice dormait presque paisiblement, le crâne enveloppé d'un pansement, le corps revêtu d'une sorte de grande camisole blanche aux manches larges d'où s'échappaient de longs fils, comme pour lier dans le dos les bras du patient. Quelques jours plus tard, on avait transporté Ferrand chez lui et le docteur Dumas lui avait rendu visite deux fois par semaine.

Il avait rapidement recouvré l'usage de la parole. Mais, affirmait-il, il ne se souvenait pas des circonstances exactes de l'agression. Il avait quitté Grenoble pour se rendre à Chambéry. Il roulait lentement, prudemment, car la route était verglacée ; c'est là que s'ouvrait ce gouffre dans lequel son esprit était tombé, sa mémoire s'était dissoute. Il ne recommençait à se souvenir qu'après, quand l'infirmier lui avait chuchoté qu'on allait lui faire une piqûre, qu'il allait sentir une vive brûlure dans toutes ses veines, mais que cela allait le réveiller.

Assise près du lit, Julie l'écoutait raconter une nouvelle fois cet instant. Puis Maurice disait : « Avant... »

Il fermait les yeux, son visage exprimait l'effort. Il cherchait. Mais il ne parvenait pas à combler le gouffre. Alors, pour que s'efface cette souffrance qui ridait et creusait le visage de son mari, Julie commençait à parler, parfois même à chantonner. Elle racontait les livres qu'elle avait lus, elle évoquait même le souvenir de son père, Léon Varin. Mais elle ne s'engageait jamais longtemps dans cette voie. Elle craignait les questions. Elle ne voulait pas s'approcher de ce samedi 28 octobre 1933 dont elle n'avait jamais fait le récit à Maurice et qu'elle s'était juré de taire à jamais pour protéger Monique, lui laisser ignorer toujours qui était son père, les circonstances de sa naissance, car elle craignait aussi la violence de Ferrand, elle l'imaginait capable de tuer Terraz.

Alors elle appelait Monique, la prenait sur ses genoux, ouvrait un livre, commençait à le lui lire et l'interrogeait. Lorsqu'il entendait la voix de la petite, Ferrand rouvrait les yeux, le visage apaisé. Il redevenait l'instituteur. Il demandait à ce que Julie plaçât l'enfant près de lui, il l'enveloppait de son bras droit et lui parlait d'une voix calme. Julie pouvait alors s'éloigner, gagner la cuisine, pleurer silencieusement, essuyant ses yeux et son nez du revers de la main.

Elle raccompagnait le docteur Dumas au terme de sa visite.

Maurice recouvrerait-il l'usage de ses jambes ? « Il n'a rien, murmurait Dumas. Physiologiquement, mécaniquement, c'est en ordre. Mais il ne veut pas encore. Il refuse, il ne veut plus ou pas encore sortir, retrouver les rues, marcher. »

Dumas souriait, prenait dans ses paumes la main de Julie. Maurice, expliquait-il, se trouvait trop bien avec elle. « Il tient à rester avec vous. Il souhaite que vous vous occupiez de lui. Sa paralysie des jambes, sa maladie, il ne le sait pas, bien sûr, il ne le veut même pas, mais ce sont des excuses commodes. Ça le protège. J'ai connu ça, au front : les blessés ne voulaient pas guérir, pour ne pas remonter en première ligne. À la fin, on les foutait dehors. Mais vous n'allez pas faire ça, n'est-ce pas, madame Ferrand ? »

Elle aimait au contraire *le garder*, comme elle disait.

Il réussissait à faire quelques pas pour se rendre jusqu'à la salle d'eau, mais regagnait vite son lit et elle le bordait. Il lui caressait les cheveux et se penchait pour l'embrasser. Il était si émotif que, parfois, elle le houspillait. Lui, il était devenu comme ça ! Lui, il pleurnichait comme elle, comme une pauvre petite femme ! Ils riaient ensemble. Ferrand se défendait : il n'avait ni l'habitude des femmes, ni l'expérience de la bonté. Les femmes l'avaient toujours traité sans ménagements, et, durant quat.. ans, on avait cherché à l'embrocher à la baïonnette ou à lui envoyer des morceaux d'acier dans le corps. À la fin, on avait réussi... Il touchait alors son moignon. Julie l'enlaçait. Elle osait parfois lui remontrer qu'ils n'avaient rien coupé d'essentiel... Elle savait qu'il rougissait, qu'il allait murmurer : « Tu n'as pas honte ? » Elle secouait la tête. Elle murmurait qu'elle voulait un enfant de lui. Il protestait, geignait. Elle était folle ! Mesurait-elle dans quel état il se trouvait ? Impotent. Il l'avait toujours prévu, qu'il finirait ainsi ! Qu'elle l'abandonne plutôt, et le place dans une institution pour paralysés, qu'elle se débarrasse de lui ! Il était prêt au divorce. Il lui laisserait tous ses biens, comme il avait dit. Elle le bousculait, l'insultait même. Elle le traitait de lâche et, à deux ou trois reprises, elle crut qu'il allait se lever d'un bond et traverser la pièce pour la frapper. Mais le miracle ne s'était pas produit. Il s'était dressé, puis était retombé et avait sangloté, attendant qu'elle vînt le consoler, ce qu'elle avait fait.

Quand elle sortait, elle achetait les journaux qu'elle déposait sur la table de nuit. Jusqu'au printemps 1938, il ne fit que les feuilleter, puis elle constata qu'il les lisait avec passion ; il demandait même qu'elle se procurât ceux de Paris, *Le Temps, L'Humanité, Le Populaire.*

Elle le trouva plusieurs fois assis sur le bord du lit, tourné vers l'entrée, tendant la main vers elle dès qu'elle passait la porte. Avait-elle lu les journaux ? Elle les lui apportait.

Elle remarqua la vivacité avec laquelle il les saisissait, puis soulevait ses jambes, les pliait pour poser les journaux dessus. Il s'indignait. On allait céder à Hitler, il en était sûr, abandonner la Tchécoslovaquie, donner les Sudètes à l'Allemagne, et ce serait le meilleur moyen de provoquer la guerre !

En le voyant peu à peu repris par ce qu'elle appelait « la politique », Julie éprouvait des sentiments mêlés. Il fallait bien qu'il se remît à vivre comme un homme, et, en même temps, elle craignait qu'il ne s'exposât à nouveau.

Au mois de septembre 1938, il commença à marcher dans la chambre. Il faisait un temps radieux, chaud. Les feuilles rousses restaient accrochées aux arbres comme s'il s'agissait d'une floraison différente et que la mort qui allait joncher le sol hésitait à passer. Les fenêtres de l'appartement restaient ouvertes. Presque chaque jour, on entendait les fanfares des régiments de chasseurs alpins qui faisaient mouvement vers les forts des Alpes et traversaient Grenoble.

Des professeurs de l'école avaient reçu leur feuille de mobilisation, et trois d'entre eux étaient venus saluer Ferrand. Assis autour du lit, ils répétaient qu'ils partaient, mais qu'ils étaient bien décidés à traîner les pieds, à ne pas se battre. Un massacre, ça suffisait. « Si on ne se bat pas, avec qui ils feront la guerre ? » Ils citaient Jean Giono, entre autres écrivains, ou encore Delmas, le secrétaire du syndicat des instituteurs, qui avaient le courage de défendre leur choix pacifiste. Julie leur servait de l'orangeade, puis se retirait, laissant les portes entrebâillées pour écouter. Ils incitaient Ferrand à rédiger un appel en faveur de la paix à tout prix. Ferrand n'imaginait pas l'écho que rencontrerait un tel texte, rédigé par un ancien combattant, un mutilé, une des figures du Front populaire, une victime du fascisme. Parce qu'enfin, la guerre, lui, Ferrand, savait jusque dans sa chair ce que c'était.

D'abord Julie entendit le bruit, puis le cri. Elle poussa la porte.

Maurice était debout. Il avait dû sauter du lit, peut-être même tomber, mais, maintenant, il était debout et brandissait son poing en criant que ces pauvres cons n'avaient rien compris, que Delmas, le secrétaire du syndicat, était un vendu à l'Allemagne, ou un imbécile, peut-être les deux à la fois ! Giono, Giono, ce n'était pas parce qu'on avait passé quatre ans dans les tranchées et écrit quelques livres qu'on raisonnait juste. La guerre, de toute façon, on allait l'avoir sur le dos, parce que Hitler et Mussolini la voulaient. On aurait beau se déculotter, leur offrir les clés des villes, ça ne changerait rien. Hitler voulait notre peau. Et plus vite on aurait compris ça, plus vite on pourrait le mettre à la raison, c'est-à-dire le vaincre, le chasser d'Allemagne.

« C'est peut-être la seule guerre depuis Valmy qu'il faut faire ! s'était exclamé Ferrand en se mettant à arpenter la pièce.

— Tu marches ! » avait crié Julie en s'approchant.

Les trois collègues de Maurice s'étaient levés et avaient reculé vers le fond de la pièce comme s'ils venaient d'assister à une guérison miraculeuse.

« Hé oui, je marche ! » avait répondu Ferrand en haussant les épaules.

Il avait vacillé, se rendant compte à cet instant seulement des pas qu'il venait d'accomplir. Julie s'était précipitée, l'avait enlacé pour le soutenir, mais il l'avait repoussée.

À la guerre, il fallait marcher, non ?

15

Plus tard, ce qui étonna Julie, c'est que sa fille eût gardé de cet après-midi du mois de septembre 1938 un souvenir précis, comme si le jour où Maurice Ferrand s'était levé, indigné, et s'était mis à marcher à nouveau, avait été pour elle la première trace inscrite dans sa mémoire, la borne originelle à partir de laquelle elle savait qu'il existait, en dehors d'elle, un monde, des gens, ses père et mère, puisqu'elle se souvenait d'eux. Avant, il n'y avait rien, puisqu'elle ne pouvait rien décrire de ce qui l'avait impressionnée.

La première fois que Monique évoqua ce jour, ce fut en septembre 1944. Six ans avaient passé, et quelles années ! Une cérémonie était prévue dans la cour de l'École normale d'instituteurs pour célébrer la mémoire de Maurice Ferrand, tombé en juillet lors des combats du Vercors. On devait dévoiler une plaque commémorative, donner le nom de Ferrand à la cour principale de l'école, et François Le Guen, qui venait de retrouver son poste de directeur après avoir été écarté de l'enseignement durant trois ans, avait insisté pour que Julie et Monique Ferrand assistent à la cérémonie. Monique était une brunette de dix ans que sa mère avait habillée de blanc avec un énorme brassard noir qui lui cachait presque tout le haut du bras. Le Guen les avait embrassées, placées au premier rang des personnalités, et, après la cérémonie, il les avait invitées à déjeuner chez lui, dans l'appartement qui se trouvait situé au-dessous de celui que les Ferrand avaient occupé jusqu'au mois de septembre 1939.

95

À cette date, Ferrand avait été poursuivi pour propagande antinationale, placé en disponibilité sans traitement, chassé de l'appartement. Il n'avait dû qu'à ses titres d'ancien combattant et à sa mutilation de ne pas être arrêté, interné avec les communistes et quelques pacifistes que le gouvernement d'Édouard Daladier — « un homme du Front populaire », ricanait-il — voulait, c'étaient les termes de l'époque, « mettre hors d'état de nuire ». Maurice Ferrand possédait encore une laiterie à La Clusaz, et le fermier les y avait accueillis. En octobre 1940, les gendarmes s'y étaient présentés et il avait été conduit à Grenoble, puis à Lyon. Il n'avait été libéré de prison que six mois plus tard, son état de santé s'étant détérioré. Lorsqu'elle l'avait revu, Julie n'avait pu s'empêcher de penser à son père. Ferrand était devenu aussi silencieux que Léon Varin ; il ne s'animait que lorsqu'il faisait lire Monique ou bien lui expliquait les devoirs de calcul, ou encore partait avec elle dans les pâturages. Julie, de loin, le voyait rire, montrer les sommets et les nuages, puis ils s'asseyaient tous deux dans l'herbe, et Maurice parlait.

En novembre 1942, au moment de l'occupation de la zone libre par les Allemands, Ferrand s'était levé au milieu de la nuit et avait commencé à s'habiller dans l'obscurité. Couchée près de lui, les yeux ouverts, Julie ne bougeait pas. S'il ne la réveillait pas, elle ne l'interrogerait pas, elle le laisserait partir comme un voleur. Il avait ses raisons, mais son attitude l'humiliait, et elle se retrouvait comme au début de leur mariage, à la fois désespérée et révoltée qu'après tant d'années, maintenant, il la tînt ainsi à distance. Mais il s'était penché vers elle et elle s'était aussitôt accrochée à son cou.

« Il faut », avait-il murmuré. Puis il avait ajouté que, s'il ne s'enfuyait pas, on le tuerait sans qu'il eût pu se défendre. Il n'aimait pas jouer le rôle du mouton à l'abattoir. Il lui avait expliqué que, si les Allemands ou les miliciens l'interrogeaient, elle devait répondre qu'il les avait abandonnées, qu'elle avait déposé une demande de divorce. Après, s'il ne revenait pas, après...

Julie avait voulu lui mettre la main sur la bouche, mais il lui avait saisi le poignet. Après, avait-il repris, elle devait se rendre chez Maître Chassang, à Chambéry. Tout était en ordre. Maurice n'avait qu'une seule prière à lui faire... Il avait respiré profondément, s'était redressé, et, d'une voix assourdie, avait expliqué qu'il priait Julie, pour lui-même, mais aussi pour Monique — car, parfois, les enfants n'ont pas besoin de connaître une vérité qui a existé avant eux et qu'ils ne peuvent même pas concevoir —, il demandait donc à Julie de continuer à dire à Monique qu'elle était sa fille, voilà. Si, plus tard, quand Monique serait adulte, les hasards de la vie faisaient qu'elle apprenne la vérité, ce serait plus facile pour elle. Mais pas tant qu'elle serait une enfant.

Julie s'était levée d'un bond. Elle avait lâché d'une voix étouffée, comme un cri qu'on bâillonne : « C'est ta fille, seulement ta fille ! »

Ils étaient restés longuement serrés l'un contre l'autre, puis une voiture s'était garée dans la cour et Ferrand était parti.

En septembre 1944, Julie et Monique étaient remontées voir leur appartement. Il n'était pas habité, mais les meubles du futur locataire s'entassaient déjà dans la grande pièce.

La mère et la fille étaient restées sur le seuil, puis Monique avait pris la main de Julie et, sans bouger, regardant droit devant elle vers le fort de la Bastille qu'éclairait le soleil couchant, elle avait murmuré : « J'avais quel âge quand papa a marché ? »

16

En ce même mois de septembre 1944, Julie Ferrand fut à nouveau confrontée à ce souvenir, à ce qu'on appelait déjà, autour d'elle, les « événements d'avant-guerre ».

L'après-midi du 20 septembre, deux gendarmes de La Clusaz se présentèrent à la ferme Ferrand où Julie et sa fille continuaient d'habiter. Dès qu'elle les vit, dès qu'elle comprit qu'ils venaient pour elle, Julie se mit à transpirer. Les gouttelettes de sueur glissaient le long de sa nuque, certaines irritaient sa pupille, elle les sentait aussi qui imprégnaient son corsage. Elle tenta de se rassurer, mais n'y parvint pas. Il y avait les crimes de son père comme une menace jamais effacée; il y avait le viol qu'elle avait subi, la naissance de Monique comme un mensonge qui pouvait à chaque instant être révélé. Tout en s'essuyant les mains, puis le visage au tablier qu'elle portait, elle se dirigea vers les gendarmes, tête baissée. Elle nierait tout, se répétait-elle. Elle devait seulement défendre sa fille, Monique, Monique Ferrand.

Le sous-officier de gendarmerie la salua, lui présenta un pli, lui demanda de signer un registre. Il le posa sur sa sacoche qu'il utilisa comme un pupitre, mais Julie, parce que sa main tremblait, lui demanda d'entrer dans la ferme. Elle voulait se calmer, lire la convocation tout en marchant.

Le pli provenait du tribunal de Grenoble. Un juge d'instruction lui demandait de se présenter pour une affaire dans laquelle elle était citée comme témoin. Elle s'affola, pensa à nouveau à Terraz, à son père.

« Je suis obligée ? demanda-t-elle au gendarme en lui montrant la convocation.

— C'est le juge des collabos, dit le gendarme. C'est sûrement rapport à votre mari, Maurice Ferrand, n'est-ce pas, l'instituteur, celui du Vercors ? On a peut-être arrêté un des miliciens qui l'ont descendu. Finalement, ils se font tous prendre. »

Elle avait signé, raccompagné les gendarmes, demandant à nouveau : « Je suis obligée ? » Le plus gradé avait répété que c'était la loi, qu'il fallait que les témoins aident la justice. « Vous vengerez votre mari, madame Ferrand. Il ne faut quand même pas que ces salauds-là s'en tirent, non ? »

Elle était retournée à pas lents vers la ferme.

C'étaient des gendarmes qui, en octobre 1940, étaient venus arrêter Ferrand. En 1943, c'étaient encore des gendarmes qui l'avaient interrogée, elle, essayant de savoir où se cachait Maurice. « Il faut nous le dire, madame, lui avaient-ils susurré ; sinon, on transmet le dossier à la Gestapo, et ceux-là, quand ils ne trouvent pas celui qu'ils cherchent, ils s'en prennent à toute la famille, femme et enfant. Vous les connaissez ? »

Julie avait alors quitté avec Monique la ferme Ferrand et s'était réfugiée chez des parents au bord du lac de Laffrey, au-delà de Grenoble. Les gendarmes étaient revenus à la ferme Ferrand avec des miliciens et la Gestapo. Ils avaient menacé les fermiers, puis, bredouilles, avaient finalement quitté les lieux.

Venger Maurice ? Elle eut envie de hurler. Elle voulait qu'on la laissât élever sa fille, qu'on ne vînt pas jouer à présent les justiciers alors qu'on avait naguère « exécuté les ordres » en pourchassant Ferrand. Tout comme, demain, s'il y avait d'autres consignes, on relâcherait ceux qu'on appelait aujourd'hui « les salauds », on persécuterait de nouveau les amis de Ferrand, et jusqu'à sa famille. Ce qui avait eu lieu pouvait se reproduire.

Mais pouvait-elle se dérober ? Elle téléphona à François Le Guen, qu'elle consultait souvent en souvenir de Maurice ; elle avait confiance en cet homme bougon mais énergique qui avait aimé Ferrand et, elle l'avait su, l'avait caché durant des mois, entre 1943 et 1944, au péril de sa vie. Le Guen avait pris en main l'instruction de Monique, téléphonant aux instituteurs de la petite afin de savoir comment elle travaillait, insistant pour que Julie l'inscrivît en sixième dès cette rentrée de 44 — section latin-grec, parce qu'il faut connaître les racines si on veut comprendre les plantes, et le latin, le grec, ce sont les nôtres...

Le Guen lui confirma qu'elle devait se rendre chez le juge d'instruction. Julie quitta donc La Clusaz pour Grenoble en compagnie de Monique, s'installa chez Le Guen et, le lendemain, se présenta au Palais.

Dans un petit bureau encombré de dossiers, le juge se montra prévenant, amical. Il venait d'être nommé à Grenoble. Il était chargé de procéder à l'instruction de l'affaire d'Aimé Covo. Connaissait-elle ce sbire ? Il lui présenta des photos d'un homme qui portait au front une longue cicatrice oblique et dont le visage mince était encadré de favoris longs et épais.

« L'homme aux rouflaquettes, cela ne vous dit rien ? »

Elle était sur ses gardes, ne réagissant pas quand le juge d'instruction précisa qu'Aimé Covo avait été le chauffeur et le garde du corps de Georges Terraz. Avant la guerre, il avait organisé pour son patron des expéditions punitives contre les grévistes des usines de la Compagnie Terraz-Machard. Et il avait reconnu avoir tendu un guet-apens à Maurice Ferrand en septembre 1938.

« Est-ce que vous vous souvenez de cet incident, madame Ferrand ? La presse a décrit les circonstances dans lesquelles on avait retrouvé votre mari, nu, sur une décharge... »

Pensait-elle pouvoir éclairer la justice ?

Elle avait secoué la tête. Elle ne savait rien. Son mari était mort. Personne ne le ferait revivre.

Le juge d'instruction s'était emporté : Covo avait été milicien, collaborateur de la Gestapo. Il avait participé à de nombreuses arrestations, à des exécutions lors des opérations contre le maquis du Vercors.

« Votre mari est mort là, madame. »

Elle savait. Elle se leva et le juge d'instruction n'osa la retenir.

Quelques semaines plus tard, à la mi-novembre 1944, Aimé Covo fut jugé. Durant les quatre jours que dura le procès, la presse locale consacra de nombreux articles à l'affaire. Les journalistes se rendirent à Norges et interviewèrent les villageois.

Bien sûr, ils se souvenaient de « l'homme aux rouflaquettes », de ses vestes croisées, de son allure d'apache, de son arrogance. Un homme qui faisait peur, devant qui il valait mieux baisser les yeux et s'écarter. Certains assuraient qu'il était le tueur de Terraz, son chien. Le véritable coupable, le responsable, donc, de l'agression puis de la mort de Maurice Ferrand, c'était Georges Terraz.

D'autres assuraient que ce dernier avait peut-être été surveillé par Covo qui, dès l'installation du régime de Vichy, et surtout dès l'arrivée des Allemands, avait dû dicter ses ordres à l'industriel savoyard. Peut-être était-ce Covo qui avait organisé cet étrange accident de voiture, sur la route de Chambéry à Genève, au cours duquel Georges Terraz avait été tué ? Covo, à cette occasion, avait dû dépouiller Terraz des sommes que celui-ci, à chacun de ses voyages et avec la complicité des Allemands, passait en Suisse.

Julie apprit ainsi que Georges Terraz était mort sur une route de Savoie, peut-être assassiné, en décembre 1942. Sa disparition avait effacé son passé. On avait oublié ses amitiés d'avant-guerre avec Laval, les liens qui l'unissaient à la Cagoule, puis son vote, en juillet 1940, en faveur de Pétain, et sa participation au gouvernement Laval, ses discours en faveur de la collaboration, ses réceptions de dignitaires nazis, au deuxième étage de l'immeuble qu'il possédait à Paris, place de l'Odéon. Et, par la force des choses, ce viol ignoré de tous mais dont le souvenir, souvent, fondait sur Julie, plongeant ses serres en elle et ne la lâchant plus.

Terraz était mort. Aimé Covo fut fusillé, le 27 novembre 1944, au fort de la Bastille.

Julie, ce jour-là, décida de se rendre sur la tombe de Maurice Ferrand au cimetière de La Clusaz.

Ceux qui aperçurent cette femme maigre, toute en noir, agenouillée sur les graviers devant une dalle, furent étonnés par son visage souriant.

Elle paraissait prier, remuant les lèvres, les mains jointes. Personne ne put entendre ce qu'elle disait d'une voix pourtant assez forte : « C'est ta fille, Maurice, maintenant ; c'est ta fille pour toujours. »

DEUXIÈME PARTIE

Le sarcophage

17

Deux ou trois fois par an, et cela dura jusqu'en 1950, l'année de mes seize ans, j'accompagnais ma mère au cimetière de La Clusaz, sur la tombe de mon père. Nous quittions Grenoble au début de l'après-midi par le train qui nous conduisait jusqu'à Annecy. Là, nous prenions un car. J'aimais le vent, le paysage d'à-pic, la route qui s'enfonçait dans les vallées, les aiguilles et les dents rocheuses, ces masses bleutées qui surplombaient la chaussée ou la voie. Je restais debout dans le couloir du train, essayant de ne pas entendre ma mère qui, de sa place, me mettait en garde : « Monique, ne te penche pas ! Monique, ne te salis pas ! Monique, viens t'asseoir... »

Monique, Monique... Ce *ique*, prononcé d'une voix aiguë, se vrillait dans ma tête et je la haïssais.

Je fermais les yeux, m'agrippais à la barre de la fenêtre. Je résistais quand elle me saisissait le poignet : « Monique, viens, viens ! » Je rêvais de m'enfuir. Il me semblait qu'elle pressait ma poitrine avec ses mains osseuses, et quand je la voyais, toute en noir, maigre, debout dans l'encadrement de la porte du compartiment, je souhaitais qu'elle meure.

Je me serais agenouillée devant leur tombe, mon père et ma mère allongés côte à côte, et les graviers se seraient incrustés dans ma peau, y creusant de petites alvéoles rouge vif.

Je m'imaginais vivant seule avec celui que j'appelais François, François Le Guen, que ma mère avait épousé en novembre 1946, peu de jours après qu'il eut été élu député socialiste de l'Isère.

J'étais fière de sortir avec lui. Il me semblait qu'il était connu par tous les habitants de Grenoble. On l'interpellait dans la rue pour le saluer. On marchait près de lui. Il me tenait la main. On l'interrogeait souvent à mon propos. Étais-je sa fille, sa petite-fille ? Il s'arrêtait, me caressait la tête, disait d'une voix grave : « C'est la fille de Maurice Ferrand, Monique. Elle vit avec nous. Sa mère est ma femme. »

Il parlait avec solennité. Je me rengorgeais. Souvent, ma mère refusait d'assister aux réceptions de la préfecture ou aux inaugurations. « Et toi ? » me demandait François. Je me précipitais. J'étais prête. Lors des cérémonies militaires ou commémoratives, il demandait à ma mère d'accrocher sur ma robe les décorations de mon père, et je me tenais droite au premier rang des tribunes.

Des hommes que je trouvais très vieux s'approchaient de moi, m'embrassaient ou me serraient la main avec bienveillance. J'étais la petite Ferrand. « Ton père... », commençaient-ils.

Tous me parlaient si souvent de mon père que je ne réussissais plus à savoir ce qui, dans ma mémoire, venait de mes propres souvenirs ou bien des récits qu'on m'avait faits. Pourtant, j'interrogeais ma mère avec réticence. À chaque fois que, presque malgré moi, dans un accès de spontanéité, je le faisais, il me semblait qu'elle se dérobait.

L'une des images les plus fortes que je conservais de mon père était celle d'un homme alité, la tête bandée, qui, tout à coup, paraissait s'élancer, sauter presque et marcher dans sa chambre à grandes enjambées. Il criait. Il brandissait le poing.

Ma mère me dit seulement, comme à regret, que j'avais alors quatre ans, que c'était en septembre 1938, mais elle ne m'expliqua pas les circonstances de ce qu'elle avait appelé la « maladie » de mon père. Lorsque j'insistais, il me semblait qu'elle récitait une leçon, qu'elle ne me disait pas toute la vérité, qu'elle répétait les mêmes mots. Mon père était bon, trop bon ; mon père était généreux, trop généreux ; mon père était courageux, trop courageux ; et il avait été tué à cause de cela, alors que tant d'autres continuaient à vivre, qui ne le méritaient pas.

L'idée me vint qu'elle accusait par là François Le Guen.

Mais pourquoi l'avait-elle épousé, alors ? Pour qu'il pût m'aider à faire mes devoirs de mathématiques ou de latin ? Pour que nous habitions place Grenette, dans cette vieille maison dont j'aimais le porche, la cour pavée ?

Un jour que je rentrais lentement avec François du fort de la Bastille où s'était tenue, dans la cour principale de la citadelle, une réunion d'anciens résistants, je le forçai à s'arrêter. Nous dominions la ville que le brouillard recouvrait comme si la mer avait englouti toute la vallée.

« Pourquoi n'es-tu pas mort, comme papa ? lui ai-je demandé. Tu as eu peur ? Tu n'étais pas courageux ? »

En même temps que je parlais, j'avais le sentiment de commettre un acte sacrilège, de blesser inutilement un homme que j'estimais, qui me protégeait et m'aimait. Et j'en voulus à ma mère, car il me sembla que c'était elle qui m'avait forcée à poser ces questions.

Je me serrai donc contre François comme pour implorer son pardon. Mais il me souleva de terre et, calmement, m'expliqua qu'en effet, à son avis, il avait été moins courageux que Maurice Ferrand, mais qu'aussi il avait eu un peu plus de chance. Cela comptait.

Mon père avait déjà été frappé durant l'autre guerre. Je me souvenais de sa mutilation ?

Je hochai la tête. Chaque fois que j'avais regardé cette manche vide, j'avais palpé mon propre bras. Comment pouvais-je, puisque j'étais la fille de cet homme, ne pas avoir, moi aussi, un bras manquant ?

Puis, avait poursuivi François, mon père avait été attaqué par des gens puissants qui l'avaient menacé, haï.

« Qui ? » avais-je interrogé.

François Le Guen me parla du sénateur Georges Terraz, mort aujourd'hui, mais qui était, avant-guerre, le maître du département, parce qu'il y possédait la plupart des usines.

« Maman le connaissait ? »

François me reposa par terre et, d'une voix douce, me dit qu'il ne fallait plus parler de cette époque-là.

« Elle le connaissait ? »

Il ne me répondit pas et nous nous remîmes à descendre vers la ville, nous enfonçant dans le brouillard.

18

Ma mère est morte le samedi 28 octobre 1950 à l'âge de trente-six ans. J'en avais seize et je la trouvais vieille. Je détournais la tête pour ne pas voir ses rides, ses cheveux déjà gris qu'elle tirait en arrière. Je pensais parfois qu'elle voulait paraître aussi âgée que François Le Guen ; mais, quand je les regardais, elle me semblait plus vieille que lui. Il était plein de fougue. Il passait d'un geste vif sa paume ouverte sur son crâne rasé. Elle se tenait assise près de lui, le regard vague.

Elle n'assistait à aucune des cérémonies auxquelles, comme député, il se devait de participer. Il le lui reprochait. Elle était l'épouse d'un futur ministre, disait-il, et non une simple ménagère qui reste à la cuisine, laissant les invités au salon.

Une seule fois, ma mère s'emporta contre lui : « Je suis fille de domestiques ! » avait-elle répliqué. Sa mère et son père avaient servi chez les Terraz, au château de Norges. C'est là qu'elle avait appris à se tenir. François avait-il à se plaindre d'elle ? Les chemises étaient repassées, le repas prêt quand il rentrait de Paris. C'est lui qui avait voulu l'épouser, et il savait d'où elle venait. N'avait-elle pas été fille de salle à l'École normale alors qu'il en était le directeur ? S'il regrettait son choix, qu'il le dise !

Il s'était excusé, l'avait enlacée, mais elle s'était retirée puis enfermée dans la cuisine, et j'étais gênée d'avoir assisté à cette scène. Je préférais encore le silence de ma mère à cette confession qui m'humiliait.

Ainsi, ma mère me gênait et m'irritait. J'avais exigé que,

sous le porche de notre immeuble, on installât une boîte aux lettres au nom de Monique Ferrand. J'avais dit : « Je ne m'appelle pas Le Guen, moi. » François avait souri avec bienveillance. Je devais en effet garder le nom de Ferrand, avait-il acquiescé, cependant que ma mère murmurait : « Et si elle se marie ? » « Monique Ferrand-Quelque chose », avait répondu François.

Je m'appelle toujours Ferrand. J'ai divorcé. Ce nom, je suis la seule à le porter. Ma fille est une Garneray.

J'ai ouvert ce cahier à couverture cartonnée et commencé à écrire parce que, pour la première fois, je suis vraiment seule. François Le Guen est mort le 17 juillet 1981 à quatre-vingt-onze ans ! Peut-être avait-il pensé que ma mère le veillerait ? Elle est morte trente et un ans avant lui... Le destin brouille toujours les cartes. C'est moi qui ai soigné François, et non ma mère. Quant à ma fille Claire, elle est partie, après l'enterrement de François, pour un séjour de deux mois en Angleterre. À seize ans, on ne pleure pas longtemps un grand-père par alliance...

« Que vas-tu faire cet été ? m'a-t-elle demandé.

— Comme d'habitude », ai-je répondu.

J'ai montré mes livres, ce cahier. Elle a sans doute imaginé que j'allais préparer mes cours.

En fait, je fais le point. Je me parle. Je me suis installée à La Clusaz, dans la ferme Ferrand. Ici, à quelques centaines de mètres, reposent « mes » morts : mon père, ma mère, François. Je vais chaque jour jusqu'à eux dans la lumière aveuglante du ciel montagnard.

J'ai quarante-sept ans. Si je ne profite pas de cette solitude pour soupeser ma vie, quand le ferai-je ?

Je pense à Claire et donc aux rapports que j'avais, moi, avec ma propre mère. J'imaginais que j'avais à défendre le souvenir de mon père. J'étais sa fidèle guerrière contre ceux qui l'avaient trahi : ma mère, François... Je claquais les portes. Je les accusais. François Le Guen était député socialiste, je fus donc communiste. Je défilai avec les grévistes, en 1948, à quatorze ans. Je dénonçai les flics de Jules Moch, ministre socialiste de l'Intérieur. J'étais la disciple de mon père, du côté des prolétaires contre les matraqueurs.

Ma mère était accablée. Elle détestait la politique. François s'emportait. Je ne comprenais rien à rien, hurlait-il. Je criais à mon tour : « Tu es un social-traître ! » Ce qu'il appelait ma bêtise le désarmait. Il s'apitoyait : « Pauvre petite », murmurait-il. Sa pitié me rendait folle de colère. Je ne parlais donc plus à ma mère, la traîtresse qui avait choisi le camp de l'ennemi.

Le jour de mes seize ans, le vendredi 30 juin 1950, peut-être pour la punir, je ne suis pas rentrée chez moi. Je venais d'être reçue à la première partie du baccalauréat. Les parents de Caroline Moralini, l'une de mes amies de lycée, m'avaient invitée à passer le week-end dans leur maison de Talloires, au bord du lac d'Annecy. J'avais prétendu avoir obtenu l'accord de ma mère. Quand je lui ai téléphoné, lui expliquant que j'étais à Talloires, elle a hurlé.

« Rentre ou je me tue ! » a-t-elle crié plusieurs fois.

J'ai dit : « Tu es folle, maman, calme-toi », avec la froideur dont une adolescente est capable. Puis j'ai raccroché.

Nous ne nous sommes plus reparlé.

Sa mort, le samedi 28 octobre 1950, fut sa vengeance.

Un camion l'avait renversée alors qu'elle traversait la chaussée sur les quais de la rive gauche de l'Isère.

François pleurait, le visage entre les mains. Il m'expliqua que le chauffeur ne l'avait pas vue tant le brouillard sur les bords du fleuve était dense.

Le lendemain, j'ai lu les déclarations de cet homme qu'on avait photographié, assis sur le bord de la chaussée, le bras tendu montrant son camion. Cette femme, disait-il, s'était précipitée au-devant de lui comme quelqu'un qui court vers la mort.

Je me suis souvenue du cri de ma mère, le dernier, le jour de mes seize ans. Puis de son silence.

19

Je n'ai pas pu pleurer la mort de ma mère. Dans l'allée du cimetière de La Clusaz, ce mercredi 1er novembre 1950, mon corps était devenu cette pierre lisse et froide que je ne déplaçais qu'avec peine. Je me sentais les jambes raides, les bras lourds. Comme mes mains pesaient, comme elles me tiraient vers la terre, vers ce trou noir où glissait le cercueil !

François me regardait. Il avait les yeux rouges. De temps à autre, tout le haut de son corps était secoué par une quinte de toux, un sanglot, un spasme. Il me semblait qu'il allait s'affaisser ou basculer. J'aurais voulu le soutenir, mais je ne pouvais bouger, au bord de ce trou, cependant que tombaient les mottes de terre et que ma tête s'emplissait d'une rumeur sourde, le bruit des pelletées résonnant sur le cercueil ou bien le grondement de l'orage qui enveloppait les cimes et dont l'ombre commençait à recouvrir la vallée et le plateau.

Je n'ai pas, ce jour-là, vraiment pensé à ma mère. J'étais trop encombrée de moi, écrasée par cette lourdeur minérale que mon corps avait acquise.

Je ne répondais pas aux questions de François. Je le devinais anxieux et surpris. Il craignait que ma douleur ne fût trop forte pour pouvoir s'exprimer, qu'elle n'en vînt à me ronger. Il me disait : « Laisse-toi aller, Monique, il faut savoir pleurer. »

Comment lui expliquer que j'avais l'impression de ne pas avoir une seule larme en moi ? Que ma peine n'était que ce poids qui me contraignait à des gestes lents. Il me semblait même que mon cœur ne battait plus, que je ne respirais pas, que mon visage était inexpressif. Je n'éprouvais plus aucune sensation.

Alors François, qui m'avait observée, s'irrita en s'étonnant : « Mais tu n'éprouves rien ? C'était ta mère. Pour elle, il n'y avait que toi ; toute sa vie, c'était toi. Elle, Maurice Ferrand, moi, nous ne comptions pas, nous n'étions rien. »

Il baissait les yeux. Il sanglotait. J'étais fascinée par sa douleur, sa grosse tête ronde que creusaient les rides du désespoir. Je me voyais si impassible à côté de lui, si maîtresse de moi.

Je répondis d'un ton froid : « Et pour mon père, je ne comptais pas ? »

François se redressa, désemparé. Il marmonnait. Bien sûr, que mon père m'aimait. Puis il s'emporta : mais quelle fille étais-je donc, assez égoïste, soucieuse d'elle-même pour en être, le jour de l'enterrement de sa mère, à se préoccuper de soi, à se demander si on l'aimait !

« Es-tu capable d'aimer, toi ? »

Il sanglota à nouveau. Il murmura — je détestais les mots qu'il prononçait d'un ton larmoyant : « Ta mère, pauvre femme, tu n'imagines pas, tu n'imagines pas... » Je demandai, agressive : « Quoi ? Qu'est-ce que je dois imaginer ? Quoi ? » Mais il se contentait de répéter : « Pauvre femme, pauvre femme... », et je me renfrognai davantage.

Mon père était mort depuis plus de cinq ans. Mon père avait vécu toute sa vie mutilé. Savait-on même dans quelles conditions on l'avait tué ? Sans doute l'avait-on torturé, comme tant de résistants que les miliciens et les Allemands avaient faits prisonniers lors des combats du Vercors.

Je me défendais ainsi de la mort de ma mère en pensant à celle de mon père. Je me persuadais qu'après tout, celui que je devais pleurer, qui méritait qu'on le portât en soi, c'était ce père dont, ici, à La Clusaz, j'avais découvert durant quelques mois la gaieté, quand nous montions par les alpages vers les barres calcaires au pied desquelles nous nous asseyions dans la réverbération brûlante du soleil.

Puis on l'avait jeté dans ce trou où ma mère reposait maintenant à son tour.

« Ne reste pas là », me dit François, ce mercredi 1er novembre, en m'entraînant hors du cimetière.

Nous sommes rentrés à Grenoble sans que je puisse une seule fois parler, lui répondre. Il soliloquait. La vie était si injuste ! Le destin s'acharnait toujours sur les humbles. Il y avait une logique de l'accumulation qui ne jouait pas que dans l'économie, mais aussi dans chaque existence. Celui qui a souffert, souffrira. Celui qui est faible, s'affaiblira. Celui qui est fort, se renforcera. C'était pour briser cette malédiction qu'il était devenu enseignant, député, qu'il voulait un socialisme humain. Est-ce que je pouvais comprendre ?

C'était pour moi le moment des grands choix, insistait-il. La classe de philosophie était décisive... Il me lança un coup d'œil. On pouvait s'engager sur la voie de la générosité ou bien dans celle de l'égoïsme. « Ne te trompe pas », me répéta-t-il. Puis : « Tu es seule, maintenant », ajouta-t-il d'un ton violent, comme s'il voulait m'atteindre, me faire enfin souffrir. « Qu'est-ce que je suis pour toi ? Ni père, ni mère, ni oncle, rien. J'ai été quelques années le vieux mari de ta mère. Est-ce que cela suffit pour que tu m'aimes un peu ?

— Tu étais l'ami de papa », ai-je lâché au moment où il s'arrêtait place Grenette.

Il m'a répondu d'une voix basse, irritée, que je devais oublier un peu mon père, penser à ma mère, d'abord à ma mère.

20

J'avais seize ans. Je me suis enfermée dans ma chambre. On chauffait encore peu les immeubles, dans les années 50, et l'hiver qui suivit la mort de ma mère fut rude et long. La neige couvrit les pentes des montagnes qui entourent Grenoble, et le fort de la Bastille, quand il émergeait du brouillard, ressemblait à une coupole blanche. La place Grenette était chaque matin verglacée et je suivais de ma fenêtre les silhouettes chancelantes des premiers passants.

Je me persuadais que je ne pensais pas à ma mère, que sa disparition ne m'affectait pas. L'appartement me paraissait simplement plus grand, comme une place aux trottoirs glissants balayée par un vent glacial. Je restais donc dans ma chambre, enveloppée d'une couverture, un pull-over sur les épaules. François Le Guen frappait à ma porte sans oser entrer : « Tu es là, Monique ? » demandait-il. Je ne répondais pas. « Tu travailles ? » Il s'éloignait, revenait sur ses pas : « Je pars pour Paris ce soir. »

Je remuais ma chaise pour qu'il entendît le craquement du parquet et sût que je ne voulais pas lui répondre.

Quelques jours après l'inhumation de ma mère, il m'annonça qu'il avait engagé une petite bonne, une Piémontaise, Marcella, qui dormirait dans la chambre du fond. Je me suis levée, j'ai ouvert la porte : allait-il aussi l'épouser ? ai-je grommelé.

Il a commencé à marcher dans le couloir, à gesticuler, à se donner du courage en haussant la voix. C'était comme ça, disait-il. Il fallait bien que quelqu'un entretienne l'appartement, prépare mes repas, puisque je ne voulais pas être interne. Et d'ailleurs, il allait séjourner un ou deux jours de plus par semaine à Paris. La situation l'exigeait. Est-ce que je me rendais compte que les Russes menaçaient la paix mondiale ? Que l'agression en Corée pouvait être l'équivalent de Dantzig ?

Je claquais la porte. Il la rouvrait. Je n'avais donc pas changé ?

Nous jouions à la dispute politique. Elle se prolongea plusieurs années, jusqu'en 1956 — je n'avais que vingt-deux ans —, quand je m'éloignai des communistes et que, sans donner pour autant raison à François, je cessai de le critiquer. Il est vrai qu'à cette date, il avait choisi de rejoindre Mendès France et que cet homme-là m'attirait aussi. Mais, en 1950-52, nous étions en pleine guerre froide. « Staline ! » lançait-il. Je répondais « Ridgway ! », du nom de ce général américain qu'on accusait de mener en Corée une guerre bactériologique. Le 28 mai 1952, devant le porche de notre immeuble, place Grenette, j'ai même reçu, parce que je criais « *U.S. go home !* Dehors, Ridgway la peste ! », un coup de crosse sur l'épaule, et j'ai pensé quelques minutes qu'on m'avait arraché le bras, comme à mon père ; que j'allais être mutilée, comme lui.

Parfois, François adoptait le ton du professeur. Il se penchait sur mon épaule, bienveillant et curieux : quel était le sujet de dissertation que j'avais à traiter ? Ce ton protecteur — on est ainsi, à seize ans — me révoltait.

Un jour, je lançai : « Le suicide. » François recula. Avais-je lu le livre de Durkheim, un classique ? Je le regardai, faussement naïve, et l'interrogeai : croyait-il que maman s'était suicidée ? s'était-elle jetée volontairement contre le camion, comme l'avait prétendu le chauffeur ? C'était possible, n'est-ce pas ?

Il s'indigna. J'étais folle ! Ma mère aimait la vie, assura-t-il. J'argumentai ; ne m'avait-elle pas dit, quelques mois avant l'accident : « Je me tue » ?

Il s'arrêta brusquement de marcher, puis fondit vers moi, le visage grimaçant. J'avais provoqué ma mère à dessein, s'écriat-il, il le savait. Je n'étais pas rentrée, le jour de mon anniversaire, et j'avais passé trois jours à Talloires, est-ce que je me rendais compte ?

Talloires ? répondis-je. Était-ce donc l'enfer ? J'avais été invitée par les Moralini ; François Le Guen les connaissait bien. Pierre Moralini n'était-il pas l'un de ses amis, un de ses camarades ? Riche et socialiste : un homme parfait.

« Qui te parle des Moralini, qui ? »

Puis il haussa les épaules, se passa la main devant les yeux comme pour effacer sa colère.

« N'en parlons plus, répéta-t-il. On meurt toujours bêtement, et c'est toujours injuste », ajouta-t-il. Mais, il fallait que je m'en persuade, je n'étais pour rien dans la mort de ma mère. « Un accident, Monique : le brouillard, le bruit étouffé, ta mère distraite. Un accident. »

Ce jour-là, j'ai senti François anxieux.

« Je ne sais pas », ai-je murmuré.

Qu'avait-elle craint au juste ? Qu'on me viole ? Je venais d'être reçue au bac, j'étais chez les Moralini, à Talloires.

« Je t'en prie ! se mit-il à crier, comme déchiré tout à coup par une douleur violente. Tais-toi, tais-toi ! »

J'ai hurlé à mon tour : qu'il me fiche la paix, alors ! qu'il me laisse vivre et penser ce que je voulais !

21

François Le Guen ne m'a plus jamais reparlé de Talloires. Il savait pourtant que je séjournais chez les Moralini, dans leur maison des bords du lac. Mais je quittais Grenoble avec Caroline Moralini avant que François ne soit rentré de Paris. Pierre Moralini — que, dans sa famille, on appelait Pietro — nous attendait devant la porte du lycée, puis, plus tard, quand nous fûmes, sa fille et moi, étudiantes, devant l'entrée de la faculté des lettres.

Le matin, j'indiquais à Marcella que François — je ne disais pas « Monsieur Le Guen » — pouvait m'appeler à Talloires. Elle répétait ce nom en roulant le « r », puis, se rendant compte qu'elle ne réussirait pas à le prononcer correctement, elle lui substituait en haussant les épaules : « *Da Moralini.* » Elle ajoutait que M. Le Guen ne l'écoutait même pas, qu'il téléphonait en arrivant de Paris chez M. Moralini, et qu'ils parlaient longtemps. Il se doutait bien de l'endroit où j'étais. Que je ne m'inquiète pas pour lui ; de toute façon, elle lui ferait le message.

Elle me poussait vers la porte. J'allais être en retard. « Amusez-vous bien », disait-elle. Elle n'exprimait ni jalousie, ni agressivité. Elle occupait une place dans le monde et ne souhaitait pas en changer. Je l'observais comme s'il m'avait été donné, grâce à elle, de découvrir ce qu'avait été la jeunesse de ma mère. Était-ce cela, « servir » ? était-ce cela, « avoir appris à se tenir » ?

Ces mots que ma mère avait employés une fois, voici qu'ils

devenaient des gestes, des actes, un comportement qui me fascinaient. Marcella semblait disparaître dans ce qu'elle faisait, comme si elle s'investissait et se concentrait, tout entière, dans le mouvement de ses doigts sur les aiguilles lorsqu'elle tricotait, ou bien dans l'aller et retour de son bras quand elle repassait. Compacte, forte, elle n'était rien d'autre que ce qu'elle accomplissait. Je m'en voulais de la comparer stupidement à une fourmi ou à une abeille. C'était pourtant à ces insectes industrieux et obstinés que je pensais en la voyant. À côté, je me sentais vide ; je n'étais jamais concentrée dans ce que j'entreprenais, que ce fût une tâche anodine, comme de remplir une tasse de café, ou que ce fût rédiger un devoir. Des parties de moi s'enfuyaient, projetées vers l'extérieur. Je renversais le café, faisais des fautes d'inattention. Seule, peut-être, l'observation des autres me retenait au point de m'oublier. Mais, au bout de quelques instants, je me détournais, me reprochant de n'avoir pas assez contemplé et compris ma mère.

J'avais à plusieurs reprises interrogé Pietro Moralini. C'était un homme à la peau tannée, vigoureux, avec les mains larges et épaisses du maçon qu'il avait été. Son visage contrastait avec la rudesse de son corps. Le profil était régulier ; ses traits fins et ses cheveux blancs ondulés lui donnaient une distinction qui s'accordait désormais avec son statut d'homme riche. Il avait franchi la frontière dans les années 20 pour fuir les bandes de Mussolini qui le pourchassaient. Il était l'un de ces jeunes révolutionnaires turinois qui s'opposaient à la « marche sur Rome » des Chemises noires. Tout en restant fidèle à ses idées, il avait créé une petite entreprise de bâtiment. Les Constructions Moralini s'étaient vite développées et avaient profité de la loi Loucheur qui incitait, avant-guerre, les Français à devenir propriétaires et à faire bâtir leur petit pavillon. Il aimait à me raconter cette aventure ; tandis que Caroline et sa mère, Adrienne, s'éloignaient, lassées de ce récit qu'elles connaissaient par cœur, je l'écoutais avec attention. Nous nous installions le plus souvent sur l'une des pelouses qui dominaient le lac d'Annecy. On apercevait à gauche les hôtels et les maisons de Talloires, puis, à droite, le parc d'une grande propriété. Souvent, des jeunes gens jouaient sur le court de tennis dont nous ne voyions que l'une des moitiés.

J'attendais le moment où Pietro Moralini dirait — il n'y manquait jamais — : « J'ai bien connu Maurice Ferrand ; c'était un homme comme ça. » Il fermait le poing, le brandissait. Les Italiens antifascistes réfugiés à Grenoble avaient compté sur mon père pour les protéger des tracasseries dont l'administration française les accablait. Moralini prétendait — mais je n'en gardais aucun souvenir — m'avoir rencontrée pour la première fois au cimetière de Grenoble, en décembre 1937, lors de l'inhumation d'un professeur italien, Vasco Ottalini, assassiné par des hommes de main fascistes, français ou italiens, quelle importance — complices, en tout cas ! Il tendait à l'horizontale sa main ouverte : j'étais grande comme ça, assurait-il. Deux ou trois ans, non ? Trois ans et demi. C'était peu après que mon père eut été roué de coups et laissé pour mort dans une décharge d'ordures, à la sortie de Grenoble.

Pietro Moralini avait été ainsi le premier à me raconter en détail les causes de cette « maladie » de mon père, mon premier souvenir. Je l'avais interrompu : « Et ma mère ? » Il avait baissé la tête. « Une brave femme, qui avait peur pour son mari, pour toi. Courageuse aussi, mais d'une autre manière. »

Il faisait la moue, se levait, me prenait par le bras ; nous marchions ainsi dans le parc. Il était fier de sa maison, achetée en 1946 à un industriel qui imaginait que la révolution communiste allait triompher en France et en Europe. Un idiot. Maintenant, il devait s'en mordre les doigts ! Lui, Pietro Moralini, était ainsi devenu propriétaire de l'une des demeures les plus recherchées des bords du lac d'Annecy, là où les soyeux lyonnais possédaient leur résidence.

« D'une autre manière ? avais-je interrogé. Ma mère... »

Elle ne s'était pas vraiment arrachée à ses origines, continuait Moralini. C'était si difficile. Il avait vécu ça : il y fallait de l'énergie, de la chance aussi. Lui, avait bénéficié de l'aide de sa femme, une Mouchez. Une famille savoyarde, avec des biens déjà. Il s'était appuyé sur eux pour faire le pas, bondir comme d'un tremplin. Adrienne avait dirigé elle-même l'entreprise pendant la guerre, quand Moralini était recherché par la police de Vichy et l'Ovra, la Gestapo italienne, puis par la vraie Gestapo. Mais lui, c'était un homme, c'était toujours plus facile...

Accusait-il mon père de ne pas avoir aidé suffisamment ma mère, de ne pas avoir su lui tendre la main pour qu'elle change ?

Non, ce n'était pas cela, les choses n'étaient pas comparables. Elle était une femme d'une génération qui avait subi tout le poids des traditions et des servitudes.

« Ils étaient domestiques, je sais », ai-je dit.

Ce n'était rien, ça, avait murmuré Moralini. Tout se passait dans la tête. Il y avait des esclaves qui étaient libres dans leurs idées, révoltés, et des gens qui se croyaient libres mais qui avaient les fers aux pieds. Est-ce que je comprenais ça ?

Il s'était arrêté. Par-delà les magnolias, j'aperçus un jeune homme d'une vingtaine d'années, tout en blanc, qui montait au filet puis courait au fond du court en bondissant.

« On t'a déjà parlé de Georges Terraz ? » m'a demandé Pietro Moralini.

J'ai répondu par un geste vague. Pietro Moralini m'a alors désigné d'un mouvement d'épaule le parc de la villa voisine, le court, puis la maison qu'on apercevait derrière un rideau d'arbres. Elle paraissait massive, avec ses grandes façades blanches, ses bow-windows. C'était la propriété des Terraz. Et ça — Moralini avait levé le menton, montré le joueur de tennis —, c'était le fils, Bernard Terraz, l'une des plus belles fortunes de la région et même de France.

Je me suis souvenue du cri de douleur de ma mère quand je lui avais annoncé que je lui téléphonais de Talloires. « Rentre ou je me tue ! » s'était-elle écriée.

Je n'avais pas cédé. J'étais restée loin d'elle, au pays de ses maîtres, dans la patrie de ceux qui avaient tué mon père, son mari.

Je l'avais trahie.

22

J'ai voulu aller jusqu'au bout de ma trahison. Du petit balcon de la chambre que j'occupais sous le toit d'ardoises de la maison des Moralini, je dominais le parc de la propriété des Terraz. Chaque matin, le bruit des balles rebondissant contre le mur du court me réveillait. Je me glissais sur le balcon.

Bernard Terraz, seul, frappait, tenant le manche de sa raquette à deux mains ; il sautait d'un côté du court à l'autre, réussissant chaque fois à reprendre la balle et à la renvoyer contre le mur. Parfois, il jouait torse nu.

Je m'installais sur le seuil de ma chambre, les jambes allongées sur le balcon. Je l'observais. La peau mate, les cheveux noirs, il paraissait grand et athlétique. Vers dix heures, une jeune femme ou bien deux ou trois jeunes gens le rejoignaient et ils jouaient ensemble.

J'ai haï leurs rires, leurs voix, les jupes blanches plissées, les cheveux blonds tombant sur les pull-overs bleu marine.

Je quittais ma chambre et retrouvais Caroline Moralini, sa mère, Adrienne, et Pietro Moralini qui lisaient sur la terrasse.

Les Terraz ne les réveillaient pas ? Ces voix ne les dérangeaient pas ?

Ils me regardaient avec surprise. Pietro Moralini me fixait longuement, le visage sévère. Il me servait du café, puis, tout en reprenant sa place, il répondait d'un ton ferme que les Terraz étaient d'excellents voisins avec qui il entendait conserver de bonnes relations. Je me renfrognai. En interrogeant des communistes de Grenoble, j'avais appris que Georges Terraz avait été un proche de Laval. Sa mort, en 1942, lui avait évité un procès et sans doute, m'avait-on assuré, une condamnation à la peine capitale. « Si on l'avait pris, nous, m'avait-on dit, nous lui aurions fait la peau. » Mais ses complices l'avaient sans doute assassiné pour le dévaliser. Une fin sordide, méritée. À la Libération, on avait exécuté l'un de ses assassins, son chauffeur, Aimé Covo.

Je demandai à Pietro Moralini si on pouvait et devait oublier d'où venaient les gens, qui ils étaient, ce qu'ils avaient fait.

Caroline et Adrienne nous observaient. Nous nous affrontions sans qu'elles comprissent ce qui était en jeu.

La guerre, l'avant-guerre, tout cela était fini, répliquait Pietro Moralini. Certains avaient payé, d'autres pas ; mais on n'allait pas rouvrir des procès. En 1942, lui, de ses propres mains, aurait tué. Mais maintenant, quoi ? Il avait accompli sa part pendant plus de vingt ans. Les Chemises noires lui avaient brisé les reins et la tête, dans les rues de Turin en 1922, à coups de *manganello*. Il avait dû s'enfuir sans même une musette. Et il avait eu de la chance ; il s'était battu ici : Front populaire, maquis. Il ne le regrettait pas. Mais maintenant, assez ! Il avait dépassé cinquante ans. Il voulait souffler, s'occuper de lui et des siens, laisser quelque chose. Il pensait qu'on pouvait aider les gens autrement qu'en faisant table rase, qu'en faisant la guerre, comme il l'avait cru. Maintenant, il partageait les idées et la sagesse de François Le Guen.

Il tendit le bras vers la propriété des Terraz. Ça allait en étonner beaucoup, mais le fils Terraz, Bernard, était un partisan de Mendès France. « Les générations passent et, heureusement, les gens changent. Les fils ne sont pas les pères. » Bernard Terraz avait vécu toute son enfance en Suisse. Il avait étudié là-bas, à Genève et à Zurich. C'était lui qui comptait, pas Georges Terraz, mort en 1942.

« Il y a aussi ceux qui n'ont plus envie de se battre, avais-je conclu ; on trouve toujours d'excellentes raisons pour cela ! »

J'étais partie marcher le long du lac, sur le chemin qui surplombe la rive et conduit jusqu'à un petit cap au bout duquel se dresse une tour blanche. À quelques dizaines de mètres au-delà de l'entrée de la propriété de Pietro Moralini se dressait un panneau « propriété privée » ; là commençait le domaine des Terraz.

La colère m'a submergée : de quel droit interdisaient-ils le passage ? La circulation au bord du lac était libre. Les berges appartenaient au domaine public, tout comme le chemin. J'ai poussé sans hésiter la barrière et j'ai aussitôt entendu une sonnerie, puis les aboiements des chiens. Je les avais vu courir dans les allées du parc couvertes de gravillons blancs. Ils étaient deux, noirs, aux oreilles pointues, au museau carré, aux longues pattes et au poil ras. Qu'ils me dévorent, qu'ils me tuent : j'étais dans mon droit ! Mais ils sont restés derrière les grilles du portail, à le secouer de leurs bonds enragés.

J'ai continué à marcher sans tourner la tête, du même pas lent, bras croisés, car il me semblait qu'ainsi je me protégeais. On m'a interpellée, une voix féminine :

« C'est privé, vous n'avez pas le droit. »

Je me suis arrêtée. C'était une femme d'une cinquantaine d'années, aux cheveux blancs, que j'avais déjà aperçue dans le parc des Terraz. Elle se tenait contre les grilles. Elle avait écarté les chiens.

« Le chemin et les bords du lac sont à tout le monde », ai-je objecté.

Elle a secoué la tête.

« Mais non, mademoiselle, mais non ! C'est à nous. C'est privé. »

Elle est sortie, s'est dirigée vers moi. Elle avait une démarche énergique, un visage aux traits forts, presque masculins, encadré de cheveux courts. Elle portait un pantalon noir serré à la taille par une large ceinture de cuir, et un chemisier gris aux manches retroussées.

« Tout cela, a-t-elle expliqué en me montrant la tour et le chemin, ce sont les Terraz qui l'ont construit il y a plus d'un siècle, et nous avons cédé à la commune une partie du chemin, jusque-là — elle montrait la barrière —, en échange de la propriété totale ici. C'est ainsi, mademoiselle. Et si — elle se tourna, montra les chiens — vous aviez été mordue, vous auriez été dans votre tort.

— Lâchez les chiens si vous voulez », ai-je répliqué.

Puis j'ai continué à marcher vers la tour blanche et le cap.

Elle a crié que ça ne pouvait pas se passer ainsi, qu'elle allait appeler les gendarmes afin qu'ils dressent un procès-verbal. Qui étais-je ? Sa voix se perdait dans les souvenirs que j'imaginais. Cette femme avait peut-être donné jadis des ordres à ma mère, et moi, maintenant, je la défiais, la méprisais, je piétinais leurs droits.

J'ai atteint le bout du chemin et me suis assise sur les rochers qui, à cette extrémité, constituent la berge. L'eau battait en vaguelettes courtes et noires.

Je n'ai pas eu à me retourner. J'ai senti que la femme m'avait suivie, qu'elle n'était qu'à quelques pas.

« Partez de là ! a-t-elle crié. Mes chiens, si... Vous verrez... »
Je l'ai regardée.

J'ai vu Bernard Terraz s'avancer le long du chemin. Il portait un pull-over noir trempé par la sueur et qui collait à son torse. Il tenait sa raquette de tennis sous son bras gauche, et, de la droite, il tirait sur les laisses des chiens.

« Bernard ! » a lancé la femme.

Je n'ai pas bougé, dévisageant le fils Terraz.

Il m'a souri tout en flattant les chiens qui se sont couchés.

« Qu'est-ce que vous voulez ? a-t-il demandé. Vous promener par ici ? » Sa voix était ironique. « Il y a des gens qui veulent toujours le morceau qui leur est refusé, qui est interdit », a-t-il poursuivi. Mais je n'allais pas user les rochers, n'est-ce pas ? Que je reste donc là où j'étais, si bon me semblait.

Il a commencé à s'éloigner, puis est revenu vers moi. Est-ce que je jouais au tennis ? Il m'avait aperçue plusieurs fois sur le balcon de la villa de Pierre Moralini — un homme qu'il estimait, dont il partageait nombre de points de vue. Est-ce que je voulais faire une partie de tennis avec lui et ses amis ? Naturellement, Caroline Moralini aussi était invitée.

J'ai secoué la tête en me levant. Je ne jouais pas. J'étais la fille de Julie Ferrand, Julie Varin — est-ce qu'il connaissait ?

Il a fait une moue pour montrer son ignorance et son indifférence. Mais le visage de la femme s'est crispé. Elle m'a dévisagée avec une expression où se mêlaient la haine et l'effroi.

« Et vous osez, a-t-elle lâché, et vous prétendez... »

Il m'a semblé qu'elle ajoutait en rentrant dans sa propriété :

« Une famille d'assassins... »

23

Peut-être ai-je pressenti la vérité dès ce jour-là mais n'ai-je pas voulu la connaître. Durant des mois, j'ai agi comme en cette fin d'après-midi à Talloires, quand, remontée dans ma chambre, je me suis allongée sur le ventre, la tête enfouie sous l'oreiller pour ne plus voir, ne plus entendre.

Les aboiements des chiens m'avaient poursuivie cependant que je m'éloignais, franchissais la barrière et m'approchais du portail de la villa de Moralini. À cet instant, la voix de Bernard Terraz me fit sursauter, pousser un cri. Il était près de moi et venait de poser sa main sur mon épaule. Je m'écartai, lui fis face. Il sourit, se passa la main dans les cheveux, puis, d'un large mouvement, battit l'air avec sa raquette. Pourquoi Caroline et moi n'échangerions-nous pas quelques balles avec lui ? Peu importait que nous ne fussions pas des joueuses classées. Il ne s'agissait que de s'amuser. Mais peut-être préférerions-nous une promenade en bateau ? Il sortait le lendemain matin avec son voilier. Il me montra avec sa raquette le cotre amarré à quelques dizaines de mètres au large de la tour blanche, protégé du vent par le cap. Le lever de soleil sur le lac, la lente dissipation des bancs de brouillard, le silence et le vol des oiseaux frôlant la surface de l'eau : il fallait au moins une fois vivre cela et j'étais sûrement quelqu'un à aimer ce genre d'instant. Il le devinait, j'étais quelqu'un de sensible, j'aimais la fragilité et la fugacité des choses, n'est-ce pas ?

J'ai poussé le portail. « Venez », a-t-il dit d'un ton impérieux.

Au bout de l'allée, j'ai aperçu Pietro Moralini qui nous faisait de grands signes, agitait son journal, incitait Bernard Terraz à entrer, s'avançait vers nous en souriant, l'air accueillant. « Cher ami... », répétait-il.

Ils se donnèrent l'accolade. Ils se prirent par le bras. J'entendis Bernard Terraz répéter qu'il sortait en bateau le lendemain matin, que le temps s'annonçait beau, qu'il nous conviait à partager cette promenade.

Je suis rentrée dans la maison afin que la pénombre me protège, puis, une fois dans ma chambre, je me suis jetée sur le lit. Ne pas savoir. Ne pas décider. Ne pas agir. Ne pas penser. Essayer de contenir cette peur qui m'envahissait, cette panique, la même que celle qui, il y avait quelques années, m'avait fait m'accrocher au cou de ma mère quand le médecin avait conclu qu'il fallait m'opérer d'urgence, dans les heures qui suivaient, sous peine de péritonite. J'avais fermé les yeux, caché mon visage dans l'épaule de ma mère, et, en me caressant la nuque, elle m'avait calmée, rassurée.

Qui pouvait le faire aujourd'hui, puisqu'elle était morte ?

Le soir, au cours du dîner, à ma grande surprise, Pietro Moralini n'évoqua pas notre rencontre avec Bernard Terraz, ni l'invitation que celui-ci nous avait lancée pour le lendemain matin. Je l'observai. Il évitait mon regard et son corps me paraissait alourdi, écrasé, la tête enfoncée dans les épaules. Lui qui, généralement, se tenait droit, cambré, était affaissé, la poitrine et les avant-bras appuyés au bord de la table. Adrienne Moralini parlait sans jamais s'interrompre des massifs qu'elle devait tailler, de la piscine qu'il faudrait peut-être, un jour, installer derrière la maison. « Et pourquoi pas un court de tennis, demandait-elle, comme chez les Terraz ? » Elle avait prononcé le nom. Pietro Moralini et moi nous nous sommes défiés du regard, puis il a baissé la tête.

Cette vérité que je pressentais, il ne voulait pas la dévoiler. Et je ne voulais pas la connaître.

« Je n'irai pas », ai-je seulement dit.

Adrienne et Caroline, surprises, m'ont interrogée. Elles ignoraient tout de l'invitation de Terraz.

« Pourquoi pas toutes les deux, bien sûr ? » a demandé

Adrienne Moralini quand elle a su. Bernard Terraz était un garçon tout à fait convenable. Une promenade sur le lac, même à l'aube, ça n'avait rien de compromettant.

« Sept heures, a maugréé Pietro Moralini.

— Si tôt ? a fait Caroline.

— Vas-y, toi », ai-je marmonné.

Enjouée, piquante, riant aux éclats, la tête rejetée en arrière, dénouant ses cheveux noirs comme si elle avait besoin de les sentir flous autour de son visage pour mieux respirer, Caroline, dans le duo que nous formions, était celle qui attirait. J'étais la renfrognée, celle qui s'ennuyait avec les garçons et le disait, qui rappelait l'heure, la dissertation à rédiger. J'étais le chaperon revêche qui servait de repoussoir et faisait ressortir la gaieté et le charme de Caroline. Ne s'intéressaient à moi que ceux que Caroline appelait les « tordus », les « compliqués », les « sinistres », ceux qui voulaient relever un défi ou se plaisaient à être méprisés, rejetés. S'ils s'obstinaient, je les harcelais de questions. Je me passionnais, en ce temps-là, pour la politique. Je défendais tout ce que l'opinion commune rejetait. Je l'ai dit : je fus communiste, ou presque, jusqu'en 1956. Les garçons se décourageaient vite. Il n'y eut, plus tard, que Noël Garneray pour s'obstiner. Mais j'en parlerai à son heure.

« Tu viens aussi », m'a dit Caroline en se levant et en m'enveloppant de son bras.

D'ailleurs, n'était-ce pas moi que Terraz avait d'abord invitée ?

Moralini s'est levé en prenant appui sur ses paumes. Il est resté ainsi un long moment à demi courbé, faisant la moue.

« Vous pouvez prétexter que c'est trop tôt, a-t-il maugréé.

— Mais pourquoi donc ? a lancé Adrienne. Pourquoi faut-il que Caroline et Monique vivent comme des sauvages ? Le fils Terraz est tout à fait raisonnable, adorable. Sa tante... »

La femme aux cheveux blancs et courts, au corps figé, était donc la tante de Bernard Terraz. Celle-là me haïssait, comme elle avait sans doute haï ma mère.

« Ma mère a été domestique chez eux, ai-je dit. Cette femme, la tante...

— Tu ne vas pas recommencer ! a répliqué d'une voix rageuse Pietro Moralini. Cette femme a vécu en Suisse avec Bernard Terraz.

— Qu'est-ce que c'est que cette histoire de domestique ? »
s'est enquis Adrienne.

Caroline me serrait contre elle.

« Mais rien, rien », a répété Moralini en s'éloignant.

Qu'elles agissent comme elles voulaient avec cette promenade, a-t-il ronchonné. Mais il ne voulait pas d'emmerdements,
pas d'histoires. Ni conneries, ni ragots. Il était bien tranquille à
Talloires, chez lui. Qu'on ne vienne pas y foutre la merde,
c'était tout ce qu'il demandait.

Je ne l'avais jamais entendu parler ainsi, avec la rage et la
force d'un homme qui a remué la truelle et gâché le plâtre. Je
ne lui en ai pas voulu, mais je me suis levée.

« Je m'en vais », ai-je dit.

Caroline m'a enlacée. Adrienne Moralini s'est précipitée
vers moi. Pietro se dandinait, contrit. Je me suis dégagée.

« Je partirai demain matin », ai-je précisé d'une voix calme.

On m'a entourée. Pietro s'est excusé. Il avait eu une semaine
difficile. Il cherchait à obtenir l'appui financier de la Compagnie Terraz-Machard et craignait que nos histoires de jeunes
filles ne compromettent ses projets. Est-ce que je pouvais
comprendre cela ?

« Il vaut mieux que je rentre à Grenoble », ai-je répété.

J'ai quitté la villa au milieu de la matinée du lendemain. Le
soleil était levé et le cotre de Bernard Terraz était toujours à
l'ancre, au large du cap, voiles repliées.

24

Je ne suis plus retournée à Talloires. J'ai pensé qu'en prononçant ce nom, j'avais involontairement tué ma mère.

J'expliquai cela à Marcella presque chaque jour. Qui sait ce
que ma mère avait cru ? Que, le jour de mes seize ans, je
m'étais rendue à Talloires pour la défier, découvrir son passé,
la trahir en rendant visite aux Terraz ?

Marcella fermait le robinet, s'essuyait lentement les mains,
se tournait, s'appuyait à l'évier. Mais qu'est-ce que j'allais
imaginer ? Elle me morigénait : je devais étudier ; j'étais jeune
et belle ; j'avais de la chance. D'un mouvement de la tête, elle
décrivait la cuisine, l'appartement : elle, oui, aurait été en droit
de se plaindre, de pleurnicher, mais moi ?

« Tu ne sais pas », recommençai-je.

Je la tutoyais. Elle était la seule en qui j'avais confiance.
François Le Guen ne répondait plus à mes questions et ne passait que quelques heures par semaine dans l'appartement, ne
frappant même plus à la porte, ne cherchant plus à donner le
change, ne pensant qu'à m'éviter. Il me laissait des messages
griffonnés, une enveloppe remplie de billets de vingt francs, un
ou deux numéros de téléphone où l'on pouvait le joindre. Marcella m'expliquait : « Monsieur Le Guen se fait beaucoup de
souci, mais il ne sait pas comment vous prendre ; vous lui faites
peur. »

Moi ? C'étaient mes questions qu'on craignait.

Caroline Moralini me harcelait. Je devais revenir à Talloires, ce week-end et les suivants. Je pouvais passer toutes mes vacances là-bas. Elle jouait au tennis avec Bernard Terraz. Sympa. Il l'interrogeait à chaque fois à mon propos : « Votre amie, la jeune fille brune, celle qui ne nous aime pas... » « Tu es bête », concluait-elle.

Que m'avait donc fait Bernard Terraz ou sa famille ? Elle avait même pensé que j'avais été l'objet des assiduités de son père, Pietro Moralini. Je devais le lui avouer. Elle ferait un scandale et jamais plus il n'oserait, elle me le garantissait ! J'avais ri si fort, si spontanément qu'elle avait renoncé à cette explication. Qu'y avait-il donc ? Les propos de son père m'avaient-ils humiliée ? Il était obsédé par le développement de son affaire ; la Compagnie Terraz-Machard pouvait, en investissant dans les Constructions Moralini, lui permettre de faire le saut qu'il projetait, de passer ainsi au rang d'entreprise de travaux publics de taille nationale. Il avait de grandes ambitions. Il avait craint que, par mon attitude, je ne fisse échouer la négociation avec Terraz. Bernard était l'unique héritier, mais, à vingt ans, il était encore sous la tutelle d'un conseil d'administration, et une partie des actions de la compagnie était détenue par cette femme, Hélène Terraz, la tante de Bernard. Elle ne m'aimait pas, cela, tout le monde l'avait compris, même Bernard Terraz, et même elle, Caroline. Que lui avais-je fait ?

Quelques mois plus tard, j'aurais pu répondre, puisque j'avais découvert que j'appartenais en effet à une famille d'assassins, comme Hélène Terraz l'avait marmonné le jour de notre rencontre... Dans la chambre de ma mère que Le Guen n'avait jamais partagée, peut-être parce que j'étais là, dans l'appartement, et que ma mère n'avait pas osé braver le souvenir de mon père, ni mon regard, j'avais trouvé dans l'un des trois tiroirs de l'armoire ces journaux pliés qui racontaient le coup de folie d'un habitant de Norges, Léon Varin. Il avait assassiné Élisabeth Terraz et la nurse, puis avait retourné le fusil contre lui, et — c'était l'expression utilisée — « il s'était fait justice ».

J'ai tant lu et relu ces articles qu'à la fin je pouvais les réciter mot pour mot.

« Est-ce que tu sais, ai-je alors dit à Marcella, que le père de ma mère a tué deux femmes, puis s'est suicidé ? Je vais te raconter. »

Marcella fuyait, mais je la poursuivais. Elle se bouchait les oreilles. Elle disait que je n'avais pas le droit de remuer ça, qu'il fallait que je laisse les morts dormir en paix, que je perpétrais le pire des sacrilèges : je rouvrais leur tombe ; je forçais ma mère à parler alors que c'était le secret qu'elle ne m'avait pas livré. J'aurais dû respecter sa volonté.

Mais qui aurait pu me retenir ? Je parlais d'une voix haletante et Marcella, fascinée, la bouche à demi ouverte, m'écoutait, suspendue à mon récit. « Mais pourquoi a-t-il fait ça, pourquoi ? » demandait-elle. J'essayais de comprendre l'humiliation de Léon Varin, son désespoir dans l'appentis de Norges où il avait été contraint de loger avec sa femme après que Georges Terraz les eut renvoyés.

Léon et Madeleine Varin, mes grands-parents...

J'ai voulu voir. Je me suis rendue à Norges, tôt un matin, afin de pouvoir, durant toute une journée, parcourir les ruelles. Mais le torrent coulait sous une dalle de ciment et son lit était devenu une rue. J'ai marché jusqu'à l'immense portail de fer forgé qui fermait l'allée conduisant au château de Norges. Ma mère avait vécu là, dans cette maison de gardien que je distinguais derrière les arbres de l'allée. Je suis restée longuement appuyée au portail, mon visage entre ces hampes noires, pareille à une prisonnière, comme si ma liberté s'était trouvée de l'autre côté, enfermée dans le parc du château, là où se trouvait la mémoire d'avant moi.

C'est ce soir-là que j'ai fouillé de fond en comble la chambre de ma mère, vidant l'armoire, renversant les tiroirs, et je faisais tant de bruit, comme un pillard ivre, que Marcella s'est levée et a fait irruption dans la pièce. Elle était en chemise de nuit, elle se signait, priait, me sermonnait. Elle répétait une fois de plus que ce que je faisais était indigne, qu'il fallait respecter le silence des morts.

« Votre mère, votre mère..., répétait-elle. Vous ne devez pas, elle ne voulait pas... Si vous dérangez les morts, ils vous maudissent, ils reviennent, ils se vengent. Même votre mère, Monique, même elle, vous frappera ! »

J'ai brandi ce que j'avais découvert, une boîte en fer dont je venais de forcer la serrure. Mon passé se trouvait là, en quelques mots, en quelques dates tracées à l'encre noire avec pleins et déliés.

Mon père avait épousé ma mère le 20 juillet 1935. Il m'avait reconnue quelques mois plus tard, le 28 octobre 1935. Je n'étais devenue Monique Ferrand qu'à cette date-là, près d'un an et demi après ma naissance, le 30 juin 1934.

Et c'était un 28 octobre 1950 que ma mère s'était précipitée dans le brouillard contre la gueule d'un camion. C'était au mois d'octobre encore, un mardi 9, le jour où l'on assassinait le roi de Yougoslavie à Marseille, que mon grand-père Léon Varin avait tué Élisabeth Terraz et Mafalda, la nurse.

Comme disaient les journaux, l'enfant, le petit Bernard Terraz, avait été épargné par miracle.

Il jouait maintenant au tennis, à Talloires, et m'avait proposé une promenade en bateau sur le lac.

« Vous allez devenir folle avec tout ça, rangez tout, n'y pensez plus », disait Marcella en s'accroupissant près de moi et en replaçant les papiers dans la boîte métallique.

Je l'ai laissée faire.

Je n'ai jamais pu, je n'ai jamais voulu descendre plus profond, mais je suis sûre qu'il existe un passage secret menant à la chambre la plus reculée, au sarcophage encore clos.

Plusieurs fois au cours de ma vie j'ai fait ce même rêve... J'ai découvert le souterrain qui conduit à la dernière salle. Le cercueil est là. Je fais glisser le couvercle. Je découvre le corps d'un enfant entièrement enveloppé de bandelettes, si bien que son visage est masqué. Je commence lentement à les dérouler. Et, brusquement, je crie : c'est ma peau qu'on arrache. Je suis cette petite momie. C'est moi qui suis couchée dans le sarcophage.

Je me réveille en sursaut. Je suis en sueur. Je me recroqueville, me serre contre l'homme près de qui je suis couchée. Il m'interroge : « Qu'est-ce que tu as ? — Rien, rien. »

Je ne peux aller au-delà. Je ne sais rien. Je ne veux rien savoir de plus. Mais comment continuer à vivre avec ce puits sombre creusé en moi ?

TROISIÈME PARTIE

L'esprit du temps

25

Dans les années 80, rares étaient les journalistes qui demandaient à Bernard Terraz pourquoi il avait choisi d'appeler le groupe de sociétés qu'il présidait *Terramora S.A.* Pourtant, il ne se passait pas de semaine sans qu'il reçût des représentants de la presse dans l'appartement qu'il possédait au troisième étage d'un immeuble situé place de l'Odéon.

Amical sans être familier, Terraz était à l'aise avec les journalistes. Son sourire ironique, un peu méprisant, les tenait à distance, et lorsqu'il ne voulait pas répondre à une question, il penchait un peu la tête, souriait davantage, prenait une expression pleine de commisération et murmurait : « Voyons, voyons, cher ami, vous n'imaginez pas... » Le journaliste n'insistait pas, comme s'il avait osé proférer une incongruité dont il était heureux que Bernard Terraz ne lui tînt pas rigueur. Souvent, d'ailleurs, vers la fin de l'entretien, Terraz revenait sur la question à laquelle il s'était d'abord dérobé. Il s'approchait du journaliste, le prenait par l'épaule, l'entraînait vers la fenêtre donnant sur la place. « Au fond, demandait-il, que vouliez-vous vraiment savoir, cher ami... ? » Et, sans qu'on eût à lui reposer la question, Terraz répondait, ou, tout au moins, donnait l'illusion de répondre, car il se contentait en général de reprendre sous une autre forme ce qu'il avait déjà dit, mais ce genre d'attention séduisait les journalistes, et Bernard Terraz avait bonne presse.

Il se prêtait volontiers aux séances de photographie, acceptant de marcher devant la colonnade du théâtre ou le long des grilles du jardin du Luxembourg.

« Votre père était sénateur, n'est-ce pas ? » lui avait demandé, en juin 1985, Gilles Duprez[1].

Terraz avait fait la moue, mais Duprez avait noté l'éclat, vite effacé, du regard.

« Avant-guerre, cher ami, avait-il répondu. Il y a plus d'un demi-siècle. C'est cette histoire-là qui vous intéresse ? »

Duprez avait reculé. C'était un trop vieux renard pour donner un coup de dent lors d'une première rencontre. Il fallait laisser la proie reprendre confiance, pour la saisir plus tard. Mais, lors de leur deuxième rencontre, à la fin du même mois de juin, Duprez avait pu constater que Terraz était toujours sur ses gardes, et le journaliste avait regretté cette réputation d'enquêteur obstiné, fouineur, intraitable, qu'on lui avait faite. Il aurait aimé effacer ses vingt-cinq ans de métier, ses livres, ses reportages, les révélations qu'on lui attribuait, pour jouer le débutant naïf dont on ne se méfie pas.

Mais, d'un autre côté, la difficulté le stimulait. Il était comme une femme déjà vieille dont on a dressé la liste de tous les amants et qui doit malgré tout séduire, conquérir, sans pouvoir dissimuler ni ses rides, ni son passé de libertinage. Drôle de partie. Mais peut-être Terraz était-il suffisamment vaniteux et sûr de lui pour se laisser prendre au jeu ?

En juin 1985, c'était un homme de cinquante-cinq ans, mais qui en paraissait à peine quarante, et sa sveltesse, cette souplesse de mouvements qu'on devinait à sa seule façon de marcher avaient irrité Duprez.

« Vous jouez au golf chaque jour, n'est-ce pas ? » avait-il demandé.

Terraz avait attendu plusieurs secondes avant de répondre, flairant le piège.

« J'aime la marche dans les grands espaces verts, par tous les temps, avait-il enfin reconnu.

— Vous jouez avec le Président.

— Quel président ? » avait rétorqué Terraz.

---

1. Gilles Duprez et plusieurs des journalistes qui apparaîtront dans la suite de ce roman sont déjà présents dans différents volumes de la *Machinerie humaine*, notamment *La Fontaine des Innocents*, *Le Condottiere*, *La Part de Dieu*, *Le Faiseur d'or*, etc.

Puis, se dirigeant vers la fenêtre, il avait lancé :

« Je suis président, cher Duprez. Je croyais que c'était de ma présidence que vous vouliez me parler...

— On dit, avait repris Duprez en s'approchant à son tour de la fenêtre, que votre projet de création d'une chaîne de télévision — RTE, je crois : Réseau de Télévision européenne, c'est cela, il me semble ? — bénéficie du soutien du Président de la République, et que, sans ce soutien un peu exorbitant, vous n'auriez aucune chance de voir aboutir votre projet.

— Vous êtes naïf ou malveillant, Duprez ? »

Bernard Terraz s'était retourné. Il souriait toujours, mais le regard était fixe, défiant celui du journaliste.

« Naïf, avait-il repris, si vous croyez qu'un président, même de la République, peut, à lui seul, comme Pharaon, décider de quelque chose. Il y a des lois, des administrations, savez-vous cela ? Une Assemblée nationale, des élections... Bref, nous ne sommes pas dans le Haut ou le Bas Empire, mais dans la République française. Mais vous pouvez aussi ne rien ignorer de tout cela et puis désirer, par, disons, volonté de nuire, par déformation professionnelle, plutôt, accréditer des rumeurs. Car, voyez-vous, je joue en effet au golf avec le Président, que je connais depuis vingt ans.

— 1965, alors ? calcula Duprez. Vous étiez jeune...

— Ne le suis-je plus, cher ami ?

— Vous aviez donc trente-cinq ans... »

Bernard Terraz avait reconduit Duprez jusqu'à la porte en lui enveloppant l'épaule.

« Vous aimez fureter, cher ami... J'ai lu quelques-uns de vos livres. Passionnant. C'est toujours flatteur d'être choisi par vous comme objet d'enquête. Vous ne vous intéressez en général qu'aux personnages hauts en couleurs...

— Les fortes personnalités, confirma Duprez. Parfois les imposteurs...

— Pourquoi ne travailleriez-vous pas pour nous ? avait continué Terraz sans prêter attention aux derniers propos du journaliste. Librement, il va sans dire. Vous savez que j'ai créé une société de programmes, *Terramora Productions*. Nous sommes de grands dévoreurs d'idées, de sujets...

— *Terramora*, avait répété Duprez. Pourquoi ce label ? Je me suis souvent interrogé... »

141

Bernard Terraz avait eu un geste de la main pour marquer qu'il n'attachait guère d'importance à ce mot, qu'il ne voulait même pas perdre son temps à en expliquer l'origine.

« Réfléchissez, Duprez, avait-il repris. Nous allons faire des choses surprenantes avec RTE. Vous ne pouvez pas, vous, rester noyé dans votre encrier ou collé à votre machine à écrire. L'écran, mon cher, les images : ne vous laissez pas dépasser ! Est-ce que vous faites un peu de sport ? avait-il dit tout à coup d'une voix faussement angoissée. Je vous trouve un peu empâté... Attention, Duprez, aux accidents cardiaques. Jouez donc au golf, c'est excellent, croyez-moi ! »

Gilles Duprez avait mis plusieurs jours à situer avec précision le moment où *Terramora S.A.* était apparu parmi les grands holdings européens comme un groupe de sociétés dont le champ d'activités s'étendait de la construction immobilière aux travaux publics, de la papeterie aux industries électriques et à la chimie. C'était en décembre 1960 qu'en l'étude de Maître Roulier et fils, notaires à Paris, boulevard Haussmann, le holding avait vu le jour par la fusion de la société des Constructions Moralini et la Compagnie Terraz-Machard. Dans les journaux économiques, on avait souligné que Paul-Marie Wysberg, président de la banque du même nom, avait joué un rôle décisif dans cette fusion entre une société régionale, mais solide et en plein développement, et ce qui apparaissait déjà comme un groupe de taille internationale.

Pourtant, il ne s'était pas agi d'une absorption des Constructions Moralini par la Compagnie Terraz-Machard, mais de quelque chose de plus complexe. En octobre 1960, Bernard Terraz avait épousé à Talloires Caroline Moralini, la fille de Pietro Moralini ; les journaux locaux avaient publié des photographies de la cérémonie. Grande et brune, la taille serrée dans sa robe blanche à traîne, souriante, la jeune femme avait vingt-cinq ans ; le mari, athlétique, l'une des plus belles fortunes françaises, à peine trente ans. Le premier enfant du mariage avait été ce holding *Terramora S.A.* — Terraz-Moralini, donc. Terraz avait sacrifié Machard, la branche maternelle de sa famille, et cédé ainsi à son beau-père qui trouvait que ce nom de « Terramora » symbolisait les racines terriennes de l'une et l'autre famille. En une vingtaine d'années, *Terramora S.A.*

avait créé de nombreuses filiales dans les secteurs les plus divers ; celles-ci étaient ainsi venues s'ajouter aux sociétés traditionnelles du groupe.

Au début, la grande presse d'information n'avait guère prêté attention au nouveau holding dont le label était affiché partout sur les murs de soutènement des ponts d'autoroutes en construction, ou accroché aux superstructures des centrales nucléaires.

Mais, dans les années 60, 70, Bernard Terraz, lui, avait étonné les chroniqueurs. Il recevait fastueusement les journalistes chez lui, au troisième étage de l'immeuble de la place de l'Odéon ; il les invitait sur son cotre amarré en face de sa villa de Talloires, sur les bords du lac d'Annecy. Il avait séduit, irrité, surpris lorsqu'il avait présenté son beau-père, un vigoureux octogénaire au profil aristocratique qui se proclamait « antifasciste » et racontait comment il avait combattu, quelques mois avant la guerre, avec les Brigades internationales, en Espagne, puis dans les Alpes, au Vercors, durant l'occupation. Bernard Terraz n'avait d'ailleurs pas caché qu'il avait été lui-même séduit par l'engagement politique de son beau-père. En 1965, lui qui présidait un groupe dont beaucoup d'activités dans les travaux publics dépendaient de l'État, avait pris position contre le général de Gaulle, pour François Mitterrand. On assurait qu'il avait financé en partie la campagne présidentielle du candidat de la gauche. Une polémique s'était alors engagée. Les rédactions avaient reçu des informations rappelant que Georges Terraz, sénateur de la Savoie, père de Bernard, avait été, avant-guerre, proche de Laval, sans doute membre de la Cagoule, et qu'à Vichy il devait avoir connu François Mitterrand qu'on accusait d'avoir été proche de l'extrême droite à la fin des années 30. Bernard Terraz, concluait-on, ne faisait ainsi que rester fidèle aux amitiés politiques de son père.

Ces libelles avaient eu peu d'écho. Le pouvoir n'avait guère tenu rigueur à Terraz de son engagement aux côtés de Mitterrand. D'aucuns prétendaient qu'habilement, Terraz avait aussi versé des fonds au parti gaulliste, et ainsi désarmé ses adversaires.

Il avait à nouveau soutenu François Mitterrand en 1974, mais cela n'avait plus étonné. Terraz faisait désormais partie de ce qu'on appelait les « grands patrons de gauche », ces individualités « atypiques », comme écrivaient les journalistes, qui se rangeaient aux côtés du Premier secrétaire du Parti socialiste.

En novembre 1979, le Premier secrétaire avait d'ailleurs assisté, à Talloires, aux obsèques de Pietro Moralini, le beau-père de Bernard Terraz, et c'était l'un des vieux compagnons de résistance de Moralini, un ancien député socialiste, toujours membre du parti et soutien de Mitterrand, François Le Guen, qui avait prononcé un bref éloge du disparu : « Le combattant courageux, l'antifasciste résolu, l'homme énergique, celui qui, avec ses seules mains et sans renoncer jamais à ses convictions, a bâti une entreprise, les Constructions Moralini, aujourd'hui associée à un empire industriel, la société *Terramora*, tout entière tournée vers le progrès économique. Pietro Moralini, avait conclu Le Guen, ou l'exemple d'un homme de progrès et d'initiative... »

À l'occasion de ces obsèques, les journalistes avaient brossé des portraits plus fouillés de Bernard Terraz. Il avait répondu aux interviews avec complaisance, évoquant l'éducation qu'il avait reçue en Suisse durant une dizaine d'années, notamment pendant la guerre. Il avait été interne dans un collège à Crans-Montana, puis étudiant à l'Institut supérieur des affaires de Zurich. Il avait aussi appris l'allemand, l'anglais, l'italien, l'espagnol. « Le PDG polyglotte », avait-on titré. Et on l'avait présenté comme une personnalité à part dans le milieu patronal français, peut-être le plus ouvert des présidents de sociétés, en tout cas le plus cosmopolite, le plus « américain ». C'était paradoxal, puisqu'il soutenait François Mitterrand ; on l'aurait plutôt imaginé proche de Giscard dont il avait un peu l'allure, en plus athlétique. Il se faisait photographier avec sa femme, Caroline, qui avait la quarantaine juvénile, et son fils Rémy qu'après des études en Suisse il avait inscrit à dix-sept ans, en 1980, à l'université de Berkeley, au département Communication.

Car ce qui séduisait les journalistes chez Terraz, c'était l'attention qu'il prêtait aux médias. Aucune morgue de grand patron chez lui, mais, au contraire, le goût du contact avec la presse, les réponses favorables aux demandes d'interviews, les invitations qui permettaient, lors des promenades sur le lac ou des garden-parties dans le parc de la villa de Talloires, de nouer des relations que les plus naïfs des chroniqueurs ou les plus prétentieux d'entre eux imaginaient amicales.

Gilles Duprez qui avait, au cours des vingt dernières années, participé à deux ou trois de ces rencontres avec la presse, n'avait jamais été dupe. Bernard Terraz restait pour lui le président de *Terramora S.A.* qui avait probablement l'ambition de constituer un groupe de presse ou de médias et qui, pour ce faire, avait choisi de soutenir la gauche, puisqu'elle accéderait mécaniquement un jour au pouvoir. Comme il lui faudrait un jour les utiliser, Terraz n'oubliait donc pas de flatter les journalistes.

En quelques années, les prédictions de Duprez s'étaient réalisées : en décembre 1979, Bernard Terraz avait créé une société, *Terramora Médias*, sorte de holding dans le holding. Elle avait pris le contrôle de *Continental*, un hebdomadaire chancelant qui avait ainsi été relancé et avait apporté son soutien à la candidature de François Mitterrand. La personnalité de Terraz était alors apparue en pleine lumière, au centre de la scène médiatique et politique. Il était le propriétaire de *Continental*, le patron réel de journalistes de talent — Jean-Luc Duguet, Joan Finchett — auxquels, disait-il, il laissait une totale indépendance. On respectait en lui le patron de presse qui pouvait embaucher, offrir une tribune. On savait qu'il était un ami proche de Mitterrand, et quand celui-ci fut élu en 1981 à la présidence de la République, on pensa que Terraz allait développer, avec l'appui du pouvoir, ses activités dans le secteur des médias.

Terraz créa en effet toute une grappe de sociétés que coiffait *Terramora Médias*, elle-même contrôlée par *Terramora S.A.* : il y eut ainsi *Terramora Productions*, qui vendait des séries, des programmes, des idées d'émissions, puis *Terramora Films*, qui finançait la mise en scène de longs métrages, et *Terramora Diffusion*, qui utilisait les sociétés du holding pour racheter, rénover, construire des salles de projection.

Mais le projet le plus ambitieux, auquel la presse donna le plus d'écho fut, en 1985, la création de la chaîne de télévision RTE.

Avec cette dernière initiative, Bernard Terraz était devenu

l'une des personnalités les plus courtisées par les journalistes, les hommes politiques de droite ou de gauche, et les femmes. Il était fin, courtois, élégant, intelligent, puissant, et vivait le plus souvent seul place de l'Odéon. Caroline Terraz ne faisait plus que de brefs séjours dans l'appartement du deuxième étage où son fils Rémy s'était installé dès son retour des États-Unis, en 1985. Celui-ci avait alors vingt-deux ans et Bernard Terraz le présenta à différents journalistes comme l'homme sur lequel il allait s'appuyer pour bâtir les programmes de RTE. Rémy était jeune, il appartenait aux nouvelles générations ; surtout, affirmait Terraz, il avait acquis en quelques années une expérience américaine indispensable.

« Ce n'est pas notre histoire, notre mémoire... », avait épilogué Duprez. Terraz pouvait-il faire abstraction des différences culturelles ? Lui qui se présentait comme un entrepreneur, certes, mais aussi comme un homme de convictions, et on savait lesquelles, voulait-il contribuer à la normalisation des esprits, à cette invasion des images et des modes américaines qui laminaient toute pensée critique, toute réflexion indépendante ? Était-ce cela, le rendez-vous qu'un homme comme lui proposait aux téléspectateurs français ? Qu'en pensait le président de la République avec qui Terraz, chaque semaine, faisait un parcours de golf ?

Bernard Terraz s'était levé, avait mis fin à la conférence de presse. Décidément, avait-il dit en secouant la tête de façon à marquer son accablement, on ne pouvait, à Paris, échapper aux commérages, aux petitesses. Il bâtissait un projet de grande ampleur et certains le condamnaient avant même d'en connaître le contenu.

Il avait pris son fils par le bras. Rémy Terraz était plus grand que son père, plus osseux, le visage un peu asymétrique, le nez écrasé, mais cette dysharmonie donnait une impression de force.

« Je fais confiance à Rémy, avait ajouté Terraz. C'est la jeunesse, c'est l'avenir. Et c'est aussi l'expérience... »

Duprez s'était obstiné :

« Cette normalisation, êtes-vous décidé à l'éviter afin de préserver notre identité culturelle, notre mémoire ?

— L'esprit du temps, d'abord l'esprit du temps ! » avait répliqué l'industriel.

26

Gilles Duprez s'était adossé au mur près de la porte à deux battants donnant accès à la grande salle des informations. La foule des invités circulait entre les bureaux, les écrans, les consoles d'ordinateurs. Elle piétinait, repartait. Des groupes se formaient autour d'une personnalité, et le mouvement s'arrêtait.

Duprez se tourna vers Claire Garneray. La jeune femme regardait avidement le spectacle, les épaules collées au mur, mais le cou et la tête penchés en avant. Elle avait un profil régulier, la lèvre inférieure un peu lourde, comme si elle boudait. Ses cheveux noirs, coupés court, bouclaient. Le chemisier bleu roi qu'elle portait largement échancré laissait voir le haut des seins. Elle tenait contre elle une parka en peau retournée et la serrait comme si elle avait craint qu'on ne voulût la lui arracher.

Gilles Duprez la sentait gênée. Des gouttes de sueur coulaient le long de sa joue.

« Qu'est-ce qu'elle deviendra, celle-là ? » songea-t-il en se penchant vers elle et en lui prenant l'épaule.

« Compte les ministres, lui dit-il, les anciens, les actuels, les futurs, de droite, de gauche, etc. Bernard Terraz a réussi son coup. Ils sont tous là : Culture, Communication et même Budget. Il ne manque que le Président, mais Dieu n'a pas besoin de se montrer. »

Claire Garneray se tourna vers lui. Son visage était un ovale parfait, ses traits si réguliers qu'ils paraissaient constituer une

147

image lisse, dénuée d'aspérités, qui laissait pourtant une impression forte — mieux, une émotion — sans qu'on fût capable de dire quelles étaient la forme du nez, la hauteur du front... Seule la lèvre inférieure échappait à cette harmonieuse discrétion pour souligner d'un trait épais la distinction du visage.

Dès que Gilles Duprez l'avait vue entrer, il y avait deux mois, dans la salle de cours au Centre de formation des journalistes où il enseignait — « Quelle illusion, quelle dérision ! » murmurait-il — les principes de l'investigation, il s'était dit que cette jeune femme-là ne pourrait jamais devenir l'une de ces journalistes teigneuses qu'on redoute et qu'on méprise. Elle avait quelque chose de langoureux. Sa beauté, pourtant discrète, presque modeste, incitait non à la confidence ou à l'aveu, mais à la confession intime. « Elle aura le courrier du cœur dans un magazine féminin », avait conclu Duprez en lui désignant une place au premier rang. Car il avait eu tout de suite envie de l'avoir en face de lui, sans aucune autre intention que de laisser ses yeux glisser sur elle. Plutôt grande, elle avait les jambes longues, le torse peut-être un peu court, mais les seins ronds sous la soie du chemisier, et la peau mate. Une brune. Durant les premiers cours, il n'avait cessé de s'adresser à elle, comme si tous les autres étudiants n'avaient plus formé qu'une masse grisâtre parmi laquelle il ne distinguait plus rien.

Il avait parlé comme pour la mettre en garde, elle. Peut-être parce qu'il avait maintenant plus de cinquante ans, les jeunes femmes l'émouvaient. La ville, ce métier, l'époque composaient un Moloch insatiable. Il les engloutissait, les broyait.

Duprez avait ainsi vu glisser dans la gueule du monstre les filles de ses amis. Isabelle Rivière, la fille d'Anne-Marie Rivière, disparue qui sait où avec ce con de Laurent Dimet, cet écrivain pourrisseur auquel Duprez avait tant de fois voulu casser la gueule ; mais Isabelle avait choisi cet homme-là, elle avait voulu être dévorée. Puis Ariane Duguet, la fille de Jean-Luc, le directeur de la rédaction de *Continental*, l'hebdomadaire que Terraz venait d'acheter, elle aussi partie, emportée par le rêve des photos de mode, des couvertures de magazines, tout ce qui brille et miroite — et on passe de l'autre côté du tain, on se dissout[1]. Et tant d'autres, si enthousiastes, rencontrées plus tard dans une salle de rédaction, sur un plateau de télévision, les rides creusées malgré le fard, les yeux éteints, un sourire qui ne faisait illusion qu'à l'écran ; tant de ces jeunes femmes qui tenaient debout seules, mais que Duprez jugeait déjà mortes, vidées. Même Joan Finchett, de *Continental*, droite et forte avec son physique de sportive, presque de cheftaine, mais si lasse, en fait. Et jusqu'à celles qui triomphaient : Brigitte Georges, Karine Rivière, devenues des reines anthropophages qui avaient successivement bouffé leurs hommes, leurs enfants, mais qui, en équilibre au bord de la gueule du monstre, risquaient à tout moment d'y basculer à leur tour et d'être avalées.

Mais, à l'issue du cours, Duprez avait seulement dit à Claire Garneray : « Tu as une tête, un corps faits pour la télé, pas pour la presse écrite. L'écriture, pas pour toi : du gaspillage. Montre ta gueule, les types te raconteront leur vie devant les caméras. Dans cinq ans, si tu as survécu, si tu n'es pas devenue dingue, droguée ou hystérique, tu présenteras le journal de vingt heures ou une grande émission. »

Elle l'avait écouté sans sourire, debout, sa parka pressée contre son ventre. Il avait espéré qu'elle lui répondrait : « Mais vous m'insultez, vieux con ! Moi je veux écrire, etc. » Elle s'était bornée à répliquer : « Pourquoi pas ? On peut toujours l'espérer, n'est-ce pas ? Il y a de très grandes journalistes à la télévision, non ?

— Mais oui, mais oui, avait acquiescé Duprez. Sauf que moi, je ne supporte pas le maquillage. C'est pour cela que je continue à écrire ! »

Un soir, il l'avait prise par le bras et l'avait conduite ici, boulevard Péreire, au cocktail qu'offrait Bernard Terraz pour l'inauguration des premiers locaux de sa chaîne, RTE, dont les émissions commenceraient le lendemain 6 janvier 1986, jour des Rois.

Durant tout le trajet entre la rue du Louvre et la porte Maillot, Claire Garneray était restée emmitouflée dans sa parka, le

---

1. Voir *La Fontaine des Innocents* et *Le Condottiere*, romans précédents de *La Machinerie humaine*.

col relevé cachant ses cheveux, ne laissant apparaître que ce profil dont la perfection avait une fois encore frappé Duprez. Mais il n'avait ni tentation ni regrets, comme il en ressentait parfois quand il se souvenait des bouffées de désir, de la violente attirance qu'il avait jadis éprouvées pour une femme. Il était plutôt poussé par une curiosité émue, une interrogation inquiète : « Qu'est-ce qu'elle deviendra, celle-là ? quelle cicatrice marquera son visage ? combien de temps résistera-t-elle ? sera-t-elle dévorée ou bien rejoindra-t-elle la meute des carnassiers ? »

Il l'imagina dans quelques années, ressemblant à Brigitte Georges qu'il avait connue jeune journaliste, enthousiaste et exigeante, mariée à Xavier Limel, l'un des rédacteurs les plus aigus du *Monde*, devenue à présent ce visage que les passants reconnaissaient, cette star qui pérorait sur les plateaux, hautaine et servile, impitoyable avec les faibles, courtisane avec les puissants. Désormais, elle vivait plus ou moins avec Pierre-Yves Lavignat, de *l'Universel*, journaliste, « intellectuel » autoproclamé, cheveux noirs mi-longs et vanité entière. Mais avec qui, en fait, pouvait-elle partager sa vie ? « Mon métier me dévore, avait-elle confié dans l'une de ces interviews complaisantes que publiaient les magazines. Je lui ai tout sacrifié, c'est une passion qui brûle toutes les autres. » Claire Garneray deviendrait-elle ainsi ?

L'avenue de la Grande-Armée était embouteillée, comme chaque soir. Dans l'obscurité brillante, on devinait à l'horizon les tours de la Défense découpées par les faisceaux des projecteurs. Claire Garneray se taisait. Chaque fois qu'il était contraint de s'arrêter, Duprez lui décochait un coup d'œil. Lorsqu'il lui avait proposé, à la fin du cours, de l'accompagner à l'inauguration des locaux de RTE, elle avait aussitôt accepté et l'avait docilement suivi. Comment réagirait-elle s'il lui posait la main sur la cuisse, s'il se mettait à caresser ses seins ? Peut-être ne bougerait-elle pas, persuadée qu'il fallait aussi tolérer cela ? Mais, à seulement imaginer ces gestes, Duprez éprouvait une sensation de dégoût. Il entreprit de la questionner. Durant les cours, il n'avait jamais eu l'occasion de le faire. D'où venait-elle ? commença-t-il. Mais, au lieu de la laisser répondre, il enchaîna aussitôt : milieu social, études ? qu'espérait-elle ? pourquoi journaliste ? Le plus incertain des métiers, on y rencontre n'importe qui, rarement des gens courageux : il faut survivre, n'est-ce pas, et on est payé pour ce qu'on écrit, alors autant ne pas déplaire... « Le plus grave, c'est qu'on a les idées qu'il faut ; spontanément, sans cynisme, on s'adapte. Ça ne t'inquiète pas ? » Quel âge avait-elle donc ?

Elle parla sans bouger la tête, toujours très droite, les mains posées bien à plat sur ses cuisses. Les manches de sa parka, un peu trop longues, ne laissaient dépasser que les bouts de ses doigts. Duprez remarqua que les ongles effilés étaient peints d'un vernis nacré. Elle avait vingt-deux ans, répondit-elle. Sciences politiques à Grenoble. Son père était journaliste. Avant même que Gilles Duprez n'eût posé la question, elle précisa : « À Radio-France Isère. » Sa mère ? Professeur de littérature à l'université de Grenoble.

Duprez bougonna : « Professeur, voilà un métier, dit-il. Au moins, on ne triche pas. On peut dire ce qu'on pense. On n'est pas viré pour ça. Pas d'autocensure.

— On ne parle que du passé, objecta Claire.

— Il n'y a que la mémoire qui compte, marmonna Duprez. C'est avec elle qu'on forme les citoyens. Mais qui s'en soucie ? Pas Bernard Terraz... Il est savoyard, vous êtes donc voisins...

— Je veux faire de la télé, reprit d'un ton buté Claire Garneray. Aujourd'hui, c'est ça, le journalisme. Vous — elle se tourna pour la première fois vers Duprez en secouant la tête —, vous parlez comme ma mère, comme mon père, vous êtes de l'époque des héros : Albert Londres, Hemingway, Camus, etc. C'est fini, tout ça !

— Bravo ! fit Duprez. Comme dit Terraz, c'est l'esprit du temps... »

Ils arrivaient porte Maillot et Duprez réussit difficilement à emprunter le boulevard Péreire. Les trois lettres *RTE* illuminaient d'une lueur rouge la façade de l'immeuble où Terraz avait installé ses studios.

« Le miracle !... » s'exclama tout à coup Duprez.

Une voiture officielle quittait un emplacement réservé et Duprez, malgré les menaces d'un huissier de RTE en blazer noir et brassard rouge, s'y gara, sortit, bouscula l'homme, exhiba sa carte, poussa Claire Garneray devant lui et, en quelques minutes, se fraya un passage jusqu'à la salle des informations.

« Voilà, dit-il avec fierté. Toujours passer en force ! »

Il se plaça contre le mur, près de l'entrée, et Claire se glissa près de lui, sa parka trop chaude contre sa poitrine.

Ils se tenaient ainsi un peu à l'écart de la foule, comme échoués sur une berge, cependant que le flot passait près d'eux sans les voir. Les invités n'avaient d'yeux que pour le centre de la salle, essayant de s'en approcher. Mais il fallait se glisser entre les bureaux, parcourir ce labyrinthe, éviter les groupes compacts au milieu desquels une personnalité faisait la roue, souriant aux uns et aux autres, serrant les mains, embrassant les femmes, donnant l'accolade.

« Ils sont tous là, répéta Gilles Duprez.

— Vous aussi, murmura Claire Garneray sans bouger.

— Je voulais voir ça, répliqua-t-il avec hargne. Mais je ne suis qu'un voyeur, je ne demande rien.

— Vous n'avez plus besoin de rien », souligna la jeune femme. Cette fois, elle le regarda en ajoutant : « C'est facile, pour vous ! »

Duprez détourna la tête. Au fond de la salle, malgré la foule, on apercevait, derrière les parois de verre, les studios aux murs clairs. Les projecteurs étaient allumés, renvoyant une lumière crue. À droite se trouvait la régie et son mur d'images. Sur les écrans alignés en deux rangées superposées, Duprez lut en lettres et en chiffres bleutés : « *RTE — Début des programmes — 6 janvier 1986 — 07.00* ». Tout à coup, l'inscription s'effaça et on vit apparaître le visage de Bernard Terraz. Il était aussi présent sur chacun des écrans qui se trouvaient sur les bureaux, dans la salle, et sur le panneau qui venait de s'éclairer et qui occupait la cloison opposée à celle à laquelle étaient adossés Gilles Duprez et Claire Garneray. Cette démultiplication du même visage était fascinante ; le mouvement de la foule s'interrompit. Le silence tomba d'un coup et Duprez aperçut sur une estrade dressée au milieu des bureaux Bernard et Rémy Terraz assis côte à côte. Le fils, légèrement en retrait, était plus grand que le père ; ses cheveux tirés en arrière et noués formaient une petite touffe noire.

Bernard Terraz se leva, s'avança vers le micro ; il apparut debout sur tous les écrans.

« Chers amis, commença-t-il, je vous prie d'abord de bien vouloir m'excuser de ne pas remercier tous ceux, ministres, présidents, académiciens, personnalités éminentes, qui ont bien voulu répondre à notre invitation ce soir. Je me contenterai de ce "chers amis", s'ils veulent bien m'y autoriser, car, sans leur amitié, ce défi de la création d'une chaîne de télévision privée n'aurait pu être relevé, quels qu'eussent été notre énergie, notre détermination et nos moyens. C'est une date dans l'histoire culturelle de ce pays et dans l'histoire de ses médias... »

Gilles Duprez cessa d'écouter. Il ne pouvait détacher ses yeux du visage de Claire Garneray. Elle tendait son cou long et frêle. Immobile, collée au mur, serrant sa parka contre elle, elle n'en donnait pas moins l'impression de se projeter en avant vers cette estrade, au cœur de cette foule dont elle semblait vouloir avaler tous les visages.

Duprez lui toucha l'épaule. Elle sursauta comme s'il l'avait arrachée à un sommeil profond, hypnotique.

« Vous avez chaud », remarqua-t-il en essuyant une goutte de sueur qui coulait le long de sa tempe.

Claire parut le découvrir. Elle fit non de la tête, alors même que d'autres gouttes de sueur perlaient à son front.

Duprez se mit à parler comme s'il voulait l'empêcher d'entendre Bernard Terraz.

« Vous voulez débuter dans le métier avec Terraz : la télé tout de suite ? Pourquoi pas ? commença-t-il en se rendant compte qu'il l'avait voussoyée. C'est un homme remarquable qui va introduire les méthodes de l'industrie et de la finance dans les médias. *Terramora S.A.* peut perdre de l'argent pendant des années. Enfin, on dit ça... Il a l'appui du Président. Un patron de gauche, Terraz ! Je suis sûr que votre mère, prof de littérature, vote à gauche, non ?

— Mon grand-père est mort pendant les combats du Vercors », murmura Claire Garneray. Elle sourit pour la première fois en ajoutant : « Et un ami de Mitterrand, un député socialiste, m'a fait sauter sur ses genoux.

— Qui ça ?

— François Le Guen.

— Le Guen ! »

Gilles Duprez hocha la tête. Il avait connu Le Guen, dit-il.

Un homme déchiré : fidélité au parti, fidélité aux idées, fidélité à Guy Mollet, puis à Mitterrand, et, entre-temps, fidélité à Mendès France. Un homme qui répétait qu'en politique, ce qui comptait, c'était la fidélité. À quoi ? À qui ? Ces questions ne semblaient nullement l'inquiéter. « Vous connaissez les SS : *Honneur et Fidélité...* au Führer ! La fidélité, ça peut être le pire : l'aveuglement, la connerie. En 40, qu'est-ce qu'il fallait faire ? Être fidèle au maréchal Pétain ? Le Guen était assurément un brave homme, avec son crâne rasé, sa tête ronde... »

Claire Garneray était donc bien la candidate idéale pour RTE, conclut Duprez. Mais qu'elle soit prudente : Terraz ne mettait pas tous ses œufs dans le même panier. On disait même qu'il avait fait entrer un groupe italien, celui de Carlo Morandi, « le Condottiere », dans *Terramora Médias* qui contrôlait le capital de RTE. Morandi était à gauche de ce côté-ci des Alpes, plutôt à droite du côté italien. Bref, Terraz survivrait à tous les changements politiques, à supposer qu'on pût encore parler de changement en politique et que la politique elle-même eût encore un sens...

« Des idées politiques ? » demanda-t-il à Claire Garneray.

Elle fit la grimace.

« Et vous ? » répondit-elle.

Il rit. Oui, elle était bien faite pour RTE.

« Allons-y, dit-il. Allons voir ça de plus près. »

Il s'enfonça dans la foule des invités, toujours immobiles, qui écoutaient et regardaient Bernard Terraz. Il put ainsi avancer jusqu'au bord de l'estrade. Quand il se retourna, il ne vit plus Claire Garneray. Il la chercha, revint à grand-peine vers l'entrée. En grimpant sur un fauteuil, il l'aperçut enfin au milieu d'un groupe qui entourait Rémy Terraz.

Gilles Duprez quitta la salle. Les murs du hall étaient entièrement recouverts d'écrans où s'inscrivait en gros plan le visage de Bernard Terraz. Duprez s'arrêta quelques secondes. Terraz parlait d'une télévision par les jeunes, pour les jeunes.

Un instant, la caméra s'arrêta sur le profil de Claire Garneray.

Celle-là, pensa Duprez, n'avait plus besoin de lui.

27

Bernard Terraz reconnut aussitôt ce profil que la caméra, quelques minutes plus tôt, avait saisi parmi la foule des invités.

Ce visage avait dû plaire aux cameramen et à la régie puisqu'il était apparu sur les écrans à trois ou quatre reprises. Tout en parlant, il s'en était étonné, cherchant à mettre un nom sur ces traits qui lui étaient déjà devenus familiers. Puis il les avait oubliés.

Lorsqu'il était descendu de l'estrade placée au centre de la salle des informations, il avait tout de suite été très entouré. Dans le brouhaha, il avait répondu aux questions des journalistes des radios, serré des mains, embrassé Brigitte Georges qui devait dès le lendemain présenter et animer une grande émission politique, *Le Dernier Mot*, et qui, marchant près de lui, lui chuchotait qu'elle avait obtenu une déclaration exclusive — « extraordinaire », répétait-elle — du Président. Elle serrait le bras de Terraz : « Vous vous rendez compte, Bernard, c'est un lancement assuré, nous allons faire les titres de toute la presse. Ils vont en crever, sur les autres chaînes ! » Bernard Terraz avait hoché la tête. Le Président était fidèle en amitié. Mais, après tout, cela faisait plus de vingt ans — et pendant des années à fonds perdus — que Terraz le soutenait. En 1965, ç'avait été un choix difficile, dangereux, et qui avait même semblé suicidaire. Combien, d'ailleurs, parmi les survivants de cette époque qui étaient là aujourd'hui, l'avaient approuvé ? Une poignée. Et combien d'autres qui se pressaient ici murmuraient que RTE ne vivrait pas au-delà de quelques mois, que la défaite prévisible des socialistes aux élections de mars 1986 allait mettre fin à cette expérience, que Terraz paierait ainsi l'amitié que lui portait le Président ?

« Bravo », murmura Terraz en embrassant une nouvelle fois Brigitte Georges.

Il sentit sous ses doigts ses épaules potelées, respira son parfum entêtant. Elle se colla contre lui dans un mouvement d'abandon.

« On va faire de grandes choses, Bernard, dit-elle. Si on nous en laisse le temps... »

Elle aussi est inquiète, pensa-t-il. Elle se demande si elle a eu raison d'embarquer sur ce navire...

« On aura tout le temps, lui dit-il. Vous recevrez dans votre émission le prochain Président, et un autre encore, si cela vous intéresse toujours. »

Brigitte Georges rit en dévoilant ses dents trop blanches, trop régulières. Elle prenait ainsi une expression de gaieté affectée qui se voulait mutine, presque puérile, mais que démentaient la froideur et l'intensité du regard.

« Vous m'aurez mise au placard depuis longtemps, Bernard ! » répliqua-t-elle.

Terraz s'écarta en laissant un moment ses mains sur les épaules de Brigitte, la tenant ainsi à distance.

« Jamais, jamais... », dit-il en s'éloignant à reculons.

Il dut subir le ministre de la Culture qui, lui enveloppant familièrement les épaules, l'entraîna à l'écart cependant que les photographes les suivaient, que les cameramen, le genou ployé, filmaient.

« C'est un instrument de pouvoir considérable que vous avez bâti là, Bernard, pérora-t-il. Et en si peu de temps... Quelle énergie, quel savoir-faire ! Mais au service de qui, c'est la question...

— La culture, monsieur le ministre, la culture pour le plus grand nombre, répondit Terraz.

— Le Président... », reprit le ministre.

Terraz se dégagea.

« Je dois voir le Président, souligna-t-il.

— Je sais, je sais... », fit le ministre.

Il souriait, mais son visage exprimait une curiosité avide et Terraz se félicita de ne pas avoir révélé qu'il dînait dans une heure, en ville, avec le chef de l'État. Le secrétariat de l'Élysée avait téléphoné dans l'après-midi, fixé rendez-vous dans ce restaurant de l'esplanade des Invalides où le Président, en gourmet, avait ses habitudes.

« Bien sûr, lâcha Bernard Terraz, vous savez... »

Il s'inclina un peu trop, comme pour souligner la dérision dont il chargeait son attitude et sa réponse, mais le ministre, aveuglé par la fatuité, ou habile, parut s'épanouir comme s'il recevait réellement l'acte d'allégeance d'un vassal dévoué. Il pivota sur lui-même, s'offrant ainsi aux objectifs des caméras et des appareils photo. Quand les flashes éclatèrent, il ne cilla pas, pareil à une vieille star habituée depuis longtemps aux feux de la scène.

Bernard Terraz profita de cet instant pour quitter la salle et gagner le hall. Son chauffeur garde du corps, Étienne, le précédait, fendant la foule, les deux mains en avant comme une étrave, marchant vite. Tout à coup, devant les portes du hall que les huissiers avaient dégagées, Bernard Terraz vit cette jeune femme dont il reconnut aussitôt le profil. Elle résistait aux huissiers qui voulaient la repousser. Elle s'obstinait, jambes écartées, mains enfoncées dans les poches de sa veste en peau retournée. Elle paraissait vouloir rester au milieu de l'entrée, refusant d'être rejetée vers les côtés, parmi les invités qui s'agglutinaient pour regarder sortir l'une après l'autre les personnalités qui commençaient à quitter le bâtiment.

Elle était grande, et, quand elle se retourna, faisant face à Bernard Terraz, sa parka s'entrouvrit. Terraz put détailler sa silhouette élancée : jambes un peu trop longues serrées dans un pantalon de toile bleue, torse court, cou frêle, poitrine ronde moulée dans un chemisier d'un bleu plus soutenu que celui du pantalon. Elle faisait penser à un animal encore gracile, vacillant sur ses pattes grêles, qu'un coup de griffe suffit à renverser et qu'on maintient sous soi, dont on aime la peur et la jeunesse.

Elle fit un pas vers Terraz et l'impression de faiblesse qu'elle avait donnée s'effaça. Elle avança, déterminée, presque désinvolte, les deux mains toujours enfoncées dans ses poches, et Étienne écarta les bras comme s'il craignait qu'elle ne se jetât sur son maître ou ne sortît tout à coup une arme. Mais elle sourit, et parut à nouveau timide et sans défense.

Les huissiers hésitèrent à la retenir et Étienne interrogea Terraz du regard. En quelques secondes, le hall fut à nouveau envahi par les invités, les portes bloquées, Terraz entouré. On l'applaudit. On le félicita. Des questions sérieuses fusèrent, lancées par des journalistes qui brandissaient leurs micros par-dessus les têtes tout en essayant de s'approcher. Quand la droite serait au pouvoir, après les élections de mars, comment Terraz cohabiterait-il avec elle ? RTE survivrait-elle à ce séisme politique ? Terraz n'était-il pas trop marqué à gauche ? Ne ferait-on pas payer à RTE le fait que le Président et les socialistes étaient à l'origine de sa création ? Quelles garanties pouvaient obtenir journalistes et annonceurs ? Pouvait-on avoir une politique de programmes dans ces conditions ?

La jeune femme se trouva tout à coup plaquée contre Bernard Terraz.

« Vous voulez aussi me poser une question ? » murmura-t-il.

Elle secoua la tête tout en restant serrée contre lui. Il sut qu'elle avait des seins gros et fermes.

« Vous voulez quoi ? » reprit-il d'une voix un peu rauque.

Il se dégagea.

« On s'en va », lança-t-il à Étienne.

Celui-ci commença à donner des coups d'épaule, à décrire des moulinets de ses deux bras. Il ouvrit ainsi un passage et les huissiers réussirent à dégager les portes. Terraz, qui l'avait suivi, sentit brusquement que la jeune femme lui saisissait le bras, marchait près de lui. Il la laissa faire. Elle lui dit qu'elle était stagiaire au Centre de formation des journalistes, qu'elle voulait travailler à RTE, que cette nouvelle chaîne était sa chance, qu'elle était — elle le savait — faite pour ça. Elle en rêvait depuis toujours.

« Donnez-moi cette chance », dit-elle encore.

Un huissier avait ouvert la portière de la voiture. La jeune femme se pencha cependant que Bernard Terraz se glissait sur le siège arrière.

« Je ferai n'importe quoi, ajouta-t-elle. Une petite chance... »

Elle s'était appuyée des deux mains à la carrosserie. Elle avait la lèvre inférieure lourde. Des cheveux noirs, courts, encadraient son visage à l'ovale régulier. Bernard Terraz vit la naissance de ses seins.

« Montez », dit-il.

L'huissier claqua la portière.

28

Elle était dans la voiture de Bernard Terraz...

Immobile, recroquevillée contre la portière droite, Claire Garneray se répétait ces quelques mots. Elle n'osait tourner la tête vers Terraz qui ne disait mot.

Dès que la voiture avait commencé à rouler, il avait abaissé l'accoudoir central comme pour bien marquer qu'il la tenait à l'écart. Il avait plié la tige flexible d'une lampe fixée au-dessus de la banquette et l'avait allumée, éclairant les pages d'un dossier qu'il s'était mis à feuilleter. Le faisceau blanc, effilé, découpait ses doigts longs et minces que Claire, en bougeant imperceptiblement la tête, réussissait à apercevoir.

Il y avait moins d'une semaine, elle se trouvait encore à La Clusaz, dans la ferme Ferrand où elle avait retrouvé ses parents pour les vacances de fin d'année. Une fois de plus, elle avait dû subir leurs récriminations. Que faisait-elle à Paris de plus qu'à Grenoble ? Quel était son avenir après ces cours au Centre de formation des journalistes ? Elle connaissait les médias ? Son père lui avait répété que même dans le service public, la liberté de création n'existait plus. Les contraintes se multipliaient. Il fallait faire de l'audience. Malgré toutes les Hautes Autorités, le discours sur l'impartialité, le pouvoir politique restait insidieusement présent. Un journaliste n'était pas un créateur ; tout juste un miroir. Il ne pouvait faire éclater son talent, vivre son métier dans la liberté. Le futur, pour tous, à la radio, à la télé, dans la presse écrite, c'étaient les brèves : deux feuillets, trois minutes entre les pubs, ou bien le bavardage, les talk-shows, etc., la complaisance envers le public et les invités.

« C'est ce que tu veux ? » avait répété Noël Garneray à Claire. Monique, sa mère, avait ajouté qu'elle espérait que Claire se serait montrée plus exigeante envers elle-même, animée par une vraie ambition intellectuelle.

« Prof, comme toi ? » avait rétorqué Claire.

Ç'avait été sa seule répartie, mais le ton sur lequel elle l'avait prononcée, mêlant dérision et mépris, avait suffi pour que Monique s'emportât.

« Oui, professeur. Prof, comme tu dis ! Enseigner ce qu'on croit, ce qu'on comprend. »

Elle se félicitait, avait-elle ajouté, que ni son père, Maurice Ferrand, ni son beau-père, François Le Guen, n'eussent assisté à cela : Claire, petite-fille d'instituteur, de professeur d'École normale, fille d'universitaire, qui désirait quoi ? Vendre sa plume. Parce que c'était ça, la vérité, pas autre chose. Ou bien quoi : lire avec une expression intelligente des phrases qui défilent sur un prompteur et montrer sa tête à l'écran ? Telle était donc toute son ambition ?

Professeur, prof, oui, c'était plus de rigueur. Une morale.

La colère de la mère de Claire s'était encore exacerbée quand, au journal télévisé du 30 décembre, elle avait vu et entendu Bernard Terraz annoncer que « sa » chaîne, RTE, commencerait à émettre le 6 janvier 1986 à sept heures, et qu'il voulait qu'elle devînt la télévision des jeunes, avec des programmes de divertissement et des informations.

« Vive la gauche, vive Mitterrand ! » avait lancé Monique. Terraz, Bernard Terraz qui créait sa télévision avec l'appui d'un Président de gauche ! C'était peut-être là que Claire souhaitait exercer son métier de journaliste, avec Terraz pour patron ?

« Pourquoi pas ? » avait murmuré Claire.

Sa mère était sortie en claquant la porte. Elle avait lourdement descendu l'escalier de bois, tapant des talons. Claire l'avait entendue marcher dans la neige, et, en s'approchant de la baie vitrée, elle l'avait aperçue aller et venir devant le bâtiment, bras croisés, la tête emmitouflée.

Claire était passée sur la petite terrasse, là où elle avait si souvent vu sa mère, l'été, écrivant, lisant, préparant ses cours. Elle avait crié qu'il faisait froid, qu'il fallait rentrer. Mais sa mère s'était immobilisée, l'avait regardée, puis avait lancé : « Fous-moi la paix, fais tes conneries, vends ta tête, vends tout ce que tu veux, ça ne m'intéresse plus ! »

« Qu'est-ce qu'elle a ? » avait demandé Claire en s'asseyant en face de son père devant la cheminée.

Noël Garneray avait fait la moue, rentré la tête dans ses épaules. Il se sentait responsable, disait-il. Après tout, Claire, en décidant de ne pas suivre les conseils de sa mère, avait en fait imité son père journaliste.

Noël Garneray avait soupiré. Dieu sait pourtant qu'il n'avait rien fait pour qu'elle s'avançât dans cette voie : une impasse, il le répétait. Claire devait rentrer à Grenoble, essayer, pourquoi pas, la préparation de l'ENA ou une agrégation de sciences politiques.

« Pourquoi cette rage de maman ? avait à nouveau demandé Claire sans répondre à ces suggestions.

— Terraz, une vieille histoire familiale... Le père de Bernard Terraz était sénateur de la Savoie, plus ou moins d'extrême droite. Maurice Ferrand, ton grand-père, était d'extrême gauche.

— Quand ça ?

— Avant-guerre, puis sous l'occupation. »

Claire s'était levée. Ils étaient fous, avec ces querelles d'il y avait un siècle ou presque ! Est-ce qu'ils ne voyaient pas qu'elles n'intéressaient plus ceux qui avaient vingt ans ? Droite, gauche, ça existait peut-être, mais tout le monde savait que c'était pareil. Mitterrand aidait Terraz, Terraz aidait Mitterrand. Droite, gauche ? Mitterrand, c'était la gauche ? Peut-être, mais peut-être pas. Et elle, en attendant, que devait-elle faire ? Vivre avec les idées de son grand-père ?

Elle avait crié : « J'ai ma vie, ma vie ! Je fais ce que je veux, ce que je peux ! »

Terraz avait repoussé la tige flexible de la lampe et l'avait éteinte. La voiture roulait maintenant dans la rue de Vaugirard ; Claire Garneray reconnaissait les grilles du jardin du Luxembourg.

« Vous habitez où ? » s'enquit-il.

Elle se pelotonna comme si elle avait eu peur de parler, mais elle déclara d'une voix distincte qu'elle logeait rue Gay-Lussac, dans un studio qui appartenait à sa mère au temps où celle-ci, à la Sorbonne...

Elle s'interrompit. En quoi cela pouvait-il intéresser Bernard Terraz ?

« Vous êtes journaliste ? » questionna-t-il à nouveau.

Elle se tourna. Il la regardait.

Elle répondit qu'elle débutait, qu'elle avait un diplôme de sciences politiques, une maîtrise de lettres, qu'elle voulait depuis son enfance être journaliste.

Terraz ralluma la lampe en la tirant vers lui.

La voiture s'était arrêtée place de l'Odéon. Terraz griffonna un mot en prenant appui sur le dossier posé sur ses genoux. Qu'elle prenne rendez-vous avec son fils, Rémy Terraz. C'était le numéro de sa ligne directe à RTE.

« Je suis arrivé, murmura-t-il en lui remettant le papier plié en quatre. Vous n'êtes pas loin de chez vous. »

Dès qu'ils furent descendus, il ne lui tendit pas la main. Elle le vit entrer sous le porche d'un immeuble qui faisait l'angle de la rue Corneille et de la place.

29

Combien de minutes Claire Garneray était-elle restée sur le trottoir de cette rue Corneille, les yeux rivés sur la porte qui s'était refermée ?

Elle avait eu le temps de prendre froid, bien qu'elle eût les joues brûlantes, le corps couvert de sueur, comme en proie à un brutal accès de fièvre. Elle avait relevé son col, enfoncé ses mains dans ses poches fourrées, serrant le feuillet plié que lui avait remis Bernard Terraz. Mais elle avait été prise de frissons. Le vent s'insinuait, glissait le long de sa nuque. Il s'engouffrait dans la rue, sous les voûtes du théâtre, tourbillonnait sur les marches, puis balayait la place avant de foncer dans la rue de l'Odéon. Au coin de la place et de la rue, la façade d'un restaurant brillait comme un fanal, seule lueur à éclairer les façades aux hautes fenêtres.

Elle avait fait quelques pas, traversé la chaussée, levé la tête, cherchant à imaginer l'appartement de Bernard Terraz. Elle était restée ainsi, le regard perdu dans cette nuit limpide de janvier. Le ciel et l'air étaient si tendus qu'il eût paru suffire d'un bruit de moteur, d'un pas ou d'une simple voix pour les déchirer dans un fracas qui se fût répercuté en rebondissant contre les façades.

Claire avait eu l'impression que sa tête explosait. Elle s'était répété : « Je suis malade. La poisse... Il ne faut pas. » Elle s'était mise à marcher vers le jardin du Luxembourg en remontant la rue Corneille. Elle avait craint quelque malédiction. Sa mère, ou bien Gilles Duprez... Sa mère, d'abord, jalouse, hostile, qui voulait l'empêcher de vivre comme elle le désirait. Mais aussi ce Duprez, ce vieux type qui pensait comme ses parents, les mêmes idées mortes, les mêmes préjugés, des profs, des vieux cons ne comprenant rien à ce qu'elle voulait, elle, non plus qu'au monde dans lequel on vivait maintenant. Sa mère, Gilles Duprez, son père aussi lui avaient jeté un sort pour que demain, précisément, ce jour qui devait se révéler si décisif, celui de sa rencontre avec Rémy Terraz à RTE, un rendez-vous qu'elle avait arraché, demain, elle soit couchée, fiévreuse, aphone, laide. Mais elle irait de toutes façons, dût-elle se bourrer de médicaments, elle irait !

Elle n'eut pas le temps de s'éloigner de plus d'une dizaine de mètres. Le chauffeur de Terraz, cet homme au visage large, dont le col rigide paraissait trancher le cou, l'avait rejointe et lui avait pris le bras au-dessus du coude, la forçant à se retourner. Il ne souriait pas. Il parlait en remuant à peine les lèvres, en la dévisageant avec un mélange d'insolence et de mépris : « Il vous demande de monter ; c'est au troisième étage, si vous voulez. »

Elle n'avait plus froid. Elle commençait à nouveau à sentir la brûlure de ses joues, de sa nuque. Elle ouvrit sa parka ; le froid lui glaça les seins.

Le chauffeur lui avait ouvert la porte et elle s'engagea sous le porche qu'éclairait une lanterne de cuivre. L'escalier lui parut démesuré ; les marches étaient si basses qu'elle n'eut pas même l'impression de monter. Sur les vastes paliers, un banc de bois était placé entre les croisées. Elle entendit le pas du chauffeur qui montait derrière elle. Mais il s'arrêta au second étage, cependant qu'elle continuait. L'escalier devenait plus raide, plus resserré. La porte de l'appartement était ouverte. Elle resta un instant sur le seuil, puis Bernard Terraz passa rapidement, traversant l'entrée, et lui fit signe d'avancer. La pièce, un salon-bibliothèque au plafond bas, donnait sur la place de l'Odéon par trois fenêtres étroites mais prenant presque toute la hauteur du mur.

« Installez-vous, lança Terraz. Servez-vous. »

Elle vit, posé sur un guéridon constitué de tubes métalliques brillants et d'un plateau en marbre, des bouteilles et des verres. Mais elle ne bougea pas, remerciant d'une voix si sourde que Terraz jugea bon de lui répéter qu'elle pouvait se servir. Elle se tourna alors, découvrant la pièce d'où il lui parlait. Elle devina une immense chambre en demi-cercle ; un décor de colonnes occupait toute une cloison constituée d'une paroi de verre teinté derrière laquelle elle aperçut sa silhouette.

Il la surprit en apparaissant tout à coup entre deux colonnes. Il portait un costume gris clair ; la veste croisée mais boutonnée très bas laissait apparaître une chemise rayée à larges bandes bleues. La pochette était de même couleur, ainsi que la cravate. Il arborait une expression ennuyée qui mit Claire mal à l'aise. Terraz semblait à la fois étonné et déçu par sa présence. Elle eut aussitôt envie de partir, de se précipiter gare de Lyon, de prendre le premier train pour Grenoble, de donner ainsi raison à sa mère, à Gilles Duprez, à son père. Elle serait prof, de n'importe quoi. Elle serait tranquille. Elle ferait du ski toute l'année. Elle aurait deux enfants, un mari chercheur au CNRS...

Ils restèrent face à face, s'observant, puis Terraz, tout en enfilant un long manteau de peau au col de fourrure, lui dit : « Vous êtes libre à dîner, n'est-ce pas ? »

Il n'attendit pas la réponse, sortit le premier de l'appartement, ne se souciant même pas de savoir si Claire le suivait.

Le chauffeur se tenait sur le palier ; il referma la porte puis passa devant eux en se faufilant contre la cloison, si bien que, quand ils arrivèrent sur le trottoir de la rue Corneille, il était debout près de la voiture, s'effaçant pour laisser d'abord entrer Terraz, Claire se glissant sur la banquette arrière après une hésitation. Bernard avait déjà rabattu l'accoudoir central.

« Tout va vite, murmura-t-il sans la regarder. Surprise et vitesse : c'est l'époque. Votre époque... Je veux que RTE, ce soit ça. *Live*. On doit étonner à chaque seconde, à chaque image... » Il parlait vite, comme pour lui-même. « Il faut aussi un regard naïf, vierge, reprit-il. Le regard du passant. Ce soir, dit-il à Claire, vous êtes ce regard. Vous êtes là par hasard, vous observez, vous ferez un écho, un confidentiel dans *Continental*. » Puis, se tournant vers elle : « Téléphonez à Jean-Luc Duguet demain matin. Pas plus d'un feuillet, vingt-cinq lignes. »

De la même voix impérieuse mais en même temps lasse et détachée, il ajouta :

« *Continental*, c'est à moi aussi. »

30

Le président de la République sera l'un des téléspectateurs les plus attentifs des programmes de RTE, la nouvelle chaîne de télévision lancée le 6 janvier par Bernard Terraz.

Il l'a répété au cours d'un dîner, le soir même de la brillante inauguration des locaux de RTE, boulevard Péreire. Le Président, absent de la fête donnée à RTE le 5 janvier, a tenu ainsi à marquer l'intérêt qu'il portait à la chaîne. Le dîner réunissait autour de lui, dans l'un des plus célèbres restaurants de l'esplanade des Invalides, Bernard Terraz, président de Terramora S.A., propriétaire de RTE, entouré de quelques-unes des stars de la chaîne, Brigitte Georges, Karine Rivière, Pierre-Yves Lavignat, et de proches du président, Isabelle Desjardins, Michel Faure, Pierre Maury.

Karine Rivière a présenté ses projets d'émissions, qui devraient étonner.

Le Président, tout en dégustant un bar rôti à la fondue de poireaux et à la crème d'échalotes, a rappelé qu'il laissait aux créateurs la plus totale liberté. Le temps des contraintes et des contrôles exercés par le pouvoir politique est révolu. Mais il reste attaché à la qualité, à la mesure et au bon goût.

Bernard Terraz a assuré que RTE satisferait pleinement les vœux du Président. « Faites ce que bon vous semble », a paru lui répondre celui-ci, qui se réserve de juger sur pièces.

Il n'a jamais été question des prochaines élections législatives ou de la future élection présidentielle.

La femme derrière le miroir

Ce soir-là, on était loin des batailles politiques. Avec l'avenir de RTE, on était entré dans l'univers de l'image comme dans un rêve rafraîchissant et excitant, tel le Chablis qui accompagna tout le dîner. On s'est séparé fort tard. Le Président paraissait heureux de sa soirée « télévision[1] ».

Claire Garneray

---

1. Les personnages cités ici apparaissent dans les romans précédents de *la Machinerie humaine.*

31

Claire Garneray avait pris un numéro de *Continental* sur la pile posée à même le sol. Et elle avait commencé à feuilleter l'hebdomadaire en restant ainsi, à demi courbée, immobile, dans ce petit espace entre les rayonnages et les paquets de journaux invendus ou ceux qui venaient d'arriver.

Elle connaissait cette boutique de presse située sur le boulevard Saint-Michel, en face du jardin du Luxembourg, à gauche de la rue Royer-Collard. Elle n'avait que quelques dizaines de mètres à parcourir dans la rue Gay-Lussac pour s'y rendre. Mais, le plus souvent, elle n'y achetait que *Le Monde*, en milieu d'après-midi. Elle lisait le journal tout en marchant lentement dans les allées du Luxembourg, vite dérangée par des étudiants qui l'accostaient. Elle rentrait chez elle, tentée parfois de prendre un verre, comme on le lui proposait, à la terrasse de l'un des cafés de la place Edmond-Rostand, mais, à la fin, elle s'y refusait. Ce n'était pas le moment, pas encore, pas comme ça.

Le gérant de la boutique de presse, Salvio, la connaissait. C'était un homme truculent, bavard, tutoyant tous ses clients, un Italien ou un Libanais qui l'accueillait toujours par la même phrase : « Tu es encore plus belle, ma fleur, tu m'honores, tu m'attires, ils vont me prendre pour un roi... »

Elle ne s'attardait jamais, caressée pourtant par cette phrase, ces regards qui la suivaient quand elle sortait de la boutique.

Salvio avait été surpris de la voir si matinale :

« Il t'a poussée hors du lit, qu'est-ce qui se passe ? Je t'offre une place dans le mien ! »

169

Elle n'avait même pas souri ; elle avait vu la pile de *Continental* avec, en couverture, la photo de Bernard Terraz debout devant un mur d'images. Le cliché avait sans doute été pris dans le hall de RTE. Elle avait éprouvé un moment d'exaltation, comme un coup de chaleur dans le ventre et la gorge, à se dire qu'elle connaissait tout cela, cet homme, ce lieu, qu'elle avait obtenu un rendez-vous avec Rémy Terraz. La secrétaire de celui-ci, « directeur de la Création et des Projets », lui avait dit : « Claire Garneray ? M. Bernard Terraz nous a prévenus de votre appel. Je peux vous proposer... » Claire avait accepté le jour et l'heure du rendez-vous, bien qu'ils coïncidassent avec le cours de Gilles Duprez. Mais elle avait la certitude qu'enfin, plus vite qu'elle ne l'avait cru, et de la manière la plus surprenante, elle était sortie de cet univers-là — les salles de classe, les leçons d'un prof —, si proche de ce qu'elle avait souhaité fuir en quittant Grenoble, l'appartement familial de la place Grenette, sa mère qui, à son petit bureau, lisait en maugréant les mémoires de maîtrise de ses étudiants. Ils ne connaissent même plus l'orthographe ni les règles élémentaires de l'accord des temps, disait-elle.

Fini, ce piétinement scolaire...

« Qu'est-ce que tu veux, ma fleur ? » avait demandé Salvio.

Elle avait montré la pile de *Continental* encore enveloppée dans un emballage plastique.

« Tu veux que je te dépucelle ça ? »

Salvio était salace mais puéril, si ouvertement grivois que ce qu'il lançait à la cantonade perdait toute ambiguïté et tournait à la farce. Non seulement Claire n'avait pas été plus choquée que d'habitude, mais, au contraire, la façon dont, en se baissant pour trancher les ficelles du paquet, il lui avait frôlé la jambe de la main et de l'épaule, l'avait fait frissonner — non de plaisir, bien sûr, mais comme s'il s'agissait d'une preuve de plus qu'elle était entrée dans le monde réel, celui des hommes, où l'on ose dire ouvertement qu'on a envie d'une femme, qu'on veut gagner de l'argent, beaucoup, qu'on souhaite inscrire son nom au milieu d'un écran, en tête d'une page.

Elle en avait assez de ces étudiants qui lui parlaient, en marchant près d'elle dans le Luxembourg, de l'éditorial du *Monde*, ou bien se demandaient, d'une voix hésitante et qui se voulait séductrice, si elle était inscrite en droit ou en lettres, ou bien si elle était mannequin. Petits cons ! Elle voulait autre chose.

« Pour toi », avait dit le gérant de la boutique en s'écartant et en laissant la pile devant elle.

Claire s'était baissée. Elle avait longuement regardé la photo de Bernard Terraz. Drôle de type, qui l'avait mise mal à l'aise. Il ne lui avait pas même adressé la parole en revenant du dîner. Il avait fait arrêter la voiture place de l'Odéon, devant chez lui ; elle s'était demandé s'il allait l'inviter à monter. Elle y était prête. Mais il avait simplement dit : « Faites votre papier, un feuillet, et téléphonez à Jean-Luc Duguet, demain. *Continental* le publiera dans le prochain numéro. Après, ce sera trop tard. »

Puis il avait claqué lui-même la portière en disant au chauffeur de la raccompagner. Moins de cinq minutes plus tard, elle était chez elle. Le chauffeur n'était pas descendu pour lui ouvrir la porte ; il ne l'avait même pas saluée. Claire avait lentement gravi l'escalier étroit, sombre, interrompu seulement par les cinq petits paliers où on avait du mal à se croiser.

Elle habitait, au sixième, une grande pièce blanche avec trois fenêtres carrées d'où l'on apercevait les arbres du Luxembourg. Deux petits réduits triangulaires, de part et d'autre de la pièce, servaient de cuisine et de salle de douche. François Le Guen avait acheté ce studio quand il était député, dirigeant du parti socialiste, et qu'il séjournait près de cinq jours par semaine à Paris. Puis, la mère de Claire, Monique Ferrand, l'avait occupé lorsqu'elle avait quitté Grenoble pour préparer l'agrégation de lettres, suivant des cours en Sorbonne et à l'École normale supérieure, rue d'Ulm, à quelques pas de la rue Gay-Lussac. Plus tard, professeur à Grenoble, elle avait pris l'habitude d'y passer tout le mois de septembre. Elle faisait une nouvelle fois le tour des musées et des librairies, se rendait chaque après-midi à la Bibliothèque nationale, mettait au point ses cours de l'année, ou bien achevait une recherche qu'elle publierait dans l'une ou l'autre de ces revues savantes dont Claire se demandait, en les feuilletant, qui les lisait. C'était chaque fois, entre elle et sa mère, une occasion de conflits. Monique Ferrand lui arrachait la revue des mains. « Laisse ça », disait-elle bien que Claire n'eût pas proféré un mot ; mais son étonnement était feint et sa mère savait qu'elle avait tourné les pages avec une expression ironique faite de dédain et de commisération.

Certaines de ces revues étaient encore sur les rayonnages qui occupaient toute une cloison du studio, mais, depuis que Claire Garneray s'était installée rue Gay-Lussac, les magazines avaient peu à peu repoussé les revues. Pour elle, la vie qui bouge l'avait emporté sur l'apparence de vie, une vie réduite à un corps embaumé, grisâtre.

Elle avait rédigé l'article pour *Continental* dans la nuit même, sa parka enveloppant ses jambes. Elle ne disposait que d'une petite machine à écrire et elle avait laborieusement compté les lignes, coupé, raturé. Puis elle s'était fait du café, sachant qu'elle ne trouverait pas le sommeil, préférant rester assise à son bureau, l'article devant elle, le relisant, se disant qu'elle achèterait avec ses premiers gains un ordinateur, revivant aussi cette soirée, l'entrée dans le restaurant, le maître d'hôtel qui les avait conduits vers un coin de la salle...

Le Président était assis, ses mains blanches et potelées posées à plat l'une sur l'autre, la droite caressant d'un mouvement lent la gauche. Il avait repoussé son assiette. Bernard Terraz s'était incliné, s'excusant pour son retard, présentant Claire Garneray, « une jeune journaliste qui débute à RTE ». Claire avait baissé les yeux tant le regard du Président était dense, dur, insistant. Mais, s'il lui avait paru si pénétrant, peut-être était-ce parce qu'elle s'était sentie dans le même temps dévisagée, déshabillée par tous ceux qui étaient assis à sa table. En face de lui se trouvait Brigitte Georges, le sourire figé. Claire reconnut à droite Karine Rivière et Pierre-Yves Lavignat. Au cours du dîner, elle comprit que cette jeune femme blonde, arrogante, était Isabelle Desjardins, chargée de mission à l'Élysée, accompagnée d'un député du Jura, Michel Faure, et de Pierre Maury qui occupait un bout de la table. Ce dernier expliqua à Claire, assise près de lui, qu'il était, comme Bernard Terraz, un patron de gauche, mais un véritable entrepreneur, un conquistador, si elle voulait, qui s'était taillé un empire mais n'avait hérité de rien, contrairement à Bernard Terraz qui, lui, n'avait eu qu'à endosser la robe de chambre et les savates de son papa, le sénateur Terraz.

« Ça, c'est ce qui fait la différence entre les gens. Et vous ? Héritière ou corsaire ? »

Claire s'était contentée de sourire, d'observer, de sentir sur elle le regard curieux du Président ; à chaque fois qu'il tournait la tête dans sa direction, elle avait le sentiment que tous les convives se taisaient, accompagnaient son mouvement, ne recommençaient à parler qu'au moment où il s'adressait de nouveau à Brigitte Georges, à Karine Rivière ou à Pierre-Yves Lavignat...

Le dîner s'était prolongé tard et, lorsque le Président s'était levé, la salle de restaurant était vide, à l'exception des serveurs qui se tenaient alignés loin de la table. D'un pas lent, le Président s'était approché d'eux, avait serré la main du maître d'hôtel, puis du chef, et était revenu de la même démarche hiératique vers ses invités.

Claire Garneray s'était tenue en retrait, laissant les autres entourer le chef de l'État, lui chuchoter quelques mots auxquels il ne répondait pas, souriant, énigmatique. Mais il avait écarté Brigitte Georges et Karine Rivière et fait deux pas vers elle pour lui tendre la main. Elle s'était inclinée. Il avait la main lisse, molle et glacée.

« Claire Garneray, n'est-ce pas ? avait-il dit. Vous commencez ? Bonne chance. Vous êtes jeune, quel privilège ! »

Puis il avait tourné le dos, et Pierre-Yves Lavignat s'était précipité vers Claire, l'avait prise par le bras.

« Il faut que nous fassions des choses ensemble, avait-il dit d'un ton pressant, rejetant à deux mains ses cheveux mi-longs en arrière. Je rêve d'une émission choc pour les étudiants, les moins de vingt-cinq ans, une sorte de forum. Vous avez le visage, l'allure qu'il faut, que je cherche. Téléphonez-moi, je compte sur vous. »

Puis il avait à grandes enjambées rejoint le Président.

Isabelle Desjardins avait décoché à Claire un regard narquois et Pierre Maury, qui la suivait, avait murmuré en l'embrassant sur les deux joues : « Corsaire ? Peut-être pirate ! » puis il avait ri fort.

Lorsqu'elle était montée dans la voiture de Terraz qui s'était présentée juste après celle du Président, Claire Garneray les avait tous vus — Karine Rivière, Brigitte Georges, Lavignat... — la regarder avec une avidité et une curiosité menaçantes. Seul Maury était hilare, enveloppant de ses deux bras Isabelle Desjardins et Michel Faure.

Bernard Terraz ne lui avait adressé la parole qu'à l'instant où il descendait, place de l'Odéon. Mais, tout au long du trajet depuis l'esplanade des Invalides, elle l'avait senti hésitant, lui lançant parfois une rapide œillade qu'elle devinait sans avoir à tourner la tête.

Elle l'avait remercié en se penchant un peu au moment où la voiture s'arrêtait. Il avait paru ne pas entendre, lui rappelant seulement cet article qu'elle devait écrire pour *Continental*.

Maintenant, elle l'avait rédigé... Elle le relisait une nouvelle fois, rayant à la dernière ligne le mot « champagne », qu'elle avait d'abord écrit, puisqu'en effet, à la fin du dîner, c'était ce qu'on avait servi, mais elle préférait ne parler que du chablis, moins banal, estimait-elle.

Elle s'était surtout souvenue de ces mots du Président : « Vous êtes jeune, quel privilège », et il lui avait semblé que c'était cela qu'elle avait tout à la fois appris et vécu au cours de ce dîner. Être jeune, être une jeune femme, quelle force cela donnait quand on savait ce qu'on voulait, quelle arme ! Quel pirate elle pouvait être, maintenant qu'elle avait pris la mer !

Trois jours étaient passés, voici qu'elle feuilletait *Continental* dans la boutique de presse. On la bousculait. Salvio, le gérant, lui demandait si elle cherchait un « mec » dans les petites annonces. Savait-elle qu'il y avait plein de types intéressés dans la boutique ?

Elle avait enfin trouvé le sommaire, qui renvoyait à la page 7 : « *Les confidentiels de* Continental ». Elle s'était efforcée de tourner lentement les pages ; elle avait d'emblée reconnu la première phrase imprimée en caractères gras : *Le président de la République sera l'un des téléspectateurs les plus attentifs des programmes de RTE...*

Son article, qui ouvrait la rubrique, était le plus long, encadré d'un mince filet ; les noms qu'elle citait y étaient soulignés. Elle ne se sentait pas capable de le lire, seulement de le parcourir, ses yeux sautant les lignes, les paragraphes, courant vers ce nom imprimé : Claire Garneray.

32

En pénétrant dans le restaurant, Claire reconnut aussitôt Rémy Terraz. Elle ne l'avait qu'entr'aperçu, le soir de l'inauguration des studios de RTE. mais ce visage à la mâchoire lourde, au nez écrasé, cette queue de cheval, le cordon de velours doré serrant ces mèches de cheveux noirs, l'avaient frappée.

Elle resta un instant sur le seuil et eut la sensation d'étouffer. La salle était petite, les tables — à l'exception de celle qu'occupait Rémy Terraz — disposées les unes contre les autres. Le brouhaha semblait exprimer la chaleur. Il était dominé par la voix du patron qui criait les commandes et avait interpellé Claire en faisant se tourner toutes les têtes : « Entrez ou sortez ! »

Rémy Terraz se leva, lui fit signe d'avancer, et Claire remarqua alors qu'il n'était pas seul. Elle ne put mettre un nom sur ce visage qui ne lui était pourtant pas inconnu. Cet homme d'une trentaine d'années avait des traits grossiers, un nez épaté, des lèvres épaisses et des yeux ronds surmontés d'une barre de sourcils touffus allant d'un bord à l'autre du visage. Les cheveux, plantés bas, bouclaient. L'homme ne paraissait pas avoir de cou, comme si sa tête était directement posée sur ses épaules larges. Il se dégageait de lui une impression de force et de vulgarité. Tout en s'avançant vers la table, Claire ne put détacher ses yeux de ce visage. L'homme l'observait. Elle eut encore plus chaud. Ses pantalons fuseaux, ses bottes montant jusqu'à mi-mollets, son pull-over à col roulé qui lui moulait les seins tout en soulignant la longueur et la minceur de son cou, lui collaient à la peau.

La secrétaire avait téléphoné le matin même : Rémy Terraz souhaitait avancer le rendez-vous ; était-elle libre à déjeuner ? Parfait. Ce serait à treize heures quinze, boulevard Péreire, à quelques centaines de mètres des studios de RTE.

Claire était arrivée trop tôt et avait marché dans les petites rues du quartier. Il faisait si froid que, dès qu'elle ouvrait la bouche, elle sentait ses dents devenir douloureuses, comme lorsqu'on boit une eau glacée. Elle s'était mise en retard, avait couru. Elle devait apparaître, pensait-elle en poussant la porte du restaurant rendue opaque par la buée, à la fois déterminée, indépendante, mais prête à supporter les contraintes. Il lui fallait d'abord se faire accepter. Il n'était pas encore temps de hisser le pavillon des pirates.

Lorsque, parvenue à la table, elle ôta sa parka, elle sentit leurs regards. Celui de l'inconnu, insistant, s'attarda sur ses seins avec une impudence un peu méprisante ; Rémy Terraz sourit, présentant Jean-Claude Darmon, chef du service politique de RTE.

« Vous l'avez impressionné », dit-il en posant sur la table le numéro de *Continental*.

Claire se souvint alors de Darmon qui avait quitté avec éclat la première chaîne. On l'accusait d'avoir été un communiste intransigeant jusqu'à son entrée, en 1981, grâce à son parti à la télévision. Depuis, il s'était surtout évertué à faire oublier son passé en se montrant si complaisant avec la droite que l'Élysée, disait-on, s'en était ému, déclarant ne plus vouloir accorder d'interview à ce journaliste.

Peut-être à cause des liens d'amitié qui l'unissaient au Président, et pour montrer son indépendance vis-à-vis d'un pouvoir sans l'aide duquel il n'aurait pu créer sa chaîne de télévision, Bernard Terraz l'avait embauché à RTE. Depuis lors, Darmon avait multiplié les déclarations rassurantes, invoquant l'éthique du journalisme. Il réclamait une information politique d'un style nouveau, vivante, irrespectueuse mais objective.

« Il vous veut, ajouta Rémy Terraz. Depuis qu'il a lu votre papier et qu'il a appris que nous devions nous rencontrer, il ne me lâche pas. C'est un coriace. Un obstiné ! Il vous veut ! » répéta-t-il en ouvrant les bras en signe d'acceptation.

Puis il appela le patron. Pendant que celui-ci recueillait les commandes, Darmon ne cessa pas de fixer Claire. Elle essaya de soutenir son regard, mais il était trop explicite, et, à ne pas baisser les yeux, elle aurait eu l'impression d'accepter tout de suite ce qu'il désirait, qu'il ne dissimulait pas. Mais elle se reprochait cette prudence : n'était-ce pas ce qu'elle attendait d'un homme, maintenant ? Et quand Darmon allongea les jambes, elle ne replia pas les siennes, mais les écarta, si bien que leurs mollets restèrent soudés. Elle rougit.

« Chaud, n'est-ce pas ? » dit Terraz en remplissant son verre d'un bordeaux sombre, presque onctueux.

Elle s'était laissé imposer par Terraz une salade de museau et une andouillette, des marrons confits à la crème. Le déjeuner lui donna la sensation que sa bouche et ses joues la brûlaient.

« Vous ne craignez rien, remarqua Rémy Terraz. Nous, oui ! »

L'un et l'autre étaient corpulents et mangeaient — surtout Darmon — avec avidité. Ils commandèrent une autre bouteille de vin.

« Vous étiez au dîner avec mon père et le Président, n'est-ce pas ? » demanda Terraz.

Claire avait décidé de rester imprécise.

« Votre papier, ajouta Darmon, vous ne l'avez tout de même pas inventé... ? »

Elle se borna à sourire.

C'était cela qui intéressait Darmon, expliqua Rémy Terraz : ses rapports avec le Président. Car, naturellement, elle ne pouvait pas avoir été invitée là par hasard. Et lui, en tant que directeur de la Création et des Programmes, appuyait Darmon : il ne fallait pas laisser à Brigitte Georges ou à Pierre-Yves Lavignat le monopole des rapports avec le Président. Ils défendaient ce privilège bec et ongles. Darmon les avait connus sur les autres chaînes et dans la presse, à *l'Universel*. C'étaient des loups, des rapaces. Ils se foutaient bien des programmes, de l'information. Ce qu'ils voulaient, c'était qu'on les voie à l'écran en train de parler. C'était pour cela qu'ils cherchaient à garder la haute main sur les interviews du Président.

« Je ne veux pas de chasse gardée, pas de monopole, dit Terraz. Pas de féodalités sur RTE. L'intérêt de la chaîne passe avant l'intérêt personnel. Il nous faut quelqu'un en face de Brigitte Georges, d'un style différent, plus jeune, plus... »

Terraz eut un mouvement des doigts comme pour apprécier la qualité d'un tissu.

« Moins froissée, précisa Darmon. Sans trop de reprises...

— Il vous veut, répéta Terraz. Je suis d'accord. » Il se leva. « Vous avez dû beaucoup impressionner mon père, ajouta-t-il. Il est prudent, d'habitude ; il n'appuie personne qu'il n'ait d'abord jaugé. »

Les coudes posés sur la table, Darmon croisa les doigts. Ses phalanges étaient larges, couvertes de poils.

« Il s'est sûrement fait une idée personnelle, murmura-t-il.

— Je vous laisse, lâcha Terraz. Darmon est le patron de son secteur. Arrangez-vous avec lui. »

Claire regarda Rémy Terraz se faufiler entre les tables.

Elle sentait sur sa joue et sa nuque le regard de Darmon. Elle avait l'impression qu'il la caressait.

33

Elle résista plus d'un mois à Darmon. Elle aurait pourtant pu capituler dans les quelques minutes qui avaient suivi le départ de Rémy Terraz.

Lorsque Jean-Claude Darmon avait replié ses jambes, elle avait cru qu'il allait se lever, lui saisir le poignet, l'entraîner ; elle avait imaginé qu'il la conduirait dans quelque hôtel. Il l'aurait traitée avec brutalité, la contraignant à se déshabiller cependant qu'il serait resté assis dans un fauteuil à lui donner des ordres, à l'insulter. À la fin, il l'aurait poussée sur le lit, lui enfonçant la tête dans les oreillers, et elle aurait étouffé tandis qu'il serait entré en elle en l'écrasant et en lui tenant les bras écartés, pesant sur son dos de toute sa masse.

Elle avait vu cette scène et avait désiré la vivre, la bouche pâteuse. La sueur collait son pull-over à sa peau. Elle avait tiré sur le col montant pour s'aérer un peu, et, à cet instant, Darmon avait à nouveau allongé les jambes, mais en emprisonnant cette fois celles de Claire et en lui enserrant les chevilles.

Elle s'était aussitôt rebiffée et dégagée brutalement, croisant les bras, se rejetant en arrière, le défiant du regard. Elle savait qu'il ne fallait pas céder — pas tout de suite — même si ce type, avec son corps lourd, sa tête de rustre, ses épaules rondes, ses mains pesantes et larges, l'attirait ; même si, au moment qu'elle aurait choisi, elle lui céderait, parce que ce serait utile dans ces circonstances-là. En attendant, cet après-midi, elle ne devait pas.

Il avait desserré ses jambes, avait ri silencieusement, puis, d'une voix ironique, lui avait demandé si elle connaissait *bien*

— il avait insisté sur ce mot, le répétant, les yeux mi-clos — Bernard Terraz et le Président.

« Bien ? »

Claire n'avait pas bougé et Darmon avait hoché la tête, ses grosses lèvres serrées formant un bourrelet de chair luisante.

Il s'en foutait, avait-il ajouté. Puis il s'était repris : ou plutôt, ce qui l'intéressait, lui, c'étaient les contacts qu'elle pouvait avoir avec la présidence. Pas le service de presse de l'Élysée : ça, c'était la routine, le circuit officiel que tous les cons empruntaient. Lui, il attendait d'elle qu'elle puise ses informations à la source, qu'elle se débrouille, qu'elle voie les chargés de mission, le secrétaire général de l'Élysée, les courtisans. Elle devait se faire connaître d'eux. Ces gens-là ne rêvaient que de sortir de l'ombre, de jouer les importants, de parler aux journalistes — *off*, bien sûr, mais on pouvait leur promettre la plus totale discrétion, on devait tout leur promettre.

Il s'était interrompu, l'avait d'abord dévisagée longuement, puis elle avait senti son regard glisser le long de son cou vers ses seins sur lesquels il s'était arrêté. À nouveau elle avait eu très chaud.

« Tu te montres, reprit-il, tu déjeunes avec eux, tu leur poses une question, et puis tu te contentes d'être là, de retenir ce qu'ils racontent. Ils imagineront que tu leur promets des tas de choses, mais tu ne leur donnes que ce que tu veux... » Il l'avait tutoyée sur un ton de complicité équivoque. « Ce sera un peu plus difficile avec les bonnes femmes. Il y en a quelques-unes, vois-les, on ne sait jamais, ce sont de drôles d'engins, des cerveaux d'hommes et des culs de putes. Peut-être que tu peux aussi les intéresser. En tout cas, vois Isabelle Desjardins, c'est la plus tordue, celle qui a le plus de pouvoir... » Il avait, avec des gestes lents, fait rouler entre ses paumes un cigare. « Les bonnes femmes, je les vois, bien sûr... Pour ce qui est du Président... »

Il l'interrogea de nouveau avec insistance, mais Claire demeura impassible.

Connaissait-elle Brigitte Georges ? demanda-t-il à la fin. Que Claire s'en méfie. Elle n'avait jusqu'à présent jamais laissé grandir une rivale. Elle les étouffait avant, au nid. Habile, dangereuse, mais une vraie professionnelle, et une grande maîtrise à l'antenne...

En se levant, Darmon s'était appuyé de ses deux mains posées bien à plat sur la table, se penchant ainsi au-dessus de Claire. Elle s'était sentie dominée, écrasée. Elle avait dû faire effort pour ne pas se tasser, baisser la tête. Elle avait au contraire tendu le cou, et sa bouche s'était ainsi retrouvée proche des lèvres de Jean-Claude Darmon. Mais elle savait que tout son visage exprimait un refus si net qu'il n'essaierait même pas de l'effleurer.

« Brigitte Georges les tient tous, exposa-t-il. Elle les a tous eus dans son lit. Et elle doit être douée, car ils sont tous restés ses amis ; ils sont tous sous le charme ; ils lui en sont éternellement reconnaissants ; ils lui accordent toutes les interviews, toutes les déclarations qu'elle demande. Tu auras du mal à faire mieux — ou aussi bien. »

Il s'était redressé, puis l'avait regardée cependant qu'elle se levait à son tour et enfilait sa parka.

Certes, ajouta-t-il, Claire avait des atouts que Brigitte Georges ne possédait plus. Seulement, avait-il murmuré en la prenant aux épaules et en la guidant entre les tables — elle le sentait collé contre son dos —, la vie, c'était comme le poker : on bluffe, et les gens ont souvent peur de payer pour voir.

34

Lorsque, un mois plus tard, le 9 février 1986, un dimanche, Jean-Claude Darmon prit Claire par les épaules dans le couloir de l'auberge où ils étaient descendus, à Talloires, au bord du lac d'Annecy, et qu'il s'était, comme au restaurant du boulevard Péreire, collé à elle, la forçant à avancer vers la chambre qu'elle occupait, elle n'avait pas résisté.

Depuis qu'il lui avait demandé de partir avec elle en reportage pour tenter d'obtenir une interview du président Duvalier qui venait d'abandonner Haïti et que la France avait accueilli à l'hôtel de l'Abbaye, à Talloires, précisément, elle savait que Darmon ferait ce geste, la pousserait dans un couloir en direction d'un lit, et qu'elle accepterait.

Il lui avait dit : « Tu viens si tu veux. On part avec un cameraman. On sait que Bébé Doc arrive à 21 heures 14 à Grenoble Saint-Geoir, mais nous, on l'attend à Talloires. On s'installe à l'auberge du Père-la-Bise : week-end au bord du lac, etc. Qu'est-ce que tu en penses ? »

Ils se tenaient face à face sur le seuil du petit bureau vitré qui servait de lieu de réunion au service politique. Autour d'une table ronde, les autres journalistes du service, Ruth, Catherine, Hélène, Anne, les observaient. Gorin, le rédacteur en chef du journal du soir, était assis en bout de table.

« Talloires ? avait répondu Claire. C'est chez moi !

— Je passe te prendre », avait répondu Darmon, et il s'était assis à côté de Gorin.

Claire était restée debout, appuyée au cadre de la porte, défiant du regard les autres journalistes.

En un mois, elle avait appris la promiscuité dans la grande salle des informations. On se frôlait, on s'engueulait, on papotait, on se haïssait, on se jalousait, on se séduisait, on se réconciliait, on se guettait.

Jusque-là, elle avait le plus souvent vécu seule. Sa mère restait silencieuse, préparant ses cours, écrivant et lisant sur le balcon de la ferme Ferrand. « Ça va, Claire ? » demandait-elle à intervalles réguliers sans même lever la tête ni attendre une réponse.

Claire rêvait. Noël Garneray, son père, était en reportage d'un bout à l'autre de la région. Il téléphonait.

Elle s'était habituée à cette solitude, à ce silence. Pas d'amis durant les études ; un amant, Édouard Gallois, élève de l'Institut d'études politiques de Grenoble, comme elle. Rien, peu d'émotions, les souvenirs de quelques week-ends au bord du lac d'Annecy, en juin. Ils étaient descendus dans un hôtel de Talloires, mais qui ne donnait pas sur le lac. Ils s'étaient cependant baignés et avaient dîné à l'auberge du Père-la-Bise. Édouard disposait d'une carte de crédit qu'il sortait de son portefeuille avec gaucherie tout en prétendant jouer au jeune adulte blasé.

Claire l'avait abandonné sans regret. Mais, à Paris, ç'avait été à nouveau la solitude. Et, brusquement, cette tension de la rédaction, du service politique, ces corps, ces voix autour d'elle, ce téléphone qu'on ne posait jamais, ces écrans d'ordinateurs et de téléviseurs, ces rendez-vous qui se succédaient, ces coups de gueule de Gorin ou de Darmon...

Durant tout ce mois, Darmon avait exercé sur Claire une pression de chaque instant, sans rien exiger ni solliciter, mais sous les mots couvait son désir et dans son regard se lisait la certitude qu'il « aurait » Claire, comme il avait eu toutes les autres : Ruth, Catherine, Anne, Hélène...

« Au service politique, répétait-il, les jeunes femmes sont les plus efficaces. Devant elles, les types ont toujours envie de se déshabiller. »

Claire avait senti dès le premier jour qu'on l'observait. Saurait-elle résister à Darmon que tout le monde savait impatient, impérieux ?

Elle avait su, le laissant gueuler des grossièretés, grivoises à dessein.

Parfois, au contraire, il s'exprimait avec douceur.

Il lui avait procuré une carte de journaliste accréditée à l'Élysée : « C'est le secteur le plus envié. C'est là-bas que tout se décide. Jette tes filets, je veux du poisson, et du gros ! » Elle avait assisté aux conférences de presse du porte-parole du Président, puis aux comptes rendus du Conseil des ministres. Elle avait été, avec Darmon, admise dans la grande salle des fêtes de l'Élysée pour une remise de légions d'honneur. À la fin de la cérémonie, le Président l'avait longuement regardée, était venu à elle, lui avait tendu sa petite main potelée, blanche, molle et froide, qu'elle avait reconnue. Darmon s'était tenu à l'écart ; il s'était incliné, respectueux et en même temps ironique.

« Vous voici revenu, monsieur Darmon », avait lâché le Président. Puis il s'était tourné vers Claire : « Mais, si je comprends bien, elle est avec vous à RTE ? » Il avait hoché la tête. « Nous aurons sûrement l'occasion de nous revoir », avait-il dit avant de s'éloigner.

« Mémoire de Dieu... », avait murmuré Darmon en traversant la cour de l'Élysée et en proposant à Claire de la reconduire.

Elle avait refusé. Le moment de céder n'était pas encore venu. Elle sentait qu'en résistant, elle acquérait une personnalité, qu'elle marquait ainsi les limites de son territoire, montrait qu'elle avait une volonté, qu'elle n'était pas seulement la protégée de Bernard Terraz, celle que le Président connaissait « bien », mais une jeune femme qui savait décider seule.

Peu à peu, elle s'était rendu compte que les autres journalistes l'avaient acceptée, même si les rivalités entre elles ne désarmaient jamais. Elles avaient été sensibles au fait qu'elle n'eût pas tapé du pied pour passer à l'antenne, qu'elle eût admis qu'il y avait un temps d'initiation, de travail dans l'ombre. Elle n'avait pas courtisé Gorin, elle ne s'était pas soumise du jour au lendemain à Darmon pour avoir le droit d'apparaître une minute trente dans le « 20 heures ». Mais elle n'ignorait pas non plus que, si on ne la voyait pas à l'écran, elle n'existait pas.

Au bout d'un mois, elle avait pensé que le moment était venu pour elle de coucher avec Darmon. Pour en finir avec lui. Pour que ne reste pas trop longtemps entre eux deux leur désir. Car elle le désirait aussi. Elle avait envie de connaître un homme comme lui, aux mains lourdes et épaisses, et avait compris qu'il ne chercherait pas à établir avec elle des relations suivies. Il voulait simplement « l'avoir », parce que, pour lui, connaître une femme, c'était la baiser, la tenir nue sous lui. Après, c'était fait. Il y avait tant de femmes à connaître, autant que d'événements à « traiter », et est-ce qu'on a le temps de revenir sur le passé quand l'actualité pousse toujours de nouveaux faits, de nouveaux personnages sur le devant de la scène ?

Cette attitude-là aussi attirait Claire. Il ne fallait pas qu'il subsiste entre eux du regret ou de la rancœur. Ils devaient l'un l'autre s'épuiser une fois pour toutes.

Elle avait été invitée à déjeuner par François Novel, l'un des chargés de mission de l'Élysée qu'elle avait interrogé à l'issue d'une conférence de presse. Il avait d'abord eu envie de parler de lui, se présentant comme un personnage à part dans ce grand château, un intellectuel égaré en politique et qui n'y ferait d'ailleurs qu'un bref passage. Ce qui l'intéressait, c'était le rapport entre les médias — la télévision, surtout — et l'action politique. C'est pourquoi il avait souhaité parler de tout cela avec Claire Garneray qui conservait un œil neuf tout en occupant déjà une fonction centrale, à la jointure entre politique et médias.

Ils avaient déjeuné dans une des annexes du Palais, au numéro deux de la rue de l'Élysée. Claire avait écouté Novel, disert, brillant, voulant séduire et avouant tout à coup sa lassitude, son scepticisme :

« C'est vous qui détenez le pouvoir... Le Président aurait besoin de gens nouveaux, de personnalités comme la vôtre, ouvertes sur les nouvelles générations, celles de l'image... »

Claire n'avait pas cessé de fixer Novel, l'obligeant souvent à baisser les yeux. Elle avait ainsi mesuré son pouvoir, ce privilège que lui conférait sa jeunesse, le désir qu'elle suscitait, ce mystère et cette puissance qui semblaient l'auréoler parce qu'elle était journaliste à RTE.

Elle devait absolument accéder à l'antenne.

Il lui fallait en finir avec Jean-Claude Darmon.

Elle avait donc accepté de partir avec lui à Talloires. L'ironie de la vie voulait qu'elle réalisât ce premier reportage en un lieu où, il y avait à peine quelques mois, elle avait joué avec Édouard Gallois à la jeune femme amoureuse.

Maintenant, elle sentait contre elle le corps de Jean-Claude Darmon. Il lui avait emprisonné les seins, lui commandait d'une voix rauque d'ouvrir la porte de la chambre, lui murmurait en lui mordillant l'oreille : « Merci, Bébé Doc », puis, à l'instant où elle poussait la porte, il ajouta : « Ce que je préfère chez toi, c'est ton cul. »

Elle avait fermé les yeux ; elle s'était cambrée. Elle aimait vivre.

35

Claire se réveilla avant Darmon. Elle s'assit dans le fauteuil disposé dans l'un des angles de la chambre, loin du lit ; la lampe de chevet était restée allumée toute la nuit et la lumière découpait dans la pièce un cône plus clair au centre duquel se trouvait une masse sombre : le corps de Darmon, couché sur le ventre, l'un de ses bras replié sous son visage.

Pour se lever, Claire avait dû repousser l'autre bras qui la tenait par l'épaule et la nuque. Darmon avait soupiré, marmonné quelques mots : « Dors, on a le temps... »

Claire s'était immobilisée, avait attendu que sa respiration redevienne régulière, bruyante, pour se glisser hors du lit jusqu'au fauteuil.

Elle s'était sentie légère, guillerette. C'était comme après une longue ascension, celle de l'un des sommets qui dominent La Clusaz. Elle était partie quelquefois avec son père et sa mère, à l'aube, sur ces sentiers de plus en plus étroits au fur et à mesure qu'on s'élevait. Les jambes devenaient lourdes, ie souffle haché. Les bretelles du sac cisaillaient les épaules. Et puis, tout à coup, c'était le sommet, cette étroite surface encombrée de blocs que balayait le vent. On se recroquevillait, les jambes pendant dans le vide, à l'abri des rochers, et on attendait le lever du soleil. Il apparaissait enfin, illuminant les cimes ; Claire s'en souvenait, c'était à cette seule occasion qu'elle avait entendu sa mère rire aux éclats, son père crier. Ils s'étaient embrassés dans cette lumière presque blanche qui détourait à l'horizon les glaciers et les barres. Claire n'avait plus ressenti la fatigue. Il lui avait même semblé qu'elle aurait pu gravir une autre cime.

Assise dans le fauteuil, contemplant le corps de Darmon, elle éprouvait la même euphorie. Elle avait passé la nuit avec lui. Elle avait eu peur. Il s'était montré comme elle l'avait imaginé, brutal. Il avait posé sa main sur son visage, la forçant à s'immobiliser, à ne pas le regarder. Il avait dit : « J'aime bien te tenir sous ma patte. » Et elle l'avait vu comme un animal au poitrail gonflé, soufflant au-dessus d'elle, l'écrasant de ses cuisses. Elle s'était laissé faire et elle avait geint quand le plaisir était monté en elle, avant que Darmon ne crie à son tour, avançant la mâchoire, secouant la tête comme s'il avait eu une crinière.

Puis, il était resté allongé à côté d'elle, sa main gauche posée sur le sein de Claire, et il avait parlé d'une voix différente, presque humble, lui racontant son enfance parisienne dans le quartier de la République, son père artisan électricien rue Amelot, les manifestations, les déceptions, etc.

Il fallait jouer un rôle, lui dit-il, prétendre qu'on était cynique, c'était ce qu'il lui conseillait : ne jamais montrer ce qu'on avait dans le ventre, le désir qu'on gardait de croire en quelque chose, de dénoncer les injustices, de poser les questions gênantes à ceux qu'on interviewait.

Bien sûr, c'était cela que tous voulaient faire : Catherine, Hélène, Anne, Ruth ; c'était pour cela qu'ils avaient choisi d'être journalistes et le restaient malgré tout. Mais Claire serait, comme eux tous, obligée de devenir une marionnette. Qu'est-ce qu'on pouvait faire d'autre ? C'était la gueule et le ton, la souplesse d'échine qui comptaient, pas ce qu'on disait, ou à peine. Alors, qu'est-ce qu'il restait ? Faire des coups, un scoop, être les premiers à filmer Bébé Doc à l'hôtel de l'Abbaye de Talloires, trois minutes, puis arranger sa vie comme on pouvait.

Il avait serré le sein de Claire et, en signe d'amitié, elle lui avait pris le poignet. Darmon était resté silencieux quelques minutes.

« Tu connais Terraz et le Président ? »

Elle n'avait pas répondu.

« C'est ton affaire », avait murmuré Darmon.

Mais, en général, ceux que le Président soutenait ne ressemblaient pas à Claire. Il y avait Brigitte Georges, Karine Rivière, etc.

« Tu es encore trop comme ça, avait dit Darmon en fermant son poing droit. Même si tu crois donner le change, silence et sourire, ça ne suffit pas. Ils te demanderont plus. »

Il s'était couché sur le flanc.

Ce système, avait-il bougonné, on ne pouvait rien contre. Savait-elle que le père de Terraz avait été sénateur de la Savoie, ami de Laval et de Pétain ? Assassiné pas loin d'ici. D'ailleurs, la maison des Terraz se trouvait là, au bord du lac.

Elle savait, avait-elle répondu. Gilles Duprez lui avait raconté l'histoire de Georges Terraz. Mais c'était il y avait des siècles, avant-guerre.

Darmon avait grogné : c'étaient toujours les mêmes, toujours, avant-guerre comme après-guerre.

« Duprez, Duprez... », avait-il murmuré.

Tout le monde n'avait pas le courage d'être Duprez, avait-il ajouté, parlant de plus en plus bas. Dire ce qu'on pensait, se souvenir, ça relevait aujourd'hui de l'héroïsme.

Puis il s'était endormi.

36

Claire n'avait pas voulu que l'intimité de la nuit se prolonge. Elle s'était lentement habillée, s'immobilisant quand Darmon bougeait, craignant de le réveiller. Mais, quand elle ouvrit la porte de la chambre, il dormait encore, avec une respiration régulière, apaisée, les deux bras maintenant croisés sous sa tête.

Elle attendit quelques secondes avant de refermer, puis, après avoir lâché la poignée, elle s'élança à grands pas dans le couloir, descendant l'escalier en courant comme si, brusquement, un lien avait été tranché et qu'elle pût ainsi aller à sa guise, joyeuse, légère, libre.

Elle but rapidement un café, debout devant les baies vitrées de la salle de restaurant, les mains entourant sa tasse pour se réchauffer. Le lac était une surface noire rayée par à-coups de traînées claires : le reflet des nuages qui devaient glisser haut dans le ciel mais que Claire ne pouvait apercevoir, un auvent limitant l'horizon.

Elle avait hâte de sortir. Sur le perron de l'auberge, elle fut saisie par le froid et éblouie par la luminosité de l'atmosphère. La neige couvrait les berges. Les pentes dominant le lac étaient des miroirs blancs qui se prolongeaient jusqu'aux cimes, ensevelissant les toits.

Claire remonta le col de sa parka et fit quelques pas hors du parc de l'auberge, mais, aussitôt, les gendarmes qui gardaient les abords de l'hôtel de l'Abbaye où logeaient le président Duvalier et sa famille, l'arrêtèrent. Elle parlementa, montra la tour blanche qui s'élevait au flanc d'un petit cap, à quelques centaines de mètres de l'hôtel de l'Abbaye, au bout du chemin qui longeait les berges.

Elle s'était naguère promenée là avec Édouard Gallois, elle s'en souvenait.

Elle insista. Comment pourrait-elle entrer dans l'hôtel qui était gardé ? Elle ne possédait ni appareil photo, ni caméra.

« Ça ne conduit nulle part », dit un gendarme.

Elle ne pouvait accéder à la tour, expliqua-t-il. Elle appartenait à M. Terraz, c'était un domaine privé.

Elle savait, répliqua-t-elle. Elle était une amie de Bernard Terraz.

En détournant la tête, le gendarme fit un geste de la main et Claire reprit sa marche.

Le sol gelé craquait sous ses pas. Elle observa le lent déplacement des canards qui avançaient parallèlement à la berge et le mouvement des rides qui s'estompaient, l'eau du lac redevenant lisse comme un écran.

Elle s'appuya à la barrière qui fermait le chemin, au centre de laquelle un écriteau rappelait qu'il s'agissait d'une propriété privée. C'était donc cela, la maison des Terraz, cette grande bâtisse blanche aux nombreux *bow-windows* ? Elle repensa aux propos de Darmon après l'amour, quand il avait changé de voix et même de corps, comme si toute l'agressivité, la brutalité, la vulgarité même qu'il exprimait avaient disparu, laissant place à un homme amer et tourmenté, lucide et blessé. Elle se souvint des commentaires de Gilles Duprez et de ceux de sa mère. Et des soupirs de lassitude d'Hélène ou de Ruth, d'Anne ou de Catherine quand elles devaient couper leurs papiers parce qu'ils étaient trop longs et que Gorin ou Darmon répétait d'un ton las : « À la télé, on ne fait pas de ronds de phrases. Chaque mot, chaque image doit être un coup de poing. Mettez-vous ça dans le crâne, ou alors dégagez ! »

Après un mois à RTE, Claire s'était convaincue que tout serait plus difficile qu'elle ne l'avait imaginé. On pouvait à chaque instant devenir une marionnette, comme disait Darmon, n'être plus qu'un masque parmi d'autres, une voix entre des voix. Rien.

Elle ne voulait pas être rien. Elle voulait être soi, mais pouvait-on ne pas se maquiller quand on passait à l'antenne ?

Elle sursauta. Une femme s'était approchée, la dévisageait. Elle avait l'allure sportive, les cheveux coupés court, le visage rond et hâlé. Elle devait avoir une cinquantaine d'années. « L'âge de ma mère », pensa Claire.

« Je vous connais » dit cette femme en continuant de la détailler.

Elle fronçait les sourcils, faisant effort pour se souvenir. Tout à coup elle sourit, s'exclama. Elle avait vu Claire la veille au soir, au journal de RTE. « Vous étiez à l'hôtel de l'Abbaye pour Duvalier. C'est vous qui lui avez posé la première question, sur sa famille, sa femme. Après, c'est Darmon qui a continué l'interview, mais ça ne m'a plus intéressée : la politique... » Elle eut un geste de dédain. Elle espérait, poursuivit-elle, que Bébé Doc s'installerait ailleurs. Sa présence rendait la vie impossible : contrôles d'identité, etc. Sans compter qu'on pouvait craindre des attentats.

« Je suis Caroline Terraz, reprit-elle avec une expression mutine et ironique. Mon mari...

— RTE..., murmura Claire en se redressant. C'est grâce à lui... » commença-t-elle à expliquer avant de s'interrompre, Caroline Terraz ayant pointé le doigt vers elle tout en l'interrogeant, le visage transformé par la curiosité, le menton en avant, les yeux plissés. S'appelait-elle Garneray ? Elle avait lu cet article dans *Continental*, l'hebdomadaire que possédait son mari. Bernard lui avait expliqué qu'il venait de recruter cette jeune femme, une étudiante, mais qui, avait-il dit, avait « quelque chose », de la détermination.

« C'est vrai, murmura Caroline Terraz, votre visage... »

Après quelques secondes de silence, elle demanda à Claire si elle était originaire de la région.

« Grenoble », lâcha Claire en commençant à s'éloigner pour ne plus entendre les questions, ne pas avoir à y répondre.

Mais Caroline Terraz la suivait : « C'est extraordinaire... », répétait-elle.

Claire était-elle la fille de Monique Ferrand ? C'était son amie de lycée. Jusqu'en terminale, elles avaient été intimes, ne se quittant jamais, partageant tous leurs secrets. Caroline n'avait jamais vraiment compris la raison pour laquelle Monique avait cessé de la voir.

« Elle venait souvent dans cette maison, expliqua Caroline en montrant une villa qui se trouvait à mi-pente, à quelques centaines de mètres de celle des Terraz. Elle appartenait à mon père, ajouta-t-elle avant de s'interrompre et de marcher en silence aux côtés de Claire. Tout cela est si loin... »

Elle avait appris par des amies que Monique était devenue professeur de littérature à Grenoble, que ses étudiants l'adoraient. Ça ne l'avait pas surprise. Monique était une lycéenne brillante, extraordinaire : « Elle nous dominait toutes. Elle s'intéressait à la politique ; communiste, comme son père... » Elle l'avait peu connu, mais c'était lui qui l'avait marquée.

Claire avait froid, elle avait l'impression d'être harcelée, coupable, prise sur le fait. Mais quelle faute avait-elle commise ?

« Vous avez connu François Le Guen ? demanda Caroline. C'était un ami de Maurice Ferrand et de mon père. Des résistants. Lui aussi, un homme d'une autre époque... »

Caroline Terraz s'arrêta. Tout à coup, elle paraissait songeuse, mélancolique. C'était la mort de sa mère qui avait sans doute provoqué le repli sur soi de Monique, sa rupture avec ses amies. « Un accident stupide, un jour d'octobre, en 1950. Nous avions seize ans. Nous avons toutes été bouleversées. »

Après un long silence, elle reprit : « La télévision, vous êtes satisfaite ? », puis, d'une voix lasse : « Vous voyez toujours mon fils Rémy, à RTE ? », et, plus bas : « C'est une passion, aujourd'hui, n'est-ce pas ? Qu'en pense votre mère ? »

Claire ne put s'empêcher de hausser les épaules.

« Embrassez-la de ma part », dit brusquement Caroline, puis elle lui tourna le dos et s'éloigna à pas lents.

Darmon et le cameraman s'étaient installés au soleil dans le parc de l'auberge. Quand Claire s'assit en face d'eux, Darmon lui adressa un petit signe complice en levant à peine la main. La nuit n'aurait pas de suite.

« Cette femme ? » demanda-t-il en désignant Caroline Terraz qu'on apercevait encore sur le chemin.

Claire expliqua qu'il s'agissait de Mme Bernard Terraz et montra leur villa, puis, comme pour elle-même, elle ajouta :

« Une amie de lycée de ma mère. »

Darmon siffla entre ses dents.

37

Claire murmura : « Maman. »

Elle esquissa un mouvement des bras comme si elle avait voulu embrasser sa mère, mais Monique Ferrand-Garneray lui tourna le dos, laissant la porte de l'appartement grande ouverte.

Claire resta sur le seuil, hésitant à entrer, soudain submergée par un sentiment de déception, mais aussi d'impuissance et de lassitude. Elle ne pourrait parler avec sa mère. Une fois de plus, elle s'était trompée.

Quand elle avait décidé, le matin même, de louer une voiture à Annecy, de ne pas rentrer à Paris avec Darmon, mais de passer par Grenoble, elle avait imaginé, avec une naïveté qu'elle se reprochait maintenant, qu'elles pourraient enfin se confier l'une à l'autre.

Elle aurait raconté à sa mère toutes ces émotions, ces désirs qu'elle avait accumulés en l'espace d'un mois, peut-être même sa nuit avec Jean-Claude Darmon, ou, en tout cas, elle lui aurait fait comprendre ce qu'elle avait vécu. Peut-être sa mère aurait-elle vu au journal télévisé l'interview de Jean-Claude Duvalier qu'elle avait réalisée avec Darmon à Talloires. Peut-être aurait-elle dit : « Tu étais parfaite, Claire ; précise, sobre, belle. » Alors Claire lui aurait confié ce qu'elle ressentait depuis qu'elle avait rencontré Bernard Terraz. Sa mère avait-elle lu l'article que *Continental* avait publié ? Elle avait déjà parlé à deux reprises avec le président de la République. Qu'en aurait pensé François Le Guen, lui qui était mort heureux parce que

François Mitterrand, un socialiste, avait enfin été élu à la présidence ? Il aurait été fier, n'est-ce pas ?

Claire aurait fait part à sa mère du malaise qu'elle ressentait chaque fois qu'elle rencontrait Rémy Terraz. C'était un drôle de bonhomme, vraiment. Les cheveux en queue de cheval, un petit anneau d'or accroché au lobe de l'oreille gauche, des chemises au col ouvert laissant voir une poitrine adipeuse, un crucifix d'argent pendu à un fil d'argent ; des propos parfois étranges et un regard qui se voilait souvent quand il parlait. Il avait proposé à Claire de travailler avec Karine Rivière sur un projet d'émission auquel il tenait par-dessus tout, car ce thème ferait « exploser » l'audience. Il s'agirait d'explorer tout ce qui appartenait à *l'autre monde*, l'étrange, le monstrueux, le marginal. « *L'Autre Monde*, tu te rends compte, maman ? aurait-elle dit. Il veut qu'on plonge dans l'inconscient, le paranormal ou le fantastique. Ce type me fait peur, mais peut-être qu'il a raison, que c'est à cela que va se résumer cette fin de siècle, tu ne crois pas ? »

Tout au long de la route, Claire avait ainsi soliloqué, pleine de tout ce qu'elle voulait évoquer avec sa mère. Enfin elle lui aurait parlé de cette femme rencontrée par hasard au bord du lac, à Talloires : « Curieux, cette coïncidence... La femme de Bernard Terraz, la mère de Rémy, ton amie de lycée, Caroline, qui a connu François Le Guen, qui m'a parlé de ta mère, de cet accident, de la peine que tu as éprouvée à ce moment-là ; tu avais seize ans, n'est-ce pas, en 1950... Raconte-moi, maman... »

Claire se serait penchée vers elle et sa mère aurait longuement parlé de son enfance, de son père, ce Maurice Ferrand dont elle avait tant de fois entendu évoquer le courage par François Le Guen, mais qu'elle n'imaginait pas. Elle aurait raconté sa propre mère, Julie, ce prénom qui était tout ce que Claire en connaissait, elle qui avait maintenant tant envie de savoir...

Elle avait traversé la place Grenette d'un pas rapide, l'anxiété la gagnant peu à peu. Elle avait monté si vite les trois étages qu'elle en avait eu le souffle coupé. Elle avait sonné, et le contraste avait été si grand entre ce qu'elle avait imaginé et l'accueil de sa mère, qu'elle avait eu envie de se coucher là, sur le palier, d'y sangloter de fatigue et de désespoir.

Sa mère l'avait regardée avec indifférence, l'air de se demander qui elle était. Est-ce que je la connais ? que veut-elle ? est-ce l'une de mes étudiantes, l'une de ces emmerdeuses qui me harcèlent pour obtenir un sujet de thèse ?

Sa mère s'était éloignée et Claire la suivit des yeux dans le long couloir qu'éclairaient deux fenêtres donnant sur la cour pavée. Par-delà les toits, Claire aperçut une partie de la place Grenette, puis, dans ce décor immuable, elle vit, au fond du couloir, la console au plateau de marbre noir sur laquelle son père avait l'habitude de poser ses clés, ses papiers de voiture, parfois l'un de ses magnétophones. Elle se souvint de la petite fille qui courait dans ce couloir et qui tendait le bras pour tenter d'attraper ces clés, mais le plateau de la console était trop haut. Elle fut émue aux larmes.

Sa mère, à cet instant, se retourna, disant d'une voix impatiente : « Entre et ferme la porte. Il y a toujours du courant d'air, tu le sais, je déteste ça. » C'était si caricatural, si rassurant aussi — cette phrase, Claire l'avait entendue prononcer des centaines de fois, elle faisait ainsi le lien avec le passé — que la jeune femme en fut tout à coup calmée.

Elle suivit sa mère dans la grande pièce aux trois fenêtres d'où l'on voyait toute la place et le fort de la Bastille.

Sa mère lui apparut alors en pleine lumière ; à nouveau l'émotion serra la gorge de Claire.

Monique Ferrand-Garneray était entièrement habillée de noir, comme si elle portait le deuil. Il sembla à Claire qu'elle s'était rabougrie, voûtée. Les omoplates saillaient sous le pull-over en angora. La jupe droite faisait ressortir les os des hanches, et les jambes, sur des chaussures à hauts talons, paraissaient maigres, serrées dans un collant légèrement brillant. Sa mère était élégante, presque provocante, car sa jupe était courte, au-dessus du genou, mais Claire ressentit une impression de malaise, comme si cet effort pour paraître n'était qu'une façon maladroite de cacher la vieillesse, peut-être même la maladie qui avaient commencé à ronger ce corps qui se raidissait, luttait, mais qui portait déjà les stigmates de la défaite.

Lorsque sa mère s'assit à son bureau, Claire vit son visage pris dans l'éclat de la lampe d'opaline verte. Les joues étaient creusées, la peau du cou ridée, les cernes teintaient la peau de bistre.

« Ça va, maman ? » dit Claire en s'installant en face d'elle.

Monique Ferrand-Garneray ne répondit pas, mais Claire vit passer sur son visage une fugitive expression d'effroi, comme si elle avait le sentiment d'avoir livré sans le vouloir son secret. Elle se redressa.

« Tu passais par Grenoble ? » dit-elle d'une voix sèche en fixant sa fille.

Tant de choses à se dire, et ce silence entre elles, insupportable.

Claire se leva, marcha jusqu'à la fenêtre, regarda la place, dit qu'elle avait fait un reportage à Talloires, et qu'avant de partir...

« Ton père t'a vue », coupa Monique Ferrand-Garneray. Elle repoussa bruyamment sa chaise. « Je ne regarde jamais la télévision, ajouta-t-elle, et surtout pas RTE. On me dit que c'est la pire : sexe, violence, vulgarité, publicité. Tout ce que j'aime...

— À Talloires... », commença Claire.

Elle se retourna. Sa mère était debout, bras croisés, si maigre que Claire répéta d'une voix angoissée :

« Maman...

— À Talloires, quoi ?

— Tu allais autrefois à Talloires..., dit Claire. J'ai rencontré par hasard... par hasard — elle répéta le mot comme pour s'excuser — une de tes amies de lycée, Caroline, qui m'a...

— De quoi tu te mêles ? lança Monique Ferrand-Garneray. Ça ne te suffit pas de te montrer ? On m'interpelle, on me téléphone : "On a vu votre fille..." Quelle joie, n'est-ce pas ? Maintenant tu fouilles, tu remues... Qu'est-ce que tu cherches, qu'est-ce que tu veux ?

— Rien, maman, rien, bredouilla Claire.

— Tu veux parler de qui ? De Bernard Terraz ? Je sais tout ce qui le concerne. Ça ne m'intéresse plus.

— Par hasard, maman. C'était une coïncidence...

— Fais ce que tu veux. Personne ne peut t'en empêcher, d'ailleurs. Va avec qui tu veux, mais laisse les morts en paix, ne touche pas à ce qui est mort. Ne t'occupe pas de moi. »

Claire recula. Il lui sembla que sa mère venait effectivement de s'allonger parmi les morts.

38

Quand, au cours des semaines qui suivirent, le plus souvent au début de la nuit, Claire sentait que le souvenir de sa mère l'obsédait, qu'elle craignait de se coucher, sachant qu'elle chercherait en vain à embrasser, à sauver ce corps maigre vêtu de noir et qu'à la fin, c'est lui qui l'emporterait; qu'elle aurait beau se débattre, elle ne pourrait échapper à cette chute, si désespérée, si seule, en proie à une peur si forte qu'elle était sur le point de hurler, de se précipiter dans la rue, de saisir le bras de n'importe quel passant, d'avaler n'importe quel somnifère — alors, elle téléphonait à Darmon.

La première fois, elle l'avait fait sans même se rendre compte du numéro qu'elle composait. Quand elle avait reconnu sa voix, elle s'était excusée, mais il l'avait contrainte à s'expliquer, l'empêchant de raccrocher comme on retient une main qui glisse. À la fin, il avait dit : « Je viens. » Et lorsqu'elle avait entendu ses pas résonner dans l'escalier, si pesamment qu'elle avait souri, imaginant qu'il frappait volontairement du talon de ses bottillons pour annoncer sa venue, elle avait ouvert la porte avant même qu'il eût sonné. Elle s'était collée à son corps rugueux, massif, comme ces blocs derrière lesquels elle se protégeait du vent quand elle avait enfin atteint, après une longue ascension, l'un des sommets dominant La Clusaz.

Darmon envahissait le studio. Il semblait capable d'en repousser les murs. Il ouvrait les fenêtres : il lui fallait de l'air ! Et le corps maigre et noir de Monique Ferrand-Garneray, son visage morbide s'enfuyaient et ne revenaient plus de plusieurs nuits. Claire oubliait sa mère.

A présent, elle n'appelait plus Darmon ; il ne lui téléphonait jamais. Lorsqu'ils se retrouvaient dans la grande salle des informations de RTE, ils paraissaient ne plus être que d'anciens amants, complices et fraternels, ayant pris chacun des routes séparées et se retrouvant à l'étape, cette salle de réunion du service politique, ces reportages qu'ils faisaient ensemble, à Marseille pour les obsèques de Gaston Defferre, ou bien rue de Rennes, quand « ces ordures », comme disait Darmon, avaient fait exploser « leur saloperie » et que la rue, sur plusieurs dizaines de mètres, n'était plus qu'un étal rouge et hurlant.

Sans que Claire en prît conscience, les semaines ainsi ajoutées les unes aux autres devinrent des mois.

Elle passait à l'antenne, sobre, efficace, lisse. Elle voyait souvent, à l'Élysée, François Novel, et elle se laissait peu à peu séduire, acceptant ses invitations à déjeuner une fois par semaine — « pour rester en phase », comme disait François —, puis à dîner, à la Closerie des Lilas, car Novel habitait non loin de là, boulevard Raspail. Il la raccompagnait. Il parlait. Il ne lui proposait pas de finir la soirée chez lui ou chez elle, alors qu'elle aurait sans doute accepté. Il paraissait surtout désireux de se confier, d'exposer ses idées, assis dans l'un des bars bruyants de Montparnasse où, parfois, déjà — Claire en ressentait un pincement de plaisir et de gêne —, les gens se retournaient, cherchant quelques secondes où ils avaient vu le visage de cette femme qui leur semblait si familier et sur lequel ils étaient pourtant incapables de mettre un nom. Claire baissait alors la tête ou bien entraînait François Novel qui, tout à ses confidences, ne s'était rendu compte de rien.

Ils firent l'amour, ou plutôt il tenta de l'aimer, maladroitement, timidement, cherchant à la satisfaire et y parvenant, mais incapable d'atteindre lui-même au plaisir. Il haletait au-dessus d'elle, le visage en sueur, ou crispé, les yeux fermés. Elle l'observait avec une pitié tendre, tant il paraissait souffrir de ne pas réussir à faire jaillir un cri de son propre corps. Elle ne pouvait que penser à Darmon qui, même lorsqu'il ne parvenait pas à jouir, riait, se laissant rouler sur le côté, disant : « Pas de réserves aujourd'hui, il faut que je fasse le plein ! » Il se levait, traversant de son pas lourd la chambre en direction de la salle de bains où elle l'entendait chantonner sous la douche.

François Novel, au contraire, se recroquevillait. Il s'excusait, se lamentait, s'accusait. Elle le prenait contre elle, le berçait ; elle jouait pour la première fois de sa vie ce rôle de consolatrice, et était heureuse quand il s'endormait, geignant, la tête contre ses seins. Mais alors revenait chez Claire le souvenir de sa propre enfance, et elle pensait à nouveau à sa mère.

Elle savait que, dans les nuits qui allaient suivre, le corps maigre et noir reviendrait se coucher près d'elle. Elle tentait de prendre les devants.

Elle avait ainsi plusieurs fois téléphoné à son père à Radio-France Isère. Il était enthousiaste. Il l'avait vue, disait-il, au dernier journal. Elle était chaque fois meilleure, plus percutante, le regard droit dans la caméra, parfaite. Il sentait, disait-il, qu'elle savait désormais prendre la mesure et le contrôle de ceux qu'elle interviewait, même le Président, même Chirac. Elle était la maîtresse sur le plateau ou devant la caméra. Elle n'était plus la petite débutante impressionnée. C'était aveuglant, et il était fier d'elle.

« Maman ? » demandait Claire.

Son père balbutiait. Il faisait mine de croire que Claire s'inquiétait de savoir si sa mère regardait les journaux télévisés, si elle appréciait les interviews ou les interventions de sa fille. Il répondait avec une feinte assurance : Claire savait bien que sa mère détestait le petit écran, qu'elle ressassait qu'il y avait plus d'informations dans une demi-page de journal que dans tout un journal télévisé.

« Je l'ai trouvée lasse, fatiguée, amaigrie », murmurait Claire.

Chaque mot qu'elle prononçait la blessait elle-même, tout comme l'affolement qu'elle percevait alors chez son père.

Il niait. Il répétait que les médecins qu'il l'avait forcée à consulter n'avaient rien décelé. Mais, Claire devait l'admettre, sa mère avait plus de cinquante ans. Noël Garneray ajoutait avec de la violence dans la voix : « La ménopause, est-ce que

tu sais ce que c'est ? Les femmes changent de corps, de caractère... Bon, c'est ce qui arrive à ta mère. »

Claire ne répondait pas ; ce silence, elle le devinait, troublait
son père, l'obligeait à reconnaître qu'en effet, lui aussi était
inquiet, mais pas pour le corps de Monique Ferrand-Garneray.
« Ta mère est solide, répétait-il, c'est une montagnarde. » Il
craignait en revanche pour sa tête et son humeur. Elle était
devenue difficile à vivre, acariâtre. Elle ne s'intéressait plus
aux étudiants et jamais elle ne l'interrogeait sur ce qu'il faisait.
« Elle ne parle pas davantage de toi », avouait-il. Pourtant,
ajoutait-il, elle n'avait vécu que pour sa fille.

Claire se tassait. Elle se sentait coupable. Peut-être avait-elle
déçu sa mère au point que celle-ci avait perdu tout désir de
vivre, le sens qu'elle avait donné à sa vie s'étant dérobé ?

« Tu n'y es pour rien, niait d'une voix sourde Noël Garneray. C'est elle qui s'est repliée. Elle écrit sur son enfance, sa
mère, ses grands-parents qu'elle n'a pas connus. Cette histoire
l'obsède. »

Elle venait de passer plusieurs jours à Norges, un petit village des environs de Chambéry où sa propre mère avait vécu
enfant et où son père, Maurice Ferrand, avait été instituteur.
Ses grands-parents avaient travaillé là, étaient morts là...

Noël Garneray s'arrêta, puis ajouta plus bas qu'il y avait eu
un drame.

Il ne répondit pas aux questions de Claire. D'ailleurs, il ne
savait pas, dit-il. Il ne voulait pas savoir. Elle n'avait qu'à
interroger sa mère. Peut-être celle-ci écrivait-elle précisément
pour éclairer ce passé, le transmettre. « Elle a toujours voulu
écrire, elle l'a toujours fait », expliqua-t-il. On n'était pas professeur de littérature par hasard.

Puis, brusquement, Claire sentit que l'angoisse que son père
avait contenue, refoulée, l'envahissait à nouveau.

« C'est malsain. Tout cela est si loin, a eu lieu avant même
sa naissance. Ça l'obsède, c'est pathologique, mais qu'est-ce
que j'y peux ? Tu connais ta mère : elle s'imagine capable de
tout maîtriser. Elle ne veut rien laisser dans l'ombre. Elle
retourne, elle ouvre chaque phrase. Il faut qu'elle sache, qu'elle
comprenne. Parfois il n'y a pourtant rien à comprendre,
rien... » Il s'interrompit, puis ajouta : « Heureusement, tu es
aussi ma fille. »

Peut-être voulait-il dire par là qu'il souhaitait et espérait que Claire ne ressemble pas à sa mère ?

Elle-même ne le désirait pas. Elle voulait s'écarter de ce corps noir et malingre, de ce visage hâve. Elle ne voulait pas entendre cette voix, se souvenir. Mais elle ne pouvait échapper à sa mémoire.

Sa mère lui avait un jour expliqué que chaque vie, chaque œuvre était une sorte de pyramide. On n'en apercevait que la partie supérieure, mais elle s'enfonçait profondément dans le sol. Pour atteindre les salles enfouies, il fallait découvrir l'entrée des couloirs, éviter les pièges, déchiffrer les codes commandant les ouvertures. Alors on accédait à la salle royale, celle qui contenait le sarcophage du Pharaon. Là se trouvait la clé de tout son règne, de toute sa vie. Car chaque vie avait de même son principe originel. Comprendre une œuvre ou une vie, son destin, c'était cela : parvenir à la chambre cachée, trouver le sarcophage royal, défaire les bandelettes entourant la momie, oser regarder en face son visage.

En se souvenant du corps amaigri de sa mère, Claire se disait que si elle ne résistait pas à l'obsession du souvenir, elle finirait par s'enfoncer dans la terre et sa mère refermerait sur elle aussi le couvercle du sarcophage.

Claire appelait alors Darmon.

« C'est moi », disait-elle.

Il répondait d'une voix douce et teintée d'ironie, si différente du ton qu'il employait quand il tenait des conférences de rédaction et arrachait à Gorin l'ouverture du journal de vingt heures ou deux ou trois minutes supplémentaires pour l'une des journalistes du service.

Il disait — Claire était déjà rassurée, car elle imaginait son sourire : « Qui ça, moi ? Il y a tant de moi qui m'appellent ! »

Mais, avant qu'elle eût répondu, il ajoutait vite, comme s'il avait craint qu'elle ne raccroche : « Claire, qu'est-ce que tu as ? C'est encore une nuit à araignée noire ? »

Parfois elle demandait : « Je peux venir ? » Elle s'habillait rapidement d'un pantalon, d'un pull, elle enfilait sa veste en peau retournée, puis appelait un taxi.

Jean-Claude Darmon habitait dans le IXe arrondissement, au coin de la rue Cadet. Claire savait qu'il l'attendait devant le porche : dans ce quartier, disait-il, une femme ne restait pas seule plus de dix secondes. Il ouvrait la portière du taxi et tendait parfois un billet de cent francs au chauffeur.

L'appartement paraissait immense dans la mesure où il était presque vide et entièrement peint en blanc. Les objets, les lampes, l'ordinateur étaient posés à même le sol. La chambre nue ne comportait que ce grand lit couvert d'une couette bleue.

Elle avait hâte de sentir ce corps lourd sur elle. Elle était rassurée par la brutalité avec laquelle il l'attirait, l'embrassait, mordillait ses seins, plaquait ses larges mains sur son dos.

Cette énergie, cette rudesse l'arrachaient à la tombe au fond de laquelle le souvenir de sa mère l'entraînait. Darmon lui redonnait de la force. Il lui rendait le désir d'agir et de découvrir. Elle haletait. Il rugissait.

Après, ils parlaient.

39

Ils étaient allongés côte à côte, chez lui ou chez elle, et les phares des voitures qui éclairaient la rue Gay-Lussac ou la rue Cadet venaient parfois balayer le plafond du studio ou de la chambre au-dessus du lit.

« Qu'est-ce qu'il te veut, Terraz ? demandait Darmon. Raconte-moi. »

Claire hésitait. Elle avait confiance en Darmon. C'était une affaire de peau, presque d'odeur ; cela tenait à la manière dont il la regardait, dont il pesait sur elle ou bien la caressait, doigts tendus, serrés, redressés, la paume frôlant son ventre et ses seins. Mais que pouvait-elle lui dire ?

Darmon s'était soulevé, avait appuyé le menton sur son poing.

« Je te parle du fils, Rémy. Le père, un classique : l'audace prudente d'un héritier qui sait nouer des amitiés utiles. Mais méfie-toi de Rémy : un tordu. »

Depuis quelques semaines déjà, Claire se sentait guettée par Rémy Terraz et elle savait que Darmon avait remarqué ses manœuvres. Lorsqu'elle quittait le studio après une interview en direct dans le journal ou un commentaire d'une minute trente, Rémy Terraz était là. Il portait des costumes très larges aux épaules tombantes, aux pantalons informes rétrécis aux chevilles. Ses chemises ouvertes étaient voyantes, bleu vif ou rose tendre.

Il était appuyé à l'une des colonnes qui soutenaient la super-structure de la salle des informations. Du bout des doigts, il jouait avec le crucifix pendu à son cou. Sa main gauche était enfoncée dans la poche de sa veste. Il souriait, à la fois bienveillant et un peu goguenard. Il s'approchait de Claire, la frôlait. Il était parfumé et sentait aussi le tabac doux, celui des cigares qu'il serrait avec affectation au coin de ses lèvres, prenant la pose.

Il félicitait Claire. Elle avait acquis en quelques mois, disait-il, un professionnalisme qui l'impressionnait. Il baissait la voix : savait-elle que Brigitte Georges commençait à s'inquiéter et qu'elle avait lancé ses premières calomnies ? Bon signe, non ? Elle affirmait que Claire Garneray était en fait poussée — on devinait pourquoi — par Mitterrand. Qu'il était impossible, dans ces conditions, de lui confier des responsabilités, une émission, surtout après le résultat des élections. Chirac prendrait la chose pour une provocation. Ou bien elle évoquait les liens de Claire avec Bernard Terraz. « Vous voyez toujours mon père ? demandait Rémy. Je crois bien que non, n'est-ce pas ? »

Mais tout cela avait peu d'importance, ajoutait-il en lui enveloppant les épaules de son bras. Il voulait simplement savoir si elle avait fait ou non le tour du service politique, donc aussi de Darmon. Il souriait : la politique était une impasse, à la télévision. Que pouvait espérer une jeune femme comme elle ? Arbitrer un débat entre deux candidats à l'élection présidentielle ? Présenter des petits sujets de trois minutes dans le journal ? Elle sentait bien, elle qui appartenait à la même génération que lui, que la politique n'avait plus d'avenir. C'était terne. Qui pouvait encore voir et écouter un politicien ? Lui-même avait passé plusieurs années aux États-Unis ; la politique ne faisait plus d'audience. Avait-elle réfléchi à ce projet d'émission, *L'Autre Monde*, ou peut-être *Rendez-vous avec l'autre monde* ? Karine Rivière peaufinait encore le concept de cette émission.

Il lui serrait l'épaule : « 90 minutes en *prime time*. » Est-ce qu'elle comprenait le coup de poing que pouvait représenter une telle émission à 20 heures 45 ? Karine était une femme de talent — il baissait la voix — qu'il connaissait bien, très bien ; mais il fallait lui associer quelqu'un de plus jeune. Karine Rivière, c'était toujours le petit monde parisien : Lavignat, l'éditeur Christian Elsen, etc. Elle avait été l'épouse d'un député socialiste. Bref, on restait entre soi. Mais c'était une génération que les jeunes n'écoutaient plus. Le même monde que Brigitte Georges... Lui voulait sortir de tout ça, faire craquer les habitudes, toucher le vrai public, celui qui intéressait les annonceurs. Est-ce qu'elle comprenait ? La culture de masse, celle des jeunes. Le nombril du VIe arrondissement n'intéressait plus que quelques milliers d'attardés. Bref, il avait pensé à Claire Garneray pour présenter cette émission.

« Un visage comme le vôtre, Claire, *clean*, angélique... »

Il fallait qu'elle imagine le contraste entre elle et ce qu'on montrerait : ces gens qui allaient raconter leur vie, leurs fantasmes. Quand on les verrait, qu'on les écouterait, eux, en face d'elle — le monstrueux mis en contact avec la mesure, l'ordre, la beauté réglée, tout ce qu'elle représentait —, cela provoquerait une déflagration énorme, un effet de choc. Peu importait que Claire, au vrai, fût vicieuse ou perverse. Lui ne croyait pas aux apparences et faisait crédit à Claire pour qu'elle ne se contentât pas d'une petite vie banale, qu'on dit morale et qui n'est en fait que frustration, lâcheté.

Il s'était emporté tout en parlant, ne voyant pas Darmon venir à leur rencontre. Il avait chuchoté quand il l'avait aperçu : « Claire : c'est entre nous, n'est-ce pas ? On en parle quand vous voulez. J'organise quelque chose chez moi. » Puis : « Je te la laisse, Jean-Claude, je te la laisse ! » avait-il lancé à Darmon tout en s'éloignant.

Ce jour-là, Darmon ne l'avait pas questionnée, mais, lorsqu'ils se retrouvèrent seuls après la conférence de rédaction, il la dévisagea longuement, ses gros sourcils froncés, ses lèvres serrées, la tête un peu penchée, avec une expression de dédain, presque de mépris.

Bien sûr, lui dit-il, elle était libre de quitter le service politique quand elle voulait, à l'instant même si elle le désirait. Darmon n'avait jamais retenu personne ; chacun choisissait en fonction de ses intérêts. Il écarta les bras : « Liberté, liberté ! » Mais, après avoir fait quelques pas, il revint vers Claire. Il avait souhaité qu'elle fît partie du service par intérêt, elle le savait, parce qu'il pensait qu'elle pouvait le servir à l'Élysée et auprès de Bernard Terraz. Mais il avait découvert qu'elle valait mieux que ça. Son visage la desservait. C'était souvent ainsi, pour les femmes ; Claire devait donc se méfier. Ici, elle n'était pas surexposée ; c'étaient les autres qu'elle poussait en avant, qui prenaient les coups. Mais, si elle cédait à l'envie d'être celle qu'on voit d'abord, alors elle se viderait, ou bien elle crèverait comme un ballon trop gonflé, et, après quelques années, quelques mois même, il ne resterait pas grand-chose d'elle, pas même un souvenir. « Les belles gueules, les beaux culs, ça ne manque pas. »

Elle n'aima pas son ton condescendant, sa grossièreté, sa façon, quand elle voulut quitter le bureau, de la retenir par le poignet en le lui serrant à faire mal. « Tu te souviens ? » lui dit-il. Et elle songea aussitôt à cette émission, à peine trois minutes, qu'ils avaient réalisée ensemble parce que, ce jour-là, ils étaient la seule équipe disponible. Des images d'autrefois, un montage de vieilles séquences de télévision, cette femme blonde, souriante, au centre de l'écran, la présentatrice-reine de ce temps-là — et, plus tard, son corps qu'on emportait sur un brancard. On l'avait retrouvée morte dans sa baignoire, un matin d'octobre. Elle n'avait pas supporté d'être poussée hors du plateau.

Claire défia Darmon : « Tout le monde, un jour ou l'autre, finit par crever, répondit-elle. Qu'est-ce qu'il reste alors ? Ce qu'on a vécu. À quoi ça sert, la prudence ? Au bout du compte, on perd. » Et elle amorça une phrase : « Ma mère... » Mais elle s'interrompit : non, elle n'oserait pas dire que sa mère aussi allait crever, comme la présentatrice de télévision, dans l'angoisse, le désarroi, qu'elle aussi était seule et qu'on la retrouverait peut-être dans sa baignoire, un matin, tout professeur de littérature qu'elle eût été.

Claire souffrit tant à cette idée, elle se sentit si honteuse d'avoir failli se servir ainsi de la situation de sa mère, qu'elle prit Darmon par le bras et le supplia : « Je t'en prie, murmura-t-elle, je t'en prie, ne sois pas trop dur. » Il écrasa son bras sous son aisselle. « De toute façon, lui dit-il, tu sais bien que je serai là. Je suis ton Samu personnel... »

Ils passèrent la nuit ensemble, chez lui, rue Cadet, mais elle ne lui parla pas de la proposition de Terraz, et, quelques jours plus tard, dans l'une de ces périodes où elle se sentait plus forte, où elle réussissait presque à oublier sa mère, où elle avait à nouveau envie de se jeter dans l'avenir sans trop se demander ce qu'il serait, elle accepta une invitation à dîner de Rémy Terraz — « une rencontre de travail, plutôt », avait-il précisé, chez lui, avec la petite équipe qui préparait l'émission.

Elle gravit lentement l'escalier de l'immeuble de la place de l'Odéon, se souvenant de la première fois où elle s'était engagée sous le porche pour retrouver chez lui Bernard Terraz. Peut-être, si elle avait su alors ce qu'était réellement ce monde qui brillait devant elle, n'aurait-elle pas osé s'approcher de Terraz, obtenir de lui cet appui qui lui avait permis d'être ici.

Elle s'arrêta à chaque marche, non parce qu'elle hésitait à se rendre chez Rémy Terraz, mais parce qu'elle mesurait la révolution qui s'était produite dans sa vie, tout cela à cause de cet élan, de cette détermination qu'elle avait eue, de cette audace naïve qui, le soir de l'inauguration de RTE, l'avait fait quitter Gilles Duprez, se mêler à la foule des invités, interpeller Bernard Terraz et se retrouver, quelques heures plus tard, assise à la même table que le président de la République.

Souvent, elle s'était grisée à l'évocation de ces souvenirs. Elle s'était étonnée de son audace et de sa chance. Elle s'était admirée.

Elle sonna à la porte de l'appartement de Rémy Terraz, un coup bref donné du poing fermé. Elle était sûre d'elle. Elle était plus forte qu'ils ne l'imaginaient tous, les Darmon, les Duprez. Elle était différente de sa mère. Elle menait sa propre guerre comme un pirate.

Une domestique asiatique, petite, souriante, ouvrit, s'inclina, puis guida Claire jusqu'au salon.

Rémy Terraz se tenait au centre de la pièce dont le plafond était plus haut que celui de l'appartement du troisième étage où elle avait naguère attendu Bernard Terraz.

Elle vit d'abord en face d'elle, assise les jambes allongées, Karine Rivière. Elle portait un tailleur de cuir noir dont la jupe très courte ne couvrait que le haut des cuisses. La veste était rehaussée de chaînes et de boutons métalliques qui donnaient au vêtement une allure militaire.

Un homme jeune, d'à peine une vingtaine d'années, se trouvait assis par terre, au pied du fauteuil. Il était beau : c'est d'abord cela que pensa Claire. Ses traits étaient réguliers ; les lignes composant la forme de son visage se coupaient à angle droit, donnant de la vigueur à l'expression ; mais les yeux étaient comme délavés, les lèvres fines, les cheveux bouclés, presque blonds. Elle découvrit aussi les longues mains posées l'une sur l'autre sur le genou droit. Les jambes étaient serrées dans un pantalon de toile claire. Sur une large ceinture de cuir cloutée, la chemise d'un vert foncé, largement ouverte sur une poitrine musclée et hâlée, bouffait.

Plus loin à droite, devant l'une des fenêtres donnant sur la place de l'Odéon, deux jeunes femmes, que Claire estima plutôt grandes, étaient assises côte à côte sur le canapé. Elles aussi avaient une vingtaine d'années ; leur impassibilité, la manière dont elles se tenaient droites, mains croisées sur les genoux, leurs jupes très courtes, les faisaient ressembler à des mannequins ou à des danseuses du Crazy Horse posant pour des photographes.

Dans un ample costume bleu noir sur lequel tranchait le col de la chemise blanche et une pochette immaculée, Rémy Terraz virevoltait, allant de l'un à l'autre. Il se précipita, embrassa Claire, l'invita à s'asseoir en face de Karine Rivière. L'équipe du *Rendez-vous avec l'autre monde*, dit-il, était enfin réunie — naturellement, si Claire donnait son accord. Mais il ne lui arracherait pas une réponse ce soir, elle se déterminerait à son heure, après mûre réflexion. Karine Rivière, expliquait-il, était la conceptrice de l'émission.

« Tu seras le chirurgien, répéta-t-il en se penchant vers elle, tu crèveras chaque fois l'abcès. Questions dures, impitoyables, pour que nos monstres se révèlent, réagissent. Et, près de toi, Claire, pour s'apitoyer, consoler, recevoir la confidence que tu auras provoquée. Interrogatoire à deux voix. »

Karine replia ses jambes, fit un sourire qui ressemblait à une grimace. Elle voyait bien l'intention : elle serait la sorcière et Claire la sainte, comme lorsque deux flics s'entendent pour jouer le rôle du bon et du méchant. Elle était d'accord sur le principe, la méthode pouvait se révéler efficace. Seulement, est-ce que Rémy avait pensé au déficit d'image qu'elle devrait subir ? On n'aime pas les sorcières. « Je réussis l'émission et je me détruis », conclut-elle.

« Tu es folle, tu es folle ! » protesta Rémy.

On verrait cela plus tard, reprit-il. Il faudrait peut-être, en effet, alterner les rôles. Mais il tenait au principe des deux « accoucheuses ».

« Et toi ? » interrogea Karine.

Il présenterait l'émission avec toute la gravité nécessaire, et il la conclurait.

Claire se tourna vers les deux jeunes femmes et le jeune homme.

Héloïse, Sylvie et Emmanuel, commença Terraz en s'accroupissant près de celui-ci, étaient les pièges à regards, les sculptures pour voyeurs. Il comptait les placer sur le plateau à des points sensibles pour retenir les téléspectateurs prisonniers. Il fallait le chatoiement de leurs corps. La monstruosité, la vulgarité, la force de la perversion, de l'anormalité, de la déviance seraient ainsi confrontées à chaque instant à la beauté.

Il s'inclina devant Claire. Elle aussi était là pour cela, mais elle était actrice de l'émission, comme Karine Rivière. Héloïse, Sylvie, Emmanuel étaient, eux, des sortes de posters, des symboles vivants.

Karine Rivière se leva. Sa silhouette était altière et équivoque, ses longues jambes juchées sur des talons aiguilles.

Que voulait Rémy, lâcha-t-elle : qu'elle soit la mère maquerelle de l'émission ? et eux, la chair fraîche, comme dans une partouze ?

Rémy la saisit aux épaules, la serra contre lui, mais elle se dégagea avec violence. Il n'était qu'un partouzard ! lança-t-elle.

Terraz leva les bras : « Mon Dieu, la morale, maintenant ! » À quoi croyait-elle que rêvaient les gens ? Qu'est-ce qu'elle imaginait qu'ils voulaient ? Il caressa d'un mouvement vif les cuisses de Karine Rivière : « Ça, dit-il, ça d'abord. »

40

Six millions de téléspectateurs, 40 % de part de marché : depuis plusieurs mois, l'émission de Rémy Terraz, Rendez-vous avec l'autre monde, *est un succès qui ne faiblit pas.*

Avec cette émission, RTE a gagné l'impitoyable bataille que se livrent, dans la tranche horaire de 20 heures 45 à 22 heures, les différentes chaînes de télévision.

En présentant à ses actionnaires les comptes d'exploitation de la chaîne, Bernard Terraz, président de RTE, a pu faire état de bénéfices dus pour la plupart à l'augmentation des recettes publicitaires liées à l'audience du Rendez-vous avec l'autre monde *et aux effets de boule de neige que le succès d'une telle émission entraîne pour l'ensemble des programmes de RTE.*

Rémy Terraz a donc gagné son pari. Mais à quel prix ?

L'émission joue sur le voyeurisme et les instincts les plus élémentaires des téléspectateurs. On donne à voir des « monstres », des obsédés sexuels repentis, pédophiles ayant purgé leurs peines et pleins de remords, sadomasochistes expliquant les raisons de leur perversion, individus atteints de difformités ou de complexes et qui s'appliquent à montrer qu'ils vivent comme les autres.

L'un des « grands moments » de cette série d'émissions a été l'instant où les deux jeunes mannequins qui conduisent jusqu'à leur place les invités ont introduit sur le plateau un couple formé par un paralysé des membres et sa jeune compagne.

« Comment faites-vous l'amour ? » leur a demandé Karine Rivière. Et Claire Garneray, sa complice, a, de sa voix douce

de jeune femme bien élevée, ajouté que ce couple était un exemple et une réussite, et qu'à ce titre, les voies que ces deux êtres avaient trouvées pour exprimer leur affectivité et leur sexualité pouvaient être utilisées par d'autres.

Le jeu entre les deux présentatrices est parfaitement rodé ; et le téléspectateur se laisse prendre.

Rémy Terraz a importé sur RTE les mises en scène des chaînes de télévision italiennes. Sur le plateau, deux jeunes femmes, Sylvie et Héloïse, et leur compère, un jeune éphèbe, Emmanuel, restent durant toute l'émission comme des figurants qui ne sont là que pour guider les invités vers leurs places et surtout prendre la pose, offrant aux téléspectateurs des deux sexes leurs corps à demi dénudés.

« J'aime — et les téléspectateurs sont comme moi — la beauté physique, féminine et masculine, déclare Rémy Terraz. Il n'y a aucune raison de le cacher : nous offrons sans hypocrisie ces corps aux regards. Cela se fait sur toutes les chaînes de télévision du monde. La France serait-elle le seul pays à ignorer cette révolution des mœurs ? »

En fait, contrairement à ce que prétend Rémy Terraz, l'émission est un modèle d'hypocrisie. La sexualité, dans tous ses aspects et tous ses excès, en est chaque fois le sujet principal. Les quelques thèmes différents — l'au-delà, les miracles, les extraterrestres, etc. — ne sont là que pour justifier son titre.

On murmure à RTE que l'analyse de l'audience séquence après séquence a montré que les questions sexuelles fixaient le mieux les téléspectateurs. Dans la concurrence entre les chaînes, Rendez-vous avec l'autre monde a largement devancé Sexy Folies, de Pascale Breugnot. L'intention de la productrice d'Antenne 2, en présentant la vie intime de couples mariés, était pourtant la même : créer une émission érotique qui transforme les téléspectateurs en voyeurs — justifiés, puisqu'il ne s'agissait que de traiter « le plaisir et la séduction avec le sourire ».

Mais Rémy Terraz, en prenant le parti d'associer sexe et monstruosité, sexe et perversion, a frappé plus fort. Le voyeurisme semble préférer l'anormal, le vice, fût-il suggéré, à des couples « normaux » qui se déshabillent ou évoquent avec le sourire leurs banales étreintes. La réussite de Terraz tient au contraire à l'atmosphère particulière qu'il fait régner tout au long de l'émission. La façon dont il la présente est déjà sulfureuse, car son attitude et son propos sont toujours ambigus.

Karine Rivière, pour sa part, a la cruauté qu'il faut pour fasciner. Elle fait souffrir. Elle adopte un ton et un comportement aux limites du sadisme. Ses vêtements de cuir, ses bottes, ses larges bracelets, son maquillage jouent sur ce registre. Elle est la femme noire et dominatrice.

Claire Garneray utilise au contraire la beauté classique de son visage, sa coupe de cheveux traditionnelle, la sobriété de son élégance et le ton égal de sa voix. Elle détonne, donc rassure et dédouane. Si une jeune femme comme celle-ci questionne, écoute, regarde, participe à une émission de ce type, pourquoi pas moi ? se dit le téléspectateur que la brutalité de Karine Rivière, les jeunes femmes et le jeune éphèbe dénudés auraient pu gêner.

On se souvient des débuts de Claire Garneray sur RTE, quand elle était l'une des journalistes les plus brillantes du service politique. On avait aimé sa manière d'interviewer, ses commentaires lucides et mesurés. Elle est restée sobre. Elle n'a pas raccourci ses jupes ni changé de coiffure. Mais elle est entrée dans une étrange « maison » où il faut des femmes de tous les types pour des clients aux exigences parfois bizarres.

Rémy Terraz, en maître des lieux, l'a bien compris. Il offre à sa clientèle une jeune femme de « bonne famille » entre la femme au fouet, les jeunes gens dévêtus et les invités qu'on regarde au travers du miroir truqué qu'est devenu le petit écran.

On espère que Claire Garneray est rémunérée en conséquence et qu'elle éprouve bien des satisfactions à être regardée dans ce rôle par des millions de téléspectateurs.

QUATRIÈME PARTIE

Les correspondances

41

Claire Garneray s'immobilisa au milieu de la grande salle des informations. Elle relut les trois lignes tapées à la machine à écrire au centre d'une feuille de papier filigrané de couleur bistre :

Putain, salope,
Je vais te crever !
Tu as rendez-vous bientôt, très bientôt avec l'autre monde !

Elle eut chaud ; il lui sembla qu'elle allait vomir et s'évanouir. Elle ferma les yeux.

Ce n'était pas la première lettre de menaces ou d'insultes qu'elle recevait depuis qu'elle présentait l'émission de Rémy Terraz. Chaque jour, Mireille, son assistante, triait la centaine d'enveloppes qui arrivaient au siège de RTE. Mais ces messages manuscrits n'exprimaient pas la haine, plutôt le désordre et le trouble de leurs auteurs. Ils avaient la force d'une injure proférée dans un instant de fureur. Ils faisaient référence à un passage de l'émission ou à un propos précis que Claire avait tenu. Ils étaient souvent signés, et Mireille répondait. Mais cette lettre anonyme était d'une violence et d'une détermination telles, dans sa brièveté, il en émanait une assurance telle que Claire en fut bouleversée.

Elle tenta de sourire aux journalistes qui la saluaient en passant près d'elle. Ils se retournaient, devinant que quelque chose d'anormal venait de se produire.

Claire reprit, dans la poche de son imperméable, l'enveloppe

221

qu'elle avait ouverte en traversant le hall après que l'hôtesse la lui eut remise. Un coursier avait déposé ce pli il y avait seulement quelques minutes. L'enveloppe portait, en haut à gauche, un double bandeau sur lequel était imprimé : *URGENT, PERSONNEL*. L'adresse avait, comme ces deux mots, été tapée sur un ordinateur. On avait précisé : *Claire GARNERAY, RTE, Émission* « Rendez-vous avec l'autre monde ».

Claire avait d'abord retourné le pli pour y chercher le nom de l'expéditeur, mais il ne comportait aucune indication. L'enveloppe avait craqué sous ses doigts. Le papier en était épais, et, en la déchirant avec peine, Claire avait constaté qu'elle était doublée.

En dépliant la feuille que contenait l'enveloppe, elle s'était étonnée de l'attention qu'elle prêtait à ce genre de détails, peut-être parce que, malgré elle, elle se savait, du fait du succès de l'émission, exposée — « surexposée », lui répétait Jean-Claude Darmon.

Elle le voyait régulièrement à RTE, plus rarement dans l'intimité. La préparation de l'émission l'absorbait et elle était moins hantée par l'image de sa mère. Elle appelait donc moins Darmon. Mais il ne lui en avait jamais fait la remarque, se contentant de dire : « D'autres soucis : l'araignée noire s'éloigne, attention aux scorpions ! »

Elle l'avait interrogé avec hargne — « Qu'est-ce que tu veux dire, qu'est-ce que tu sous-entends ? Explique-toi ! » —, mais il avait fait la moue. Elle le savait bien, non ? Elle était dans la ligne de mire des dingues. Sur six millions de téléspectateurs, combien de fous ? En plus, elle recevait des monstres. Elle jouait avec les grands carnivores. Elle s'était introduite dans leur cage. Mais, bien sûr, toutes les dompteuses n'étaient pas dévorées, n'est-ce pas ?

Lorsque, pénétrant dans le bureau dont Claire disposait maintenant au premier étage de l'immeuble de RTE, Darmon avait aperçu la pile de lettres que Mireille triait, il avait comme à son habitude sifflé entre ses dents. Encore plus de fous qu'il ne l'imaginait ! s'était-il exclamé. Combien de lettres de menaces, de propositions dégueulasses ?

Mireille avait haussé les épaules.

« Bon », avait murmuré Darmon. Puis, après quelques phrases anodines, il avait, avant de quitter le bureau, déclaré que Claire ne devait pas trop traîner dans les lieux publics :

« Vous vous installez chez les gens, vous les excitez, *live-show*. Ils se branlent en vous voyant, toi, Karine Rivière et les deux stars en maillot, ou encore le beau jeune homme qui est là pour les pédés. Ne vous étonnez pas s'ils ont envie de vous toucher ! Vous sortez de leur lit ! »

Claire n'avait pas même levé la tête pour lui répondre, mais, à chaque fois qu'on se retournait sur son passage, dans un restaurant ou dans la rue, elle se souvenait des propos de Darmon.

Parfois, elle avait l'impression d'être suivie, et il lui arrivait de se réfugier dans un café pour échapper à cet homme dont il lui semblait qu'il la guettait. Mais, accoudée au comptoir, elle se sentait à nouveau cernée par la curiosité, harcelée par ces regards qui se dérobaient quand elle les croisait, mais qu'elle sentait revenir vers elle, prêts à mordre, à se saisir de son image pour la lacérer dès qu'elle avait tourné la tête.

Alors elle laissait deux pièces de dix francs et partait sans même attendre qu'on lui eût servi le café qu'elle avait commandé.

Elle se précipitait sur la chaussée, arrêtait un taxi, respirant plus calmement dès qu'il avait démarré, mais souvent le chauffeur l'observait dans le rétroviseur, la tête un peu levée, et elle savait qu'il allait prononcer les deux ou trois phrases qu'elle avait déjà tant de fois entendues : « Vous, je vous connais, n'est-ce pas ? C'est drôle, ça, dès que je vous ai vue monter... »

Elle détestait le ton qu'ils employaient tous, familier et possessif, comme si elle leur appartenait et qu'ils avaient le droit, en effet, comme avait dit Darmon, de la *toucher*. Elle craignait qu'ils ne tendissent la main vers elle pour s'assurer qu'elle était bien là, en chair et en os.

« Je vous imaginais plus petite, disaient-ils presque toujours. La télé, finalement, ça ne vous avantage pas. Vous êtes mieux en vrai, comme ça. »

Elle ne donnait pas son adresse au chauffeur, mais descendait quelques dizaines de mètres après la place Edmond-Rostand.

Elle avait déménagé et s'était installée non loin de la rue

Gay-Lussac, au dernier étage d'un immeuble du boulevard Saint-Michel, en face de l'École des mines.

Lorsqu'elle avait annoncé à sa mère qu'elle quittait son studio pour un appartement de quatre pièces avec un balcon d'où elle dominait cette mer mouvante, rousse et verte, que composaient les feuillages du Luxembourg, Monique Ferrand-Garneray n'avait émis aucune remarque. Mais le silence au téléphone s'était prolongé, et Claire avait répété d'une voix hésitante qu'elle restait dans le même quartier et qu'elle s'occuperait bien sûr de l'entretien du studio où elle laisserait d'ailleurs, si sa mère le lui permettait, une partie de ses livres. Elle pourrait parfois retourner y travailler dans le calme, loin du téléphone.

« Mais, avait commenté sa mère d'une voix pincée, tu n'as plus besoin de livres, c'est dépassé, les livres, non ? C'est bon pour les attardés, les imbéciles. » Puis elle avait ajouté : « Ne jette pas les revues, je tiens à mes petits articles.

— Maman..., avait répété Claire comme on supplie.

— Tu me rendras les clés, à l'occasion », avait seulement répondu sa mère avant de raccrocher.

Cette nuit-là, Claire l'avait passée avec Darmon.

Le matin, elle était descendue avec lui et ils avaient pris leur petit déjeuner au *Rostand*, l'une des brasseries de la place, à la terrasse encore déserte, dans le bruit des aspirateurs que les serveurs passaient sur la moquette.

Darmon, qu'elle avait raccompagné jusqu'à sa moto, lui avait dit avant d'enfoncer son casque à visière noire : « Ne te laisse pas dévorer, Claire, échappe-toi avant. Ça finit toujours mal, ce genre de choses. On se dispute, c'est le moindre mal ; on met deux ou trois ans pour se refaire un visage, et parfois on ne se retrouve jamais, tu comprends ? » Il l'avait attirée contre lui, et, tout à coup, ce matin-là, il lui avait dit : « Tu veux qu'on fasse un enfant ? Ça te sortirait de là. »

Elle l'avait repoussé, émue et révoltée :

« Tu es fou, Jean-Claude, lui avait-elle dit. Un enfant maintenant ? Mais tu veux quoi : m'étouffer ? Tu veux que je disparaisse pendant six mois, qu'on m'oublie ?

— Je veux qu'on t'oublie », avait-il confirmé d'une voix sourde et résolue.

Il avait abaissé sa visière et pris le tournant de la place et de la rue Médicis dans un vrombissement de moteur, sa machine penchée, le repose-pied frôlant la chaussée.

Elle était rentrée lentement, marchant tête baissée, bras croisés, s'arrêtant à la boutique de presse pour acheter ses journaux.

Depuis qu'elle était devenue un visage connu, Salvio avait changé d'attitude. Il avait cessé de l'interpeller bruyamment. Il la servait avec diligence, comme s'il souhaitait qu'elle quittât vite la boutique. Il la tutoyait encore, mais lui parlait à mi-voix, regardant autour de lui, donnant l'impression qu'il craignait qu'on ne l'écoutât.

Claire se laissait peu à peu prendre par l'anxiété qu'il lui communiquait. Salvio chuchotait que les clients lui parlaient souvent de l'émission, le lendemain matin. Tout le monde la regardait. Mais il n'aimait pas la manière dont les gens l'évoquaient :

« Ça les rend obsédés, murmurait-il ; vous montrez des dingues, ça les trouble. Ces filles à poil, l'autre, Karine Rivière, qui aboie, le pédé qui gonfle ses muscles et le type à la queue de cheval, Terraz, qui vient nous raconter ses salades, au début : les gens, qu'est-ce qu'ils voient là-dedans ? Des histoires de cul, mais surtout des histoires de malades, de tordus. »

Salvio parlait encore plus bas. Les clients savaient que Claire habitait à côté de la boutique. Ils l'avaient vue. Certains l'attendaient. Salvio n'aimait pas ça.

C'était elle qui le rassurait d'un sourire, mais elle rentrait chez elle, à quelques dizaines de mètres de là, en marchant vite, serrant ses journaux et ses magazines contre elle, se retournant parfois pour vérifier qu'elle n'était pas suivie.

Et, brusquement, cette lettre anonyme que l'hôtesse, dans le hall, lui avait tendue et qu'elle relisait :

> *Putain, salope,*
> *Je vais te crever !*
> *Tu as rendez-vous bientôt, très bientôt avec l'autre monde !*

Ces phrases conféraient à ses craintes une réalité qui, pour la première fois, la bouleversait.

225

Claire s'appuya à l'un des bureaux de la salle des informations, tenant le feuillet à la main. Elle ne voulait pas que Darmon la surprît dans cet état de panique. Il lui fallait recouvrer son sang-froid, son bon sens. Peut-être était-elle épuisée? La préparation de l'émission exigeait une tension quotidienne. Il fallait sélectionner les invités parmi la foule de ceux qui souhaitaient y participer. Les assistants éliminaient la plupart des candidats, n'en retenant qu'une vingtaine que Claire et Karine recevaient à tour de rôle de manière à classer une douzaine de sujets, les six premiers devant apparaître dans l'émission, les autres tenus en réserve en cas de défection, ou bien prêts pour l'émission suivante.

Il fallait, dans le petit bureau du premier étage de RTE — Mireille assise au fond de la pièce, prenant des notes —, faire parler le candidat. Claire redécouvrait chaque fois que ces gens, pourtant décidés à tout avouer d'eux-mêmes pour paraître à l'écran, cherchaient d'abord à cacher le secret de leur vie. Ils ne voulaient livrer que des apparences. Et elle devait chercher l'entrée du corridor qui s'enfonçait en eux jusqu'à la chambre secrète, jusqu'à cette momie qu'ils dissimulaient et n'osaient regarder en face. Elle devait, pour atteindre cette salle enfouie, faire de nombreux détours, affronter leur colère ou leurs larmes.

« Ça, je ne peux pas le dire; mon fils, s'il entend, vous imaginez le choc, il se tuera, il fera n'importe quoi, je le connais », avait ainsi déclaré l'une de ces femmes, Lucienne Chauvet.

D'une cinquantaine d'années, brune et maigre, cette femme-là voulait expliquer qu'elle n'avait jamais éprouvé de plaisir avec les hommes, que le contact de leurs corps lui faisait horreur, qu'elle les repoussait, qu'elle avait envie de les tuer et avait à plusieurs reprises voulu le faire, dissimulant un couteau sous le lit, décidée à le saisir. Mais elle s'évanouissait avant.

Claire aurait pu se contenter du récit que cette femme avait déjà livré à Karine Rivière. Mais elle avait souhaité aller au-delà, et, après plus de deux heures, elle avait ouvert le sarcophage, écouté le récit du viol d'une jeune fille de dix-neuf ans qui se promenait seule parmi les arbres entourant sa maison. L'homme l'avait empoignée par le cou, l'avait serrée à l'étouffer, puis l'avait pénétrée. Elle avait hurlé, mais personne n'était venu à son secours. La terre était humide, elle y avait enfoncé ses mains. Elle gardait encore, trente ans plus tard, l'odeur de la boue sur elle. Un fils était né, qu'elle avait élevé et que l'homme qui, plus tard, l'avait épousée, avait reconnu.

« Je ne veux pas dire ça, avait répété cette femme au milieu des sanglots. Si mon fils... Il se tuera, il me tuera ! »

Claire s'était levée, avait pris cette femme par les revers de sa veste, l'avait forcée à se mettre debout. « Foutez le camp, alors ! » avait-elle crié. Et la femme, en s'essuyant le nez et les yeux du revers de la main, était sortie à reculons, répétant : « Ça, je ne peux pas ; ça, non ! »

Claire avait alors demandé à Mireille de quitter la pièce pour rester seule. Elle avait posé son front sur ses bras croisés et était restée ainsi, les lèvres contre le bois du bureau. Elle était harassée. Elle avait pensé au récit que sa mère continuait d'écrire, de plus en plus solitaire, silencieuse, s'enfonçant ainsi, avait dit Noël Garneray, dans un passé auquel lui-même n'avait pas accès. Et Claire avait eu peur, songeant pour la première fois qu'il était sacrilège de profaner ainsi ce qui avait été enseveli. Ceux qui le tentaient, qui voulaient défaire les bandelettes de la momie, ne pouvaient qu'être maudits.

La porte du bureau s'était ouverte avec fracas. Karine Rivière était entrée, les mains passées sous sa large ceinture de cuir. Comment, s'étonnait-elle, Claire avait récusé et renvoyé cette femme qui maintenant hurlait dans les couloirs, menaçant RTE d'un scandale si on lui refusait de participer à l'émission ? Elle expliquerait aux journaux qu'on n'avait plus voulu de son histoire, qu'on l'avait censurée. Or elle voulait tout dire, et si on ne l'invitait pas, elle livrerait son secret à la presse. Là, elle dirait tout, et comment on l'avait traitée à RTE...

« Il faut la prendre », avait décrété Karine.

On avait fait signer à Lucienne Chauvet un texte plus précis que celui qu'on présentait aux autres invités et qui prémunissait la chaîne contre tout risque de procès.

Elle avait tout avoué sur le plateau, au milieu des larmes. Ce soir-là, l'émission avait rassemblé près de sept millions de téléspectateurs.

Jamais le fils ni le père légal ne s'étaient manifestés. Peut-être n'avaient-ils jamais existé ? S'étaient-ils vengés de Lucienne Chauvet ? Qu'était-elle devenue après l'émission ?

« Ce n'est plus notre affaire », avait répondu Rémy Terraz lorsque Claire l'avait interrogé.

La lettre anonyme à la main, immobile dans la grande salle des informations, Claire avait repensé à cette femme, aux questions qu'elle lui avait posées sur le plateau, lui donnant chaque fois la possibilité de ne pas aller jusqu'au bout de sa confession, de s'interrompre là, au moment où elle s'évanouissait, la main cherchant le couteau sous le lit, l'homme pesant sur elle. Mais, face aux caméras, dans la lumière brûlante des projecteurs, Lucienne Chauvet avait voulu tout dire, pauvre insecte voletant attiré par leur éclat. Et Claire, prise par sa confession, l'avait aidée, de question en question, à s'enfoncer dans le souterrain pour gagner ce passé enfoui, remonter jusqu'à cet instant où l'homme inconnu allait lui serrer la gorge et la violer.

« Ce fils ? votre fils, alors ? » avait demandé Claire.

Lucienne Chauvet avait baissé la tête, avoué. Et Karine Rivière avait brutalement répété la question pour que les téléspectateurs comprennent :

« Le père de votre fils, c'est le violeur, et votre fils l'ignore ; il l'apprend ce soir en vous regardant, en vous écoutant, en même temps que des millions de téléspectateurs ? »

Tout à coup affolée, les ailes brûlées, Lucienne Chauvet avait murmuré — en régie, on avait fait un gros plan de son visage, de ses lèvres qui tremblaient :

« Mon fils ne sait pas que je passe à la télévision ; il ne regarde jamais les émissions.

— Peut-être voulez-vous qu'il apprenne la vérité ? » avait dit Claire.

Lucienne Chauvet avait secoué la tête, et ç'avait été la dernière image avant les spots publicitaires.

On l'avait aidée à se lever, on l'avait guidée hors du plateau. Un autre invité avait pris place dans le fauteuil. Et la maquilleuse était venue repoudrer le visage de Claire Garneray, couvert de sueur, chuchotant, penchée au-dessus d'elle : « Vous avez souffert, mais c'était formidable, terrible ! On était toutes là à regarder, on ne bougeait plus... Bravo ! »

Claire replia la lettre anonyme, la fit glisser dans l'enveloppe et l'enfouit dans la poche de son imperméable, puis elle se dirigea vers Darmon.

Il lisait, les jambes allongées, les pieds posés sur le bureau.

Claire s'avança, murmura qu'elle avait voulu le saluer en passant, avant de monter à l'étage.

« Ça va, toi ? demanda-t-il en abaissant un peu son journal.

— Ça va », répondit-elle en s'éloignant.

Elle avait espéré qu'il se lèverait, la rejoindrait, lui prendrait le bras, l'entraînant vers un des bars du boulevard Péreire, et peut-être alors lui aurait-elle montré la lettre.

Au moment de quitter la salle, elle se retourna. Il n'avait pas bougé, mais la regardait, le journal posé sur ses cuisses.

42

Claire Garneray attendit la deuxième lettre.

Il lui semblait impossible que la haine et la volonté de tuer qu'exprimaient ces trois lignes, ces quelques mots qui la hantaient : *Putain, salope, je vais te crever*, se fussent dissipées du fait que le message avait été remis. C'était cette audace de l'homme — car ce ne pouvait être qu'un homme pour écrire avec une telle expression de mépris : *Je vais te crever* — qui s'était présenté à l'hôtesse de RTE au risque de se faire identifier (à moins que ce ne fût un coursier auquel il avait remis l'enveloppe), qui donnait à cette lettre le poids d'un premier acte accompli sans souci des conséquences : la détermination était plus forte que la prudence et l'homme qui avait osé penser, rédiger cela, puis le porter, ne pouvait que récidiver, aller plus loin, mettre sa menace à exécution.

Durant plusieurs jours, Claire ne put échapper à l'angoisse. Lorsqu'elle traversait le hall de l'immeuble de RTE, qu'elle s'approchait de l'hôtesse, elle se persuadait que celle-ci allait lui remettre *enfin* — elle pensait cela : « Qu'on en finisse ! que je sache où il en est maintenant ! » — cette deuxième enveloppe. Mais l'hôtesse se contentait de sourire, de lancer : « Bonjour, Claire, en forme ? » Et elle répondait sur le même ton.

Arrivée dans son bureau, Claire convoquait aussitôt son assistante. « Le courrier », demandait-elle. Mireille haussait les épaules, posait sur la table le paquet de lettres, les étalait.

« Les mêmes fous que chaque jour, commentait-elle. Rien, j'ai répondu. »

Mais Claire s'approchait, glissait ses doigts parmi les enveloppes, les retournait, cherchait ce double bandeau *PERSON-NEL, URGENT,* son nom tapé sur un clavier d'ordinateur, et elle était encore plus angoissée de ne rien découvrir qui lui rappelât cette enveloppe doublée qui l'obsédait.

Car elle en avait conscience : s'il avait voulu la persécuter, s'il avait désiré l'atteindre, l'homme avait réussi. Les mots qu'il avait choisis avaient transpercé Claire. Ils revenaient sans cesse. Il ne se passait pas de jour qu'elle ne cherchât cette enveloppe, qu'elle ne dépliât la feuille de papier bistre et ne relût ces trois lignes pour se persuader que celui qui les avait écrites ne renoncerait pas. Elle l'imaginait comme un de ces jeteurs de sorts, ces sorciers criminels qui plantent de fines aiguilles dans l'image de ceux qu'ils veulent tuer.

Claire refusa toutes les demandes de reportages, de photos ou d'interviews que Mireille lui transmettait. Jean-Luc Duguet, le rédacteur en chef de *Continental,* protesta, téléphona personnellement. Il ne comprenait pas Claire Garneray : l'émission *Rendez-vous avec l'autre monde* était un véritable phénomène social et intellectuel ; elle provoquait chaque mois un débat ; elle le savait fort bien. Elle était par ailleurs une collaboratrice de *Continental,* puisqu'elle publiait des chroniques régulières dans l'hebdomadaire qui, fallait-il le lui rappeler, était aussi la propriété de Bernard Terraz. Claire Garneray le contraindrait-elle à faire appel à ce dernier ? Il avait déjà averti Rémy Terraz, qui avait été surpris. La synergie entre une chaîne de télévision et un hebdomadaire qui faisaient tous deux partie du groupe *Terramora Médias* était une nécessité. Il fallait qu'elle revienne sur sa décision, qu'elle rencontre une journaliste remarquable de *Continental,* Joan Finchett. Alors, Claire acceptait-elle ? Ou bien devait-il téléphoner à Bernard Terraz ?

« Je fais ce que je veux », avait répliqué Claire.

Mais, avant de raccrocher, elle avait entendu Duguet lui lancer d'une voix ironique : « Mais non, mais non... »

Elle avait été tentée d'appeler Darmon, de lui avouer qu'elle était enfermée dans la cage avec les carnassiers et qu'ils avaient ouvert leur gueule, qu'ils l'avaient déjà griffée et commençaient à rugir.

Presque chaque nuit, quand la sueur glaçait ses cuisses, coulait sur sa nuque, collant ses cheveux à son crâne, elle avait approché la main du clavier du téléphone et commencé parfois à composer le numéro de Darmon. Mais elle savait ce qu'il allait lui dire d'un ton suffisant et sarcastique qui l'irritait tout en la rassurant : « Abandonne l'émission, éloigne-toi quelques mois de la télévision, écrit des articles, un livre... » Et il aurait répété : « Se faire oublier, Claire. Arracher le masque, retrouver son visage... » Elle aurait été rassurée par sa présence et exaspérée par ses conseils.

Elle ne lui répondrait même pas. Darmon ne comprenait-il pas qu'elle ne pouvait rester seule, que sa pensée, sa mémoire, le souvenir de sa mère ou de cette lettre se repliaient alors sur elle comme la pince d'un scorpion qui, faute de trouver une proie, choisit de saisir son propre corps et de serrer jusqu'à en mourir ?

Il fallait qu'elle parle et qu'on parle, qu'on la regarde, parce qu'elle préférait la blessure que lui infligeaient les yeux d'autrui à la plaie béante qu'était pour elle le miroir de ses propres yeux se voyant, elle, seule, cernée de menaces, de questions.

Un matin tôt, à peine sept heures, alors que le brouillard avait l'épaisseur de la nuit et que tous les contours étaient encore imprécis, les objets, les silhouettes et les arbres enveloppés d'un halo, Claire, entrant dans la boutique de presse près de chez elle, aperçut une femme grande et maigre aux cheveux bruns. Elle ne distinguait que son profil. Cette femme tenait sur sa bouche et son nez un mouchoir blanc qui lui cachait une partie du visage. Elle avait la tête penchée et ressemblait à une femme en deuil qui étouffe ses sanglots. Elle parlait à Salvio qui ne la regardait pas, rangeant les quotidiens sur les tourniquets, tranchant d'un coup de *cutter* les emballages de plastique enveloppant les paquets de magazines.

Claire s'approcha, puis, tout à coup, crut reconnaître cette femme, Lucienne Chauvet, et elle s'enfuit de la boutique, ne rentrant pas chez elle, descendant la rue de Médicis, courant presque, heureuse de ce brouillard dans lequel elle s'enfonçait et qui s'accrochait aux longues hampes noires qui fermaient le parc. Au-delà, les massifs et les arbres se dissolvaient dans cette grisaille qu'éclaircissait à peine le jour. Elle fit ainsi le tour du jardin, remontant la rue Guynemer, puis la rue d'Assas, rejoignant le boulevard Saint-Michel, essoufflée d'avoir marché si vite.

Elle attendit, pour pénétrer dans la boutique de presse, que Salvio fût seul. Il se tenait le corps emmitouflé, appuyé à une pile de journaux, les mains serrant un gobelet de café qui fumait. Il gesticula en voyant Claire, lui demandant d'approcher vite.

On était tranquilles, expliqua-t-il, les étudiants et les touristes n'avaient pas encore débarqué. On pouvait parler. Il chuchotait, bien qu'il n'y eût personne.

Il fouilla sous les journaux placés en piles sur le comptoir.

Il avait une enveloppe pour elle.

Claire ne tressaillit même pas. Il fallait bien que cela arrive. Et c'était donc par cette femme-là, pour cette histoire-là qu'on la haïssait, qu'on voulait la *crever*.

Elle avait dû le pressentir lorsqu'elle avait voulu chasser Lucienne Chauvet de l'émission, mais, à la fin, comme toujours, elle avait cédé à Rémy Terraz, à Karine Rivière, à son désir de rester ce qu'elle était devenue : Claire Garneray, dont les hebdomadaires de télévision, au moins une fois par trimestre, choisissaient de placer le portrait en couverture.

Salvio retrouva l'enveloppe blanche et froissée, rédigée en lettres minuscules, hésitantes.

« Elle ne souhaitait pas te rencontrer, expliqua Salvio. Elle a dit qu'elle avait participé à ton émission, qu'elle t'admire. »

Salvio, lui, ne l'avait pas reconnue.

« Je ne lui ai pas dit que je te voyais, mais elle en semblait sûre. »

Claire ouvrit l'enveloppe, déplia le feuillet quadrillé. Elle regarda sans les lire ces lignes manuscrites qui ne suivaient pas les traits imprimés, si bien que le texte formait une sorte de grappe dont chaque grain, chaque mot penchait de gauche ou de droite. Elle déchiffra la longue phrase sans ponctuation :

La femme derrière le miroir

Madame Claire Garneray on m'a dit que vous achetiez chaque jour vos journaux ici je ne veux pas vous déranger davantage je voulais vous remercier pour votre émission et vous dire que tout va mieux après ce que j'ai dit grâce à vous mon fils m'a dit qu'il a enfin compris certaines choses qui l'intriguaient lui faisaient mal et qu'il pouvait maintenant les accepter mon mari est fier que j'aie eu le courage de parler et de tout dire on a passé plusieurs fois la cassette de l'émission tous les voisins l'ont vue on m'a proposé un travail parce qu'on a dit que je méritais qu'on m'aide un peu après tout ce que j'avais souffert cette émission a changé toute ma vie et si j'ai pu parler même si vous étiez contre c'est grâce à vous parce que j'ai senti que vous souffriez pour moi que vous étiez bonne et douce comme si vous aviez été ma fille même si c'est prétentieux de dire ça permettez que je vous embrasse

Lucienne Chauvet.

« Qu'est-ce qu'elle veut ? s'enquit Salvio. Encore une dingue ? »

Claire sourit en reglissant le feuillet dans l'enveloppe.

« Qui n'est pas fou, folle ? murmura-t-elle.

— Toi », dit Salvio.

Claire pencha la tête de côté tout en continuant de sourire.

« Je te fais un café ? » demanda Salvio.

Elle fit oui et ajouta, en regardant au-dehors vers les arbres du jardin, qu'une fois le brouillard levé il ferait beau, très beau.

43

Ce matin-là, rentrée chez elle, Claire Garneray voulut revoir le visage de Lucienne Chauvet. Elle rechercha la cassette de l'émission et commença à la faire se dérouler, vite. Elle ne regardait pas l'écran du téléviseur, mais, au-delà, par la fenêtre, le brouillard qui se dissipait. Une lumière dorée, rasante, faisait surgir du marécage gris les feuillages roux, et les cimes des arbres semblaient flotter comme d'énormes fleurs aquatiques.

Claire appuya sur la touche, et la voix de Lucienne Chauvet répétant : « Mon fils, mon fils », puis son sanglot, remplacèrent les sons hachés, aigus, qui accompagnaient le déroulement rapide de la bande.

Cette voix, Claire se rendit compte qu'elle n'en avait oublié aucune inflexion. Elle refusa pourtant de tourner la tête, les yeux obstinément fixés vers le ciel que recouvrait, peu à peu le lavis bleuté du jour. Les façades de la rue d'Assas apparaissaient et des foyers brillants embrasaient chaque fenêtre comme autant de petits incendies qui se rejoignaient pour ne plus constituer qu'un grand mur de flammes éblouissant.

Claire regarda enfin le visage de Lucienne Chauvet. Le réalisateur de l'émission avait choisi presque à chaque mot des gros plans de la bouche, des yeux, des rides des mains ; ces fragments de visage et de corps auraient pu appartenir à n'importe quelle femme.

« À ma mère, à moi... »

Claire retourna au début de l'interview. La voix était hésitante et voilée. Lucienne Chauvet parlait comme si elle devait arracher chaque mot de sa gorge par un douloureux effort.

« Cet homme m'a serré le cou », avait-elle dit.

Et il semblait que, depuis ce jour-là, jamais Lucienne Chauvet n'avait pu prononcer un son limpide. Tous étaient écorchés, rayés. Ils naissaient dans la douleur. Le lent mouvement des lèvres paraissait décalé, comme si elle avait dû dire deux fois les choses : d'abord pour elle-même, silencieusement, afin d'appeler du fond de son corps, de sa mémoire, les mots que sa gorge comprimée retenait et qu'enfin, en les répétant, les énonçant, elle réussissait, dans le désordre, comme les phrases de sa lettre qu'aucune ponctuation ne rythmait, à faire entendre.

Claire immobilisa une image.

C'étaient la bouche, les lèvres au moment où Lucienne Chauvet disait : « Fils. »

D'une légère pression, elle éteignit le magnétoscope et les sons tonitruants d'une voix mécanique envahirent aussitôt la pièce. Elle poussa du pouce le bouton de la télécommande pour effacer ce bruit. Puis elle ferma les yeux, la tête rejetée en arrière sur le bord du fauteuil.

Elle se souvint que Darmon, un matin, lui avait dit, tenant son casque de moto à deux mains : « Tu veux qu'on fasse un enfant ? Ça te sortirait de là. »

Elle resta ainsi avec cette phrase qui passait et repassait dans sa tête comme une succession d'images qui parfois se superposaient, leurs sons mêlés : « Mon fils, mon fils... », disait Lucienne Chauvet ; « Ta mère, ta mère... », répétait le père de Claire.

À la fin, elle se leva, ouvrit la porte-fenêtre. Le grondement sourd, continu, de la circulation montait du boulevard. Le ciel était clair au-dessus des arbres, d'un bleu si pâle qu'elle eut la sensation physique que l'on pouvait s'y enfoncer, qu'aucune limite n'arrêtait plus le regard dès lors qu'on osait lever la tête.

Elle ne regretta pas d'avoir laissé Darmon mettre son casque, en abaisser la visière noire.

Dans ces derniers jours d'octobre, Claire étonna tous ceux qui la rencontrèrent par son énergie.

Elle téléphona à Jean-Luc Duguet : elle acceptait de

répondre aux questions de la journaliste de *Continental*, Joan Finchett.

Duguet se confondit en remerciements. Naturellement, dit-il, il n'aurait pas téléphoné à Bernard Terraz. Il avait pensé que Claire Garneray s'interrogeait, traversait peut-être une passe difficile, qu'elle avait besoin de se rassembler. Lui-même avait connu cela plusieurs fois.

« Nous sommes toujours sur le fil du rasoir, des funambules sans filet ; les gens attendent qu'on s'écrase. Mais vous donnez une telle impression de force, d'équilibre et de maîtrise, que je ne m'inquiétais pas. Je savais que vous recevriez Joan Finchett ; elle est de votre génération, exigeante, sans a priori. Elle va au fond [1]. »

Quel fond ?

Claire resta assise, tête baissée, quand Mireille introduisit Joan Finchett dans son bureau à RTE. Elle ne tendit pas la main à cette jeune femme aux cheveux courts, blonds, qui portait un blouson en cuir naturel un peu élimé aux manches et au cou, trop ample, sur une jupe droite et une chemise d'homme à larges poches. Elle avait le visage vigoureusement dessiné, les pommettes saillantes. Sa peau était hâlée, sans maquillage ; peut-être seulement un trait de crayon noir autour des yeux. C'était comme l'image inversée de Claire, une image à laquelle elle aurait pu aussi bien choisir de ressembler.

Cette idée l'irrita. Elle regretta d'avoir accepté cette rencontre pour se prouver à elle-même qu'elle avait en effet réussi à maîtriser sa peur, son angoisse. Elle repensa à cette lettre anonyme qu'elle avait glissée au fond d'un tiroir, chez elle, là où elle plaçait en désordre les coupures de presse la concernant. Ça n'avait pas plus d'importance que ça. Elle se remémora la phrase : *Je vais te crever*. Des mots, pensa-t-elle, des mots qu'elle pouvait répéter.

« J'ai peu de temps », lâcha-t-elle à l'intention de Joan Finchett.

---

1. Joan Finchett joue un rôle majeur dans *Le Condottiere*, l'un des romans de *La Machinerie humaine*.

Joan posa un petit magnétophone sur le bord du bureau.

« Vous permettez ? » murmura-t-elle.

Claire haussa les épaules.

« Votre mère est professeur de littérature française à l'université de Grenoble, n'est-ce pas ? »

Claire eut envie de crier, de se lever, de prendre le journaliste par les épaules et de la pousser dehors.

« Je l'ai vue, reprit Joan Finchett. Elle m'a longuement expliqué ce qu'elle pense de la télévision. Vous avez donc choisi contre elle ou malgré elle cette profession ; c'était une vocation. Pourquoi, qu'est-ce qui vous attirait ? Hasard ou bien désir d'être vue ? Vous vous êtes sûrement interrogée, puisque — Joan Finchett sourit pour la première fois —, avec vos invités, dans votre émission, vous essayez de les faire s'expliquer, "avouer", dites-vous souvent. Est-ce que vous vous êtes appliqué cette méthode à vous-même ? Ce serait intéressant, pour les téléspectateurs... »

Tout le corps de Claire s'était raidi. Elle avait posé ses mains à plat sur le bureau. Elle ne bougeait pas les doigts. Elle répondit par des phrases courtes, quelques mots seulement qu'elle avait de la peine à arracher à sa gorge.

Joan Finchett ne les commentait pas, paraissant s'en contenter. Elle prenait des notes, son bloc posé sur ses genoux.

« Vous savez que votre mère écrit un livre ? demanda-t-elle comme on attaque par surprise, alors que toutes les questions précédentes avaient porté sur les conditions de préparation de l'émission.

— Je ne réponds jamais à des questions concernant ma vie privée, ma famille, riposta Claire.

— Mais vous fouillez dans les vies privées des autres, vous ne cessez de débusquer le plus intime de vos invités... »

Claire se leva, mais Joan Finchett resta assise, comme si elle ne l'avait pas remarqué. Elle avait vu, expliqua-t-elle, toutes les émissions, depuis la première. Elle avait lu les critiques, mais, voyeurisme ou pas, elle ne cherchait pas à porter de jugement. Un journaliste n'est pas un moraliste. Elle voulait montrer et comprendre.

« Vous vous souvenez de Lucienne Chauvet, l'une de vos invitées ? Un grand moment de tension, d'émotion. Comment avez-vous vécu cela ? Savez-vous qu'elle vous a écrit ?

— Il faut l'interroger », fit Claire en ouvrant la porte.

Avec des gestes appliqués, Joan Finchett arrêta le magnéto-phone, le glissa dans la poche de son blouson, puis referma son bloc. Enfin elle se leva.

« Je l'ai interviewée, bien sûr, dit-elle en passant devant Claire. Intéressant.

— Ce n'est pas le mot que j'utiliserais, ne put s'empêcher de lâcher Claire. Mais parlez d'elle, pas de moi. »

Joan Finchett s'arrêta sur le seuil. Elle était un peu plus grande que Claire. Elle la fixa et Claire baissa les paupières.

« Parler d'elle c'est parler de vous, et — Joan Finchett sourit, fit un pas — *vice versa.* »

Claire fut un instant décontenancée, puis la colère l'emporta. Elle suivit Joan Finchett dans le couloir et, marchant près d'elle, lui répéta qu'elle voulait lire le texte de l'interview avant sa publication dans *Continental.* Elle menaça, parla de procès...

Elle sentait que les mots lui échappaient, qu'elle perdait son sang-froid alors que Joan Finchett continuait de sourire sans tourner la tête.

Claire lui agrippa la manche :

« Mais pour qui vous prenez-vous, qu'est-ce que vous imagi-nez ? Que vous allez pouvoir... »

Joan Finchett se dégagea. Elle posait des questions comme une simple journaliste, dit-elle. Elle n'était que cela.

Claire lui tourna le dos. Elle se rendit compte qu'on l'obser-vait et elle rentra dans son bureau dont elle claqua la porte.

Elle ignora Mireille, répétant qu'elle empêcherait la publica-tion de cet article. Qu'est-ce que c'était que cette conne ? D'où sortait-elle ? Qui la connaissait ? Qui ? Et elle donnait des leçons !

Tout à coup, Claire se laissa tomber dans un fauteuil. Il lui sembla que ses jambes s'étaient dérobées, douloureuses, refu-sant de la porter. Elle s'affola. Elle allait rester paralysée... Elle se souvint d'un accident de ski, à La Clusaz. On l'avait portée sur un brancard jusqu'à la ferme Ferrand. Sa mère avait crié en la voyant, puis s'était précipitée, lui caressant le visage : « Tu vas te lever, tu n'as rien. Tu vas marcher ! » Et, le soir, elle avait raconté à Claire que son père, Maurice Ferrand, après une longue période d'immobilité, avait bondi hors de son lit et avait semblé voler dans la chambre.

« Ma mère... », murmura Claire à mi-voix.

Elle composa aussitôt le numéro de l'appartement de la place Grenette. Qu'avait pu raconter sa mère à cette salope, à cette putain... ?

Les mots envahirent sa tête, sa gorge, sa bouche :

Putain, salope, je vais te crever !

Était-il possible qu'on la haïsse à ce point ? Sa mère, cette Joan Finchett, cet homme qui voulait la *crever*... ?

Qu'avait-elle donc fait ?

Claire entendit la voix de sa mère.

Peut-être lui dit-elle ces mots : putain, salope ; peut-être les répéta-t-elle seulement dans sa gorge, bouche fermée ?

Prise de panique, elle raccrocha.

44

Claire tendit l'enveloppe à Bernard Terraz. Il l'examina, la retourna, lut le double bandeau : *PERSONNEL, URGENT*, l'adresse, puis leva les yeux et regarda Claire.

Assis en face d'elle sur le canapé de cuir placé entre les deux hautes fenêtres donnant sur la place de l'Odéon, il portait un pull-over à col montant et des pantalons noirs. L'enveloppe et ses mains formaient une tache blanche. Il commença à faire glisser le feuillet hors de l'enveloppe. Claire tendit le bras. Bernard Terraz s'immobilisa, surpris.

« Ce n'est rien, dit-elle ; une lettre anonyme, sans importance.

— Mais vous m'avez téléphoné... », répondit Terraz en finissant de sortir le feuillet.

De fait, elle avait appelé la secrétaire de Bernard Terraz, demandé un rendez-vous, puis l'avait aussitôt regretté. Mais elle avait été ferrée : Bernard Terraz envoyait sa voiture à RTE, il attendait Claire chez lui, place de l'Odéon. Elle n'avait même pas pu se débattre, incapable d'imaginer ce qu'elle voulait vraiment obtenir de lui. Qu'il empêchât l'article de Joan Finchett de paraître dans *Continental* ? C'était bien pour cela qu'elle avait sollicité ce rendez-vous, parce que l'idée de lire les déclarations de sa mère mêlées à celles de Lucienne Chauvet et à ses propres réponses pour composer un portrait d'elle, lui était insupportable.

Dans le hall de l'immeuble de RTE, alors même qu'elle reconnaissait la silhouette d'Étienne, le chauffeur de Bernard

243

Terraz — elle s'étonnait de se souvenir de ce prénom, de l'attitude que cet homme avait eue, le premier soir, n'esquissant pas même un geste pour lui ouvrir la portière, ne prononçant pas même un mot lorsqu'il l'avait raccompagnée rue Gay-Lussac —, elle s'était heurtée à Darmon, ses seins contre sa poitrine, son front contre sa bouche.

« Tu cours où ? » avait-il demandé.

Elle avait répondu sans réfléchir :

« Je vois Bernard Terraz. »

Darmon s'était écarté et l'avait dévisagée, ses lèvres faisant la moue, ses sourcils froncés cachant presque ses yeux :

« Tu veux quoi ? Il te propose quoi ? »

Elle avait écarté les bras pour montrer qu'elle n'en savait rien.

« Tu es en position de force, n'oublie pas ça », lui avait-il dit en l'accompagnant jusqu'à la porte. Puis, au moment où elle la poussait, il l'avait bloquée. « Donne-toi toujours vingt-quatre heures pour réfléchir. Et fais monter les enchères... »

Étienne s'était précipité pour ouvrir la portière. Lorsqu'il s'était penché, elle avait reconnu ce regard qu'elle croisait naguère à chaque instant, avide, vorace, scrutant chaque morceau de sa peau, chacune de ses expressions ; durant tout le trajet entre le boulevard Péreire et la place de l'Odéon, ces yeux ne l'avaient pas quittée, l'observant dans le rétroviseur.

Elle avait dû rendre son visage lisse, esquissant un demi sourire, figeant ses traits comme au moment du générique de l'émission, quand les caméras balayaient le plateau et qu'on ne savait quelle image, quel visage le réalisateur allait choisir de passer à l'écran.

Place de l'Odéon, le chauffeur avait bondi, poussé la porte d'entrée, et Claire s'était retrouvée sous le porche, avait de nouveau gravi cet escalier qui, après le deuxième étage, devenait étroit et raide.

En la guidant vers le salon, Terraz n'avait prononcé que quelques mots. Il était heureux de son appel. Cela faisait bien longtemps qu'il souhaitait la revoir. Il s'était absenté de Paris, mais n'avait manqué aucune des émissions.

Elle avait hésité entre le fauteuil et le canapé, puis, peut-être à cause des fenêtres par où le regard pouvait s'échapper jusqu'aux façades de la place, elle s'était installée sur le canapé.

Bernard Terraz avait choisi le fauteuil. Un spot à l'éclat violent éclairait une partie de son corps, coupant le torse et laissant le visage dans une semi-pénombre. Il avait croisé les jambes, les mains posées sur le genou droit, et s'était tu. Ce silence, cette immobilité avaient comme étouffé Claire. À l'entour, les fenêtres des immeubles formaient, dans la nuit tombée, des miroirs ternis, parfois percés en leur centre d'une lueur intense.

Claire bougea, parce qu'il fallait qu'un acte ait lieu, qu'une phrase soit prononcée. Elle fouilla dans la poche de sa veste de tailleur, trouva l'enveloppe, dit en la tendant à Bernard Terraz : « Je voulais vous montrer ça. »

Puis elle fit un geste quand Bernard s'apprêtait à sortir le feuillet de l'enveloppe, comme si elle avait voulu la reprendre.

« Ce n'est rien », répéta-t-elle.

Mais elle avait téléphoné ; elle se trouvait là, dans cet appartement du troisième étage de l'immeuble des Terraz, place de l'Odéon, et elle ne pouvait plus effacer ce qui s'était produit.

Elle se mit à parler comme pour empêcher Bernard Terraz de lire les trois lignes dactylographiées au centre de la feuille et dont, tout à coup, elle avait honte, comme si les mots *putain*, *salope* dévoilaient ce qu'elle était, et qu'en donnant cette lettre elle se fût ainsi dénoncée, accusée, passant aux aveux, acceptant qu'on eût le droit de la mépriser et le désir de la *crever*.

Elle dit qu'elle recevait des lettres de menaces et elle montra l'enveloppe, la main à nouveau tendue comme pour prier Terraz de la lui restituer. Elle ne s'inquiétait pas, répéta-t-elle, non, mais pourquoi fallait-il qu'une journaliste de *Continental* vienne la harceler par des questions agressives ? Cet hebdomadaire n'appartenait-il pas au groupe *Terramora Médias* ? Était-il normal qu'il participe à ce lynchage ?

Elle s'arrêta, s'excusa d'un sourire d'avoir employé ce mot.

« Lynchage..., répéta-t-elle pourtant. Ils me guettent tous. Pourquoi *Continental* aussi ? »

Terraz se leva, prit son téléphone mobile, revint s'asseoir en face de Claire. Il n'avait pas encore déplié la lettre. Il composa un numéro.

« Duguet ? Bernard Terraz. »

Il avait les yeux fixés sur Claire, mais elle ne sentait pas son regard. La voyait-il ?

« Je ne veux pas d'article, dit-il, pas en ce moment, sur l'émission de mon fils. Entendu ?

Il parlait en remuant à peine les lèvres. Sa paume gauche cachait l'enveloppe et le feuillet posés sur sa cuisse.

Duguet argumenta longuement à l'autre bout du fil.

« Pas d'article, sous n'importe quel angle, reprit Terraz. Dites que vous publierez plus tard ; question de place. Merci, Duguet. »

Il posa le téléphone sur l'accoudoir du fauteuil.

« Vous êtes remarquable, dans cette émission », dit-il à Claire tout en dépliant le feuillet.

Elle suivit le mouvement de ses yeux qui parcouraient les phrases, les relisaient :

> *Putain, salope,*
> *Je vais te crever !*
> *Tu as rendez-vous bientôt, très bientôt avec l'autre monde !*

Terraz replia le feuillet, le glissa dans l'enveloppe.

Claire voulait-elle une protection ? demanda-t-il en se levant.

Elle secoua la tête, tendit la main pour reprendre l'enveloppe. Il hésita, la lui rendit, se mit à aller et venir devant les fenêtres, la tête baissée.

On n'échappait pas à la haine, reprit-il. Même si tout avait été vite pour elle, Claire devait l'avoir compris. Les gens étaient à l'affût, accroupis dans leur médiocrité, cherchant à dégommer ceux qui étaient sortis de l'anonymat, du sort commun. Quels qu'ils soient, ceux-là étaient visés de toutes parts. Les gens n'avaient de cesse de les abattre. Ou attendaient l'hallali, la curée. On voulait entendre les cris, voir les tripes.

Il se tourna vers Claire. Voilà : l'émission *Rendez-vous avec l'autre monde* avait du succès. Rémy n'avait peut-être pas réfléchi ; il agissait d'instinct, mais il avait découvert le principe du tir au pigeon.

Il regarda Claire. Elle saisit son rictus.

« Vous jetez les invités au milieu des chiens, et chacun y

trouve son compte : la chaîne, moi donc, vous, ces gens qui rêvent de sortir de l'ombre à n'importe quel prix, de raconter leur vie, toute leur vie, et les autres qui ne songent qu'à les fusiller et qui, le lendemain, quand ils les retrouveront, ne vont plus les lâcher. »

Il s'immobilisa en face de Claire, puis se pencha vers elle.

« Maintenant, pour vous faire oublier, pardonner, il faudrait que vous changiez de pays et que vous ne reveniez que dans deux ou trois ans. Et encore, les chasseurs ont du flair, on vous reconnaîtrait, on vous traquerait. » Il se redressa. « Vous devez vivre avec ça. » Il montra du bout des doigts l'enveloppe. « Au reste, la mort vient rarement par où l'on croit. Je suis fataliste, depuis toujours. »

Il s'interrompit. Elle l'entendit parler à un domestique qui, peu après, apporta un plateau, des boissons. Il servit Claire.

Depuis longtemps, reprit-il, il voulait proposer à Claire un nouveau contrat. Il ne s'occupait pas directement ni dans le détail des programmes de RTE, mais il donnait les impulsions. Il souhaitait que Claire réfléchisse à une émission plus exigeante, où elle serait seule face à un invité, mais une forte personnalité. Brigitte Georges, dont c'était l'emploi, était usée. Elle était associée à cette période finissante : Mitterrand, la vieille politique, encore des relents d'avant-guerre... Mais le mur de Berlin était tombé, tout cela n'avait plus de sens. À époque nouvelle, visages nouveaux, rythmes différents. Claire pouvait-elle être ce visage, cette voix ? Voulait-elle y songer ?

Il la servit à nouveau, ne prêtant pas attention à son geste de refus. Claire prit le verre, but une gorgée glacée qui se transforma aussitôt en bouffée de chaleur qui lui empourpra les joues.

Mais, ajouta-t-il, elle devait se souvenir... Il fit le geste d'épauler, de plier le genou, de suivre le vol d'un oiseau :

« Vous serez toujours dans la ligne de mire, expliqua-t-il. Vous serez la proie de milliers de chasseurs que vous n'aurez jamais croisés.

— Je vais réfléchir », dit-elle en se redressant.

Elle chancela un peu, se raidit. Terraz lui prit le bras. Il demanderait à son fils Rémy d'organiser une réunion avec les responsables de la chaîne, chez lui, dans sa propriété de Norges, en Savoie, près de Chambéry.

« Il faut être fataliste », répéta-t-il en souriant.

Il n'était plus jamais retourné au château de Norges, exposa-t-il. Rémy en avait la libre disposition. Mais lui, Bernard Terraz, se méfiait encore de ce lieu. Il se le reprochait, mais sa mère, sa nurse avaient été tuées là-bas, dans ce château, sous ses yeux. Il n'avait alors que quatre ans. C'était son premier souvenir. Sa nurse, Mafalda, était une grosse femme qui s'était placée devant lui et qui, en tombant, l'avait protégé, mais écrasé aussi ; son sang l'avait recouvert. L'assassin l'avait cru mort et s'était suicidé.

« Qui aurait pu imaginer cela ? Ni ma mère, ni mon père, ni la nurse. Peut-être est-ce à cause de cette scène que je suis si fataliste. Pas indifférent, non, mais je me tiens à distance. Et je sais aussi que cela ne sert à rien... »

Il lui tint la main.

« Je vous prête Étienne pour quelques jours », proposa-t-il.

Elle fit non.

D'un mouvement de tête, Bernard Terraz lui montra le chauffeur qui l'attendait sur le palier du deuxième étage.

45

Claire Garneray reçut la deuxième enveloppe chez elle, boulevard Saint-Michel, quelques jours après la réunion qui s'était tenue au château de Norges.

Durant les heures de discussion dans le grand salon du château, elle avait écouté, observé, parlant peu, irritant même par sa réserve. Karine Rivière l'avait prise à partie, l'accusant, par son attitude, son conformisme, d'avoir déséquilibré à plusieurs reprises l'émission. Karine avait laissé entendre que si *Rendez-vous avec l'autre monde* connaissait un tel succès d'audience, c'était en dépit de Claire Garneray qui, parfois, refusait d'excellents candidats, dont la vie était fascinante. Claire se souvenait-elle de cette Lucienne Chauvet qu'elle avait expulsée de son bureau et que Karine et Rémy avaient dû imposer ? Le soir où cette femme s'était confiée, l'émission avait rassemblé près de sept millions de téléspectateurs.

D'un geste à peine esquissé, Rémy Terraz avait interrompu Karine. Son père, avait-il dit d'un ton solennel, avait vu l'émission, bien sûr. Pour le téléspectateur qu'il était, c'était Claire Garneray et elle seule qui avait réussi à obtenir les aveux de cette femme.

Karine s'était exclamée, puis elle avait quitté le salon et on l'avait vue marcher à grands pas entre les arbres du parc.

Rémy Terraz avait alors suggéré qu'on reprît la discussion le lendemain matin. Ils avaient tous fait mine de rire. Darmon et Gorin s'étaient éloignés ensemble dans la grande allée conduisant au portail de fer forgé marqué en son centre d'un « T » autour duquel s'enroulait comme un serpent l'initiale du fondateur. Pierre-Yves Lavignat, lui, avait rejoint Karine Rivière, lui entourant l'épaule de son bras.

« On ne vous entend pas », avait dit Rémy Terraz à Claire.

Elle s'était contentée de sourire, expliquant qu'elle ne dînerait pas au château, mais qu'elle comptait se rendre à Grenoble, chez elle... Elle s'était interrompue, bloquée par ces deux petits mots, *chez elle*, si ridicules, si faux, tout à coup, mais elle n'avait pu les remplacer, dire même à mi-voix : « chez ma mère ».

Dans la voiture, elle releva le col de sa veste. Étienne conduisait vite dans la nuit qui ensevelissait des pans entiers du paysage, ne laissant dans la lumière encore vive que les barres enneigées. Les contours étaient nets. L'automne, ici, avait déjà fait place à un hiver aux plans francs qui s'opposaient les uns aux autres par larges plaques de couleurs vives que la nuit recouvrait d'un noir dense.

Au fur et à mesure qu'elle approchait de Grenoble, Claire ressentit le désir, contre lequel elle ne pouvait rien, de se recroqueviller et de s'enfoncer dans la banquette afin de s'y cacher. Elle revivait sa dernière rencontre avec sa mère. Qu'est-ce qui rendrait celle-ci plus facile ?

À l'entrée de Grenoble, elle téléphona, se trompa plusieurs fois dans le maniement de l'appareil. À la fin, elle entendit la voix de sa mère. Elle se retint. Elle ne dit pas « Maman ».

« Je suis sur la route. Je téléphone de la voiture, murmura-t-elle précipitamment.

— Tu vas où ?

— Je ne suis pas loin, répondit-elle.

— Où ?

— Norges. »

Le silence dura.

« Nous avons une réunion chez Rémy Terraz », reprit Claire.

Elle ne se souvint qu'à cet instant de ce que lui avait rapporté son père. Les séjours que sa mère avait faits à Norges, dans la mesure où ses grands-parents y avaient vécu.

« Tu connais Norges, reprit Claire. Ta mère...

— Je vais bien, coupa Monique Ferrand-Garneray. Merci

d'avoir appelé. » Elle se tut, puis ajouta de la même voix ironique : « Si je veux te voir, je regarde la télévision, n'est-ce pas ? Une journaliste intelligente, sympathique, m'a beaucoup parlé de cette émission, du rôle que tu y tenais. Nous avons déjeuné ensemble. Grâce à toi, je sors de mon petit monde. Merci ! »

Elle raccrocha.

Claire se rendit alors compte que la voiture était garée à quelques centaines de mètres de la place Grenette.

« Je vous attends ? demanda Étienne sans se retourner.

— On rentre à Norges », fit Claire en fermant les yeux.

La réunion reprit tard, le matin suivant, dans le même grand salon.

Karine Rivière s'opposa avec une détermination rageuse à ce que la nouvelle émission dont Rémy Terraz avait déclaré d'emblée que Claire Garneray — si elle acceptait — serait la productrice et l'animatrice, se dénommât *Le Rendez-vous*. Voulait-on qu'il y eût confusion, à moins qu'on ne souhaitât saboter son émission afin que les téléspectateurs passent comme sous l'effet d'une transfusion du *Rendez-vous avec l'autre monde* à ce qui ne serait, après tout, qu'un *talk-show* traditionnel, banal, même si — elle voulait bien l'augurer — Claire y montrait des qualités exceptionnelles ?

Les jambes allongées, le menton sur la poitrine, les yeux mi-clos, Darmon mimait l'indifférence et le mépris. Lavignat guettait les réactions de Rémy Terraz pour apprécier les chances de Karine Rivière et décider du choix qu'il devrait faire. Gorin observait.

Rémy Terraz répondit d'un ton sec que son père avait en fait déjà tranché la question. Rémy n'était lui aussi qu'un exécutant. Le patron de RTE, c'était Bernard Terraz. L'émission de Karine Rivière s'intitulerait désormais *L'Autre Monde*. Rémy continuerait à la présenter. En six mois, les téléspectateurs s'habitueraient à cette nouvelle appellation. Durant cette période de transition, Claire Garneray ne participerait plus qu'à une émission sur deux, et elle se consacrerait à la préparation du *Rendez-vous* qui serait *son* émission. Naturellement, elle bénéficierait de l'appui du service politique. Darmon se redressa, approuva d'un hochement de tête. « Le service culturel, n'est-ce pas, Lavignat, lui apportera également son appui ? » Gorin confirma que Claire pourrait compter sur toute la rédaction.

« Même sur Brigitte Georges ? interrogea Rémy Terraz.

— Brigitte Georges est une vieille professionnelle », murmura Darmon, assez fort pourtant pour que tous l'entendissent.

Rémy s'esclaffa. Darmon, impassible, se tourna vers Claire. Tout dépendait d'elle, à présent.

« Mademoiselle Garneray est une jeune professionnelle, ajouta Darmon en se levant. Je vais prendre l'air. Votre parc est une véritable forêt. »

En passant près de Claire, il lui tapota l'épaule.

Claire avait accepté la proposition de Bernard Terraz. Elle accompagnerait Étienne jusqu'à Talloires et, de là, elle rentrerait avec Bernard à Paris. Elle lui expliquerait ainsi ce qui s'était passé à Norges.

Bernard Terraz n'avait pas baissé l'accoudoir entre eux deux sur la banquette arrière, si bien que, souvent, dans les courbes qu'Étienne prenait en accélérant, leurs cuisses et leurs épaules restaient quelques secondes appuyées l'une contre l'autre. Lorsque la voiture se redressait, ils se séparaient. Après Dôle, il n'y eut plus que de longues lignes droites.

Claire avait cru — elle n'avait pas bougé, dans ces moments-là — que Bernard Terraz allait lui prendre la main, et elle s'était demandé comment elle devrait réagir, renonçant à prévoir, laissant son instinct la guider. Mais il n'avait jamais esquissé le geste.

Place de l'Odéon, il se contenta de dire qu'il partait au début de décembre pour quelques jours de vacances, sans doute en Californie et au Mexique. Il lui préciserait les dates exactes.

Il ne formula aucune invitation précise, sa voix ne marqua aucune inflexion, gardant le même ton froid, presque détaché. N'avait-il pas confié qu'il se tenait toujours « à distance » ? Souhaitait-il vraiment quoi que ce fût avec la force d'un désir ?

Depuis le retour de Claire Garneray à Paris, une dizaine de jours s'étaient écoulés durant lesquels elle n'avait pas trouvé le temps de s'interroger. Bernard Terraz ne l'avait pas appelée, mais le bruit s'était répandu qu'elle prenait la tête d'une émission nouvelle. On l'avait harcelée de toutes parts. Pierre-Yves Lavignat souhaitait déjeuner avec elle pour « préparer l'avenir, l'émission ». Elle avait vu Gorin à plusieurs reprises. Elle avait elle-même téléphoné à Darmon, mais celui-ci avait décliné le dîner qu'elle lui proposait : « Je m'écarte des stars, c'est ma règle de survie, avait-il dit. Quand elles explosent, je ne suis pas atteint par les éclats ou la déflagration. Cela dit... » Il avait changé de voix : « Chère amie, très chère Claire, je me tiens naturellement à votre disposition pour vous aider dans votre projet. »

Elle avait raccroché dans un mouvement de colère. Darmon n'avait plus que des rancœurs. Or la vie, c'était aller de l'avant, donc laisser derrière soi ceux qui refusent de suivre, de changer de rythme.

Et puis, ce matin, lorsqu'elle avait ouvert la porte, cette enveloppe plus large que la première, mais portant deux bandeaux identiques collés en diagonale, en haut à gauche : *URGENT, PERSONNEL.*

46

Claire s'était accroupie sur le seuil et avait contemplé l'enveloppe placée sur le paquet de courrier que la concierge, après avoir sonné, avait posé devant la porte de l'appartement.

Elle avait entendu le coup de sonnette, une dizaine de minutes auparavant, mais elle avait préféré continuer à se maquiller. Il n'arrivait à son adresse personnelle que les quittances, les factures, les avis d'imposition et ces publicités qu'elle jetait sans même les décacheter. Pourtant, elle avait eu la tentation de courir jusqu'à la porte, comme si elle avait attendu avec anxiété quelque réponse. Elle avait pensé, en s'étonnant de cette pulsion, que personne ne lui écrivait jamais ici, puis les trois lignes qu'elle s'efforçait d'oublier lui étaient aussitôt revenues, obsédantes, et elle avait débordé, avec son bâton de rouge, la lisière de ses lèvres. Elle avait dû s'interrompre.

Il n'avait plus écrit. *Il* n'écrirait plus. Elle ne *le* craignait plus. Elle avait même exigé d'Étienne qu'il cessât de l'accompagner.

Elle s'était coiffée. Elle avait repeint ses ongles avec un vernis nacré, puis, lentement, elle s'était enfin dirigée vers la porte, l'avait ouverte.

Elle avait aussitôt remarqué l'enveloppe.

Mais elle n'avait osé la prendre, la regardant comme s'il s'était agi d'un de ces plis piégés qui explosent dès qu'on les touche.

L'enveloppe n'était pas timbrée. On l'avait donc déposée chez la concierge, sans doute tôt ce matin. On connaissait donc son adresse.

Elle avait enfin ramassé le courrier en serrant les lèvres, saisie par la colère et le désespoir.

Que lui voulait-on ? Qu'avait-elle fait, elle ?

Elle s'était assise dans le fauteuil qui faisait face aux arbres du Luxembourg. Le ciel était limpide. Les façades de la rue d'Assas, au loin, se découpaient, comme encastrées dans une toile bleue.

Claire saisit l'enveloppe qu'elle trouva plus lourde, plus grande que la première.

Elle la décacheta en détournant la tête, bras tendus, les mains le plus éloignées possible du visage.

Si le pli explosait, elle aurait les doigts arrachés, mais — elle s'en voulut de ces pensées ridicules qui lui échappaient et faisaient éclater son cœur — elle ne serait pas défigurée, elle ne perdrait pas ses yeux...

Elle fit glisser hors de l'enveloppe une photo. Elle reconnut aussitôt le portail du château de Norges, ce « T » au centre, le lierre qui s'enroulait autour de cette lettre et qui paraissait, lui, dessiner un « S ». Elle distingua, derrière le portail, l'allée de mélèzes et, au fond, la façade du château comme une tache blanche et floue.

L'enveloppe ne contenait que cette photo.

Claire la regarda pendant plusieurs secondes. L'homme l'avait donc suivie jusqu'à Norges. Elle ne s'était pas trompée en imaginant que sa haine était tenace. Il irait jusqu'au bout. Il ne l'avait jamais perdue des yeux. Il était sans doute à l'affût, en bas, sur le boulevard Saint-Michel, attendant qu'elle sortît pour se lancer sur ses traces.

Elle s'approcha de la porte-fenêtre et y resta un instant, évitant de regarder vers le boulevard, les yeux perdus au-dessus des arbres.

Il la tuerait.

Elle retourna la photo.

Il avait collé une bande de papier sur laquelle elle lut d'abord les deux mêmes mots : *putain, salope*, puis, au-dessous, dans des caractères identiques, ces huit lignes :

La femme derrière le miroir

Je vais te crever !
Je sais toujours où tu vas où tu couches
avec qui tu baises
Salope, Putain
Au château de Norges
avec les autres porcs
vous vous retrouverez tous bientôt, très bientôt
dans l'autre monde.

Elle se recroquevilla, cachant son visage dans ses mains, fermant les yeux.

Il la tuerait.

C'était un fou, un obsédé.

Elle se souvint de cette réflexion de Darmon, lorsqu'elle avait commenté avec lui les attentats de la rue de Rennes, les premiers qui avaient suivi son entrée à RTE. Il avait affirmé à l'antenne — Gorin le lui avait assez reproché — qu'on ne pouvait rien contre la folie d'hommes décidés à tuer. Gorin avait répliqué que même les fous tiennent à leur peau, qu'on pouvait donc les dissuader d'agir en les menaçant.

Elle avait peur, pensant à ces corps mutilés, rouges, étendus sur le trottoir et la chaussée, au milieu des éclats de verre. *Il* devait jouir de cette peur qu'*il* imaginait.

Elle ne pouvait *le* vaincre seule.

Elle cria de la voix aiguë d'une petite fille affolée.

47

Ces deux lettres, Claire Garneray les garda toujours sur elle, dans la poche extérieure du grand sac de cuir fauve qu'elle portait en bandoulière.

Elle les avait enfouies là lorsqu'elle avait fui son appartement dont les murs lui renvoyaient sa peur.

Elle n'avait pas attendu l'ascenseur. Dévalant l'escalier, elle avait frappé à la porte de la loge, montré à la concierge la deuxième enveloppe. « Qui ? » avait-elle répété.

La concierge avait fait une mimique d'impuissance et Claire n'avait même pas écouté sa réponse, bondissant dans le premier taxi à l'arrêt, regardant derrière elle lorsqu'il avait démarré, comme si elle avait redouté que l'homme ne fût là, enfourchant sa moto pour la suivre.

« Pressée ? » avait marmonné le chauffeur tout en commençant à dérouler les phrases attendues. Il l'avait reconnue, bien sûr. Et il l'enveloppait, l'engluait dans ses propres confidences, ses regards, ses commentaires.

Elle avait repris son « visage de magazine », comme avait dit une fois Darmon. Mais elle avait enfoncé sa main dans la poche de son sac, et elle palpait les enveloppes, les faisant glisser sous ses doigts, se répétant que ce n'était que cela : deux petits rectangles de papier anonymes, quelques mots, rien.

Elle croyait s'être calmée, mais, tout à coup, une bouffée de panique l'envahissait. Elle se persuadait qu'elle était impuissante, qu'elle ne pourrait jamais contenir ce flot de haine. Si elle avertissait un service de police et qu'on lui assurât une protection officielle, les journalistes seraient tôt ou tard mis au courant. On la traquerait pour saisir une attitude, une expression apeurées qui permettraient à l'un de ces magazines à sensation de faire une couverture avec ce titre qu'elle imaginait : « Claire Garneray a peur », ou bien « Un fou persécute Claire. » Et, parce que rien ne restait longtemps secret, on publierait les mots qu'il avait écrits, peut être même la photocopie de lettres anonymes que quelqu'un aurait vendue ou bien livrée en échange de quelques billets, voire pour faciliter l'enquête, prétexte commode permettant en toute bonne conscience de participer à la curée.

Et l'homme saurait qu'il l'avait blessée, livrée aux chiens, ainsi qu'il l'avait espéré et voulu. Elle l'imaginait affichant dans sa chambre cette photo d'elle et la piquant chaque matin.

Elle avait dû fermer les yeux, donner l'impression qu'elle dormait, car le chauffeur de taxi lui lança en riant : « C'est dur, le matin, hein ? Surtout si la nuit... »

Elle n'attendit pas qu'il lui eût rendu la monnaie. Elle traversa en courant le hall de l'immeuble de RTE, puis la salle des informations.

Elle vit Darmon qui gesticulait dans son bureau devant les journalistes de son service. Hélène, Ruth, Anne ne le regardaient même pas, parcourant les journaux déployés sur la table.

Lorsqu'il aperçut Claire, son visage, mobile jusque-là, se figea, sourcils froncés, et les trois jeunes femmes, d'instinct, levèrent la tête, se tournant vers elle.

Elle découvrit dans leurs yeux une curiosité ironique et dédaigneuse. Qu'est-ce qu'elle voulait encore, celle qui avait été l'une d'elles et qui s'était échappée, dont on voyait à présent le visage sur les couvertures de magazines ? Elle se vendait bien, celle-là, mais peut-être donnait-elle déjà des signes de fatigue ?...

Elles la dévisageaient. À un tracé de rouge à lèvres tremblé, à une mèche échappée, elles devinaient l'émotion que Claire n'avait su maîtriser.

Elles se levèrent toutes trois, sourirent à Claire, prononcèrent quelques mots convenus : « Ça va ? », « Tu es en grande forme », « Ce *Rendez-vous*, c'est pour quand ? »

Elles frôlaient Claire, se retournaient pour voir si Darmon

l'embrassait en la pressant contre lui, sa paume largement ouverte plaquée dans son dos.

Mais Darmon garda les bras le long du corps et Claire resta éloignée, fouillant dans son sac.

Elle lui tendit les deux lettres.

Il hésita à les prendre, puis, parce qu'elle l'y incitait d'un mouvement répété du menton, il sortit le feuillet de la première enveloppe, le déplia lentement, lut avec une expression de dégoût, jeta un coup d'œil à Claire qui l'invita à ouvrir la seconde enveloppe, la plus grande.

Il examina longuement la photo, marquant son étonnement, la retournant, lisant les lignes, puis il se mit à secouer la tête, et, peut-être pour l'empêcher de parler, voire de ricaner, ou bien de rappeler qu'il avait prévu cela, Claire lui arracha les lettres dans un geste de colère et lança en les enfonçant dans la poche de son sac :

« C'est peut-être toi, pourquoi pas ? »

Elle ne put prononcer un mot de plus. Il l'empoigna aux épaules et commença à la secouer et à la pousser hors de son bureau en hurlant : « Connasse ! Connasse ! Tu l'as, ta gueule, dans les journaux, connasse ! »

Sa voix résonnait dans la grande salle des informations, couvrant tous les autres bruits, obligeant chacun à s'immobiliser, puis à tourner la tête, à entendre :

« Ne m'emmerde plus ! Qu'on te crève, je m'en fous ! Débrouille-toi ! Fous le camp ! »

La voix de Darmon s'était faite si aiguë que ses mots se réduisaient à un cri.

Gorin se précipita, mais Darmon avait déjà lâché Claire Garneray.

Elle avait laissé tomber son sac. Darmon le ramassa et le lui lança avec violence.

« Garde ta merde ! » hurla-t-il.

Claire traversa lentement la salle au milieu des regards.

Elle eut froid, elle eut honte, comme si elle était nue.

CINQUIÈME PARTIE

Les visages de la morte

48

« Vous connaissiez Claire Garneray depuis longtemps, n'est-ce pas ? » demanda le commissaire Milner.

Il ne regardait pas Darmon, mais, par l'étroite fenêtre du bureau — une meurtrière —, les mouvements de la lumière à la surface du fleuve.

« Longtemps ? Qu'est-ce que ça veut dire ? » fit Darmon.

Sa voix était sourde. Milner se tourna. Darmon avait la tête baissée. Le bas de son visage, large et lourd, semblait le contraindre à cette attitude. Les lèvres étaient proéminentes, le cou épais. Le commissaire ressentit une poussée d'antipathie plus forte encore qu'à l'instant où il avait vu Darmon entrer dans le bureau. Il détestait les hommes au physique massif, aux mains de lutteur, aux cheveux noirs ébouriffés, aux sourcils touffus. Darmon l'avait toisé en tendant sa convocation. Au bout de son bras gauche, il balançait son casque à visière noire dans lequel il avait enfoncé ses gros gants à sangles. Il portait une veste de cuir zébrée de fermetures Éclair brillantes. Milner lui avait montré la chaise et Darmon s'y était laissé tomber, allongeant ses jambes, posant le casque par terre, puis ouvrant sa veste, et le commissaire avait alors aperçu un costume croisé de bonne coupe, une chemise à fines rayures, une cravate aux couleurs vives, et cette élégance presque maniérée, sous le vêtement rugueux du motocycliste, avait achevé de l'irriter. Milner n'aimait pas la prétention et l'arrogance des journalistes. Il se souvenait de ses premières enquêtes, de ces gêneurs, d'un Gilles Duprez qui soupçonnait toujours la police de fomenter des complots. Il était resté debout.

« Ça signifie : depuis quand connaissez-vous Claire Garneray ? » dit-il sèchement.

Il se détourna, observa la Seine vers le Pont-Neuf. L'eau semblait être une plaque de plomb noirci qui, par instants, se fendillait, laissant alors apparaître une crevasse bleue qui s'élargissait, s'éclaircissait, métal doré, en fusion, éblouissant, avant de se durcir et de se refermer dans les teintes sombres. C'était la fin d'une matinée glaciale de la mi-janvier et le fleuve reflétait les variations du ciel, obscurci puis limpide.

« Dix ans, répondit Darmon. Depuis longtemps, donc, si vous voulez.

— Elle a commencé avec vous au service politique », reprit Milner.

Il préférait ne pas voir Darmon, essayer ainsi de ne pas céder à l'hostilité que cet homme lui inspirait.

L'autre ne répondit pas.

« Je vous ai posé une question, dit Milner.

— Vous connaissez la réponse. Alors, à quoi bon ? »

Le commissaire se retourna. Darmon le défiait, bras croisés, la tête maintenant levée, le menton en avant.

« Vos relations..., commença le commissaire.

— Je l'ai baisée, l'interrompit le journaliste. Ça vous va ? Pas régulièrement : quand ça nous prenait, quand elle m'appelait. Parce qu'elle m'appelait pour ça. On vous a raconté ça aussi, j'imagine ?

— Dommage que vous ne l'ayez pas vue hier comme je l'ai vue », observa Milner après quelques secondes de silence. Il s'assit, se mit à feuilleter le dossier en tournant lentement les pages : « On aurait dit une marionnette, un mannequin, ceux qu'on voit en vitrine avant qu'on ne les habille. Elle était dans une benne à ordures, la jambe droite écrasée, mais parfaitement maquillée, les ongles faits, peints au vernis nacré, les cheveux coiffés, la peau brune, lisse, avec le même visage qu'à l'écran, mais les yeux révulsés et des marbrures noires et rouges autour du cou.

— Vous semblez aimer ça », lâcha Darmon d'un ton méprisant.

Milner garda la tête baissée.

« Il y a deux mois et demi, poursuivit-il, le 27 octobre, un lundi, vers 10 heures 30, 11 heures, au moment où vous réunissez les journalistes de votre service...

— Oui, le coupa Darmon, ils se sont souvenus de ça, bien sûr... »

Milner le regarda hocher la tête, exprimer avec tout le bas de son visage colère et dégoût.

Il avait en effet, ce jour-là, expliqua-t-il, secoué Claire Garneray, et il avait eu envie de la gifler. Il regrettait de ne pas l'avoir fait, car ça l'aurait peut-être sortie à temps de son rêve, avant qu'un voyeur ne la crève...

Darmon s'interrompit.

« Vous avez retrouvé les deux lettres ? » demanda-t-il d'une voix tout à coup calmée.

Milner se contenta de le fixer.

« Bon », reprit Darmon, et il se mit à parler, s'interrompant parfois pour retrouver les mots précis qu'il avait lus dans les deux lettres anonymes, avouant qu'il ne se souvenait que d'une fraction de phrase : *Je vais te crever, putain, salope....* Il était aussi question, dans la seconde, du château de Norges, des porcs qui s'y étaient réunis à la mi-octobre — lui-même avait d'ailleurs participé à la réunion.

En l'écoutant, Milner s'étonna de la transformation du visage de Darmon. L'intelligence l'affinait, dévoilait une sensibilité jusqu'alors enfouie.

« Votre hypothèse ? demanda-t-il quand l'autre se fut tu.

— Ce n'est pas moi ! » s'exclama Darmon en ricanant.

Et il se leva.

49

Lorsque, à la fin de la matinée du jeudi 18 janvier, Darmon sortit du bureau de François Milner, quai des Orfèvres, il marcha le long de la Seine en direction de la place Saint-Michel.

Il avait du sang dans la bouche et dans les yeux.

Il aurait pu prendre aussitôt sa moto, mais il aurait été aveuglé par ce voile rouge qui lui brouillait la vue. Peut-être aurait-il roulé pour le déchirer, comme il l'avait fait plusieurs fois dans sa vie, jusqu'à ce que le réservoir fût vide, ou bien que, brusquement, la peur, comme un mur, se dressât devant lui. Alors il freinait, s'arrêtait, se couchait par terre, découvrant qu'il avait une fois encore, comme un dingue, un con, lancé sa vie sur la chaussée, par défi, désespoir, et roulé jusqu'à ce que la mort refuse de l'emporter.

Il avait vieilli.

Il avait laissé sa moto au parking.

Il marcha, traversa le pont, remonta le boulevard Saint-Michel, puis s'assit à la terrasse de cette brasserie, place Edmond-Rostand, où, il s'en souvenait, il avait proposé à Claire Garneray — c'était dans une autre vie — de lui faire un enfant.

Le goût de sang était devenu plus âcre ; le rouge, dans ses yeux, plus sombre.

Il fut contraint d'écouter ces brèves séquences d'information que la radio diffusait entre des plages musicales. La voix de la journaliste se mêlait au brouhaha de la brasserie, mais c'étaient toujours les mêmes mots qu'on répétait depuis vingt-quatre

269

heures : *La mort de Claire Garneray... stupeur et tristesse... une enquête difficile. Le meurtre ne fait aucun doute... Claire Garneray...*

C'était Gorin qui, la veille, lui avait appris la nouvelle en l'entraînant vers l'écran de l'ordinateur et en faisant défiler les dernières informations. Darmon avait lu en lettres capitales :

« *ASSASSINAT DE CLAIRE GARNERAY, L'UNE DES JOURNALISTES VEDETTES DE RTE. SON CORPS A ÉTÉ DÉCOUVERT DANS UNE BENNE À ORDURES, TÔT CE MATIN, PLACE DE L'ODÉON, ELLE AVAIT ÉTÉ ÉTRANGLÉE. LES PREMIERS ÉLÉMENTS DE L'ENQUÊTE...* »

Darmon était resté figé devant l'écran et Gorin avait dû le tirer en arrière.

« On monte un numéro spécial pour ce soir, avait-il dit. Les images les plus fortes, les témoignages... Elle a commencé avec toi... »

Darmon avait quitté la salle des informations et, déjà, il avait laissé sa moto, prenant un taxi jusqu'à la rue Cadet, chez lui.

Il s'était couché à même le sol, devant le téléviseur posé à terre. Et il avait regardé défiler ces images, toujours les mêmes à chaque journal, mais montées chaque fois dans un ordre différent. Il s'agissait le plus souvent d'extraits de l'émission de Rémy Terraz, quand le réalisateur, au moment où Claire posait une question, avait choisi de passer un gros plan de son visage. Mais on avait aussi utilisé pour ce montage des séquences qui n'avaient jamais été diffusées, des images que les cameramen avaient filmées dans le mouvement de l'action et qu'on avait coupées, car elles montraient l'effroi de Claire Garneray, rue de Rennes : c'était quelques mois à peine après son entrée à RTE, quand elle avait accompagné Darmon sur les lieux de l'attentat et que les corps des victimes s'étalaient sur le trottoir dans le sang et les éclats de verre.

Darmon s'était endormi devant l'écran et s'était réveillé au milieu de la nuit. C'était sans doute à cette heure-là, la veille, qu'on avait jeté le corps de Claire dans une poubelle, qu'on l'y avait tassé ; puis, quelques heures plus tard, ce même corps avait glissé dans une benne.

Il était sorti acheter les journaux. Le nom et le portrait de Claire s'étalaient en première page de tous les quotidiens.

Il les avait lancés sur le canapé sans les lire.

Combien de jours allait-on ainsi parler d'elle ? Sans doute jusqu'au week-end, puis elle serait engloutie, morte vraiment, et ceux qui voudraient revenir sur le meurtre, ceux qui désireraient entreprendre une enquête approfondie sur « le destin d'une jeune femme qui rêvait de faire de la télévision », ceux-là, on les regarderait avec une sorte de tendresse apitoyée. Bien sûr, on les comprendrait. « Mais, tu sais ce que c'est, c'est plus dans l'actu. On a... » On ferait défiler les événements dont il fallait parler, les nouvelles morts du week-end, celles qui s'annonçaient.

« Où voudrais-tu qu'on la mette ? »

On y reviendrait quand l'enquête aurait vraiment progressé, quand l'assassin serait identifié.

Bien sûr, on ne l'oubliait pas pour autant, Claire Garneray, « on restait dessus ».

On avait sonné et tiré Darmon de cette boue rougeâtre où il avait enfoncé la tête. On lui avait tendu une convocation pour la fin de la matinée, quai des Orfèvres, chez le commissaire François Milner.

Darmon avait pris sa moto, mais avait roulé lentement.

Il allait apprendre ce qu'ils avaient découvert.

Lorsqu'il était sorti du bureau de Milner, une heure plus tard, il avait préféré marcher.

Ils ignoraient même, ces cons, qu'on avait menacé Claire !

Pauvre Claire qui n'avait pas compris qu'on meurt si vite, et pour rien !

50

François Milner avait regardé Darmon s'éloigner le long du quai.

Souvent, dans les jours qui suivirent, il s'était souvenu de cette silhouette noire et massive qui s'était dirigée d'un pas lent vers le pont Saint-Michel, puis avait paru hésiter à s'y engager. Parvenu au milieu du pont, l'homme s'était arrêté et accoudé au parapet. Milner avait vu distinctement le casque que Darmon avait posé près de lui, à sa gauche. Il avait craint un instant que le journaliste ne se jetât dans la Seine.

C'était une pensée si saugrenue qu'elle l'avait marqué, et, chaque fois qu'il avait rencontré l'un de ceux qui avaient connu Claire Garneray, elle lui était revenue ; peu à peu, au bout de quelques jours, quand il eut fait le tour des journalistes avec qui la victime avait travaillé, quand il eut parlé avec Brigitte Georges, Karine Rivière, Rémy Terraz, cette crainte inattendue était devenue pour lui la preuve que Darmon avait été le seul à aimer Claire Garneray.

Milner s'était rappelé la violence de Darmon, sa vulgarité. « Je l'ai baisée, avait-il dit, parce qu'elle m'appelait pour ça. »

Il avait exprimé sa colère, son mépris, son dégoût même, mais, après quelques jours d'enquête, il était apparu à Milner comme celui qui avait ressenti à sa manière, brutale, une vraie douleur.

Et le commissaire s'était souvenu de ce casque que Darmon balançait au bout de son bras gauche, comme s'il eût rythmé ainsi son hésitation entre la vie et la mort, la tristesse et l'oubli.

Les autres, qu'est-ce qu'ils disaient ?

À les écouter, Milner avait eu l'impression de relire les articles que les quotidiens et magazines avaient publiés dans les quatre jours qui avaient suivi la découverte du corps de Claire Garneray. Les derniers avaient paru dans la presse du week-end.

Continental, le samedi, avait même placé son portrait en couverture. Le titre, en grosses capitales, s'inscrivait dans un écran de téléviseur qui lui-même s'emboîtait dans un écran plus grand emprisonnant le visage de Claire. Les trois mots, noirs et rouges, se détachaient, et le commissaire avait repensé aux marbrures qui cernaient le cou de la jeune femme :

**TV :
LA MORTE**

Ce mot avait choqué Milner comme une indécence, un drap soulevé pour voir, voir encore cette femme-là. Une sorte de viol.

Elle avait été violée.

Lorsqu'il avait lu le rapport du médecin légiste, Milner avait dû s'interrompre à plusieurs reprises. Il ne pouvait imaginer la scène. Il s'y refusait. Il fermait les yeux quelques secondes, puis reprenait sa lecture. Le corps de Claire tel qu'il l'avait vu était couché devant lui, nu. L'assassin l'avait endormie — ou bien elle s'était endormie —, pénétrée, étranglée au moment où, sans doute, elle avait commencé à se réveiller. Elle ne s'était pas débattue, il ne lui en avait pas laissé le temps. La mort était intervenue entre 20 et 22 heures. Il l'avait ensuite déshabillée avant de la transporter, roulée dans un tapis ou une couverture — les enquêteurs du laboratoire avaient relevé des brins de laine sur le corps —, place de l'Odéon, avant que ne passent les bennes à ordures et qu'un éboueur africain ne la voie, couchée, la jambe droite écrasée sous la mâchoire métallique, nue, le cou marbré de rouge et de noir.

Aucun journal n'avait évoqué ces détails, ni même suggéré, à titre d'hypothèse, la possibilité de violences sexuelles exercées sur Claire Garneray. Personne n'avait même su qu'elle avait été retrouvée nue. Et Milner se reprochait d'avoir fait cette confidence à Darmon, sans doute pour l'atteindre, l'éprouver, tenter de le briser, de l'amener ainsi à se confier — à avouer, peut-être.

Mais le commissaire était persuadé que Darmon ne révélerait rien de ce qu'il lui avait dit.

Darmon était d'ailleurs le seul à n'avoir participé à aucune des émissions spéciales qui, tout au long de ces quatre jours, avaient été dédiées à Claire Garneray. Il n'avait signé aucun article, donné aucune interview, alors qu'il était celui qui avait accueilli Claire dans son service lorsqu'elle était entrée à RTE ; celui qui, comme il disait, l'avait baisée « parce qu'elle m'appelait pour ça ».

En lisant ces journaux, en regardant ces émissions, Milner avait oscillé entre la révolte et la nausée. C'était comme si on l'avait forcé à se pencher une nouvelle fois sur le corps de Claire ; l'odeur était pestilentielle. En apparence, les articles exprimaient la tristesse et le deuil, les émissions célébraient le talent, la gentillesse, la bonne humeur, la beauté de Claire Garneray. Mais chaque phrase, chaque image cherchaient en fait à aviver la curiosité, à retenir le lecteur par une confidence trouble.

« La beauté un peu froide de Claire Garneray, expliquait Brigitte Georges, cachait mal une passion, un tempérament fougueux qui réveillaient des sentiments agressifs, des désirs refoulés. Elle ressemblait à ces stars de Hollywood dont un Hitchcock faisait des proies. Claire Garneray, comme toutes ces stars, était livrée aux regards anonymes. L'un de ces regards était celui de son assassin. »

Quand ils n'utilisaient pas la mort de Claire comme appât pour attirer des lecteurs ou des téléspectateurs, ses proches parlaient d'eux-mêmes. Après quelques mots convenus, ils l'oubliaient.

Ainsi Karine Rivière, s'interrompant à chaque instant pour répondre au téléphone, consignant sur son agenda les prochaines interviews qu'elle accorderait, confiait, préoccupée à Milner : « Notre prochaine émission, la première sans elle, sera pour nous un immense défi. Nous allons être regardés par peut-être dix millions, quinze millions de téléspectateurs. C'est, il faut le dire, une chance. Ce peut être un nouveau point de départ, mais ce peut être aussi un effondrement. Bien sûr, nous présenterons, Rémy et moi, un portrait de Claire, émouvant. Nous avons trouvé des séquences extraordinaires, du tout début, quand elle était journaliste au service politique ; des images d'un reportage rue de Rennes, le jour de l'attentat de 1986. Elle est bouleversée, elle a un visage tragique. C'est fort, insoutenable, comme si elle entrevoyait son propre destin en voyant ces corps... Quand on sait...

— Vous aurez Darmon ? » avait demandé Milner.

Karine Rivière avait haussé les sourcils en signe d'exaspération.

« Posez-lui la question », avait-elle répondu.

Puis elle avait expliqué que Darmon faisait une crise de pureté. Pas un mot sur Claire, du fait qu'il l'avait bien connue, qu'il s'était brouillé avec elle. « Mais faudrait-il que nous laissions les autres chaînes exploiter à notre détriment cette mort ? »

Brigitte Georges, Rémy Terraz, les journalistes du service politique, Ruth, Hélène, Anne, avaient tenu des propos semblables.

Milner en revenait ainsi toujours à Darmon comme à celui qui n'avait pas oublié que Claire Garneray était une jeune femme et non pas ce mannequin — il utilisait les mêmes mots qu'il avait employés lors de la découverte du corps —, cette marionnette dont on guettait les gestes, dont on enviait la place au centre de l'écran, de la vitrine, offerte à tous les regards.

Mais qui savait encore, en dehors de Darmon, que Claire pouvait désirer et souffrir comme une femme ?

51

Et si Darmon l'avait tuée?

Depuis qu'il était entré dans l'appartement de Claire Garne-ray, ce dimanche 21 janvier au matin, le commissaire Milner n'avait pu se débarrasser de ce soupçon.

Il avait ouvert la porte, et c'était comme si un mur s'était dressé devant lui. Il avait déjà fouillé cet appartement dans les heures qui avaient suivi la découverte du corps. Mais il était alors accompagné par Bragard et deux autres inspecteurs; ceux-ci étaient entrés comme des pillards, des barbares qui ne savent même pas qu'ils accomplissent un sacrilège. Ce matin, il était seul. Il avait allumé. Les murs recouverts d'une laque blanche avaient renvoyé vers lui la lumière des spots. Il avait été ébloui. Il avait refermé la porte et avait aussitôt été saisi par un sentiment de malaise. Les meubles étaient en verre et en métal. Leurs formes étaient simples, comme celles de coffres ou de sarcophages. Les murs étaient brillants et nus, à l'excep-tion de deux grands portraits de Claire qui se faisaient face dans la pièce principale. Les cadres étaient en métal chromé. Il n'y avait aucun désordre. Chaque bibelot — souvent des sta-tuettes en acier ou en pierre — occupait le centre de tables basses. Le canapé était en cuir noir tendu. Dans une pièce don-nant sur la cour, les murs étaient couverts de rayonnages constitués par des barres de métal. Des dossiers de coupures de presse, des cartons remplis de photos, des magazines soigneu-sement classés s'entassaient sur les étagères.

Claire savait-elle encore qu'elle était une femme vivante?

Ou bien s'était-elle peu à peu vidée d'elle-même pour devenir cette forme, cette image qui ne cherchait plus qu'à ressembler à celles que les journaux reproduisaient ou qu'on voyait sur l'écran ? En plongeant ses mains dans les tiroirs, en en faisant jaillir chaque fois des enveloppes remplies de photos ou d'articles la concernant, Milner s'était persuadé qu'il n'y avait plus, dans l'existence de Claire, de place pour autre chose ou quelqu'un d'autre qu'elle-même.

Cet appartement vaste et lumineux — le balcon donnait, au-delà du boulevard Saint-Michel, sur les arbres du jardin du Luxembourg — était un univers clos, refermé. Les murs laqués, les objets de métal chromé renvoyaient l'image de Claire Garneray. Ici, seule, elle avait célébré son propre culte, tout l'appartement était un cénotaphe : la chambre, la salle funéraire ; le salon, le lieu où gisait le cercueil vide, ce téléviseur éteint entouré de portraits de la morte.

Quand donc avait-elle quitté la vie ?

Peut-être à l'instant même où elle avait commencé à être reconnue, où son image lui avait échappé, où on s'était retourné sur elle dans la rue, où elle s'était vue, reproduite à l'infini, sur les affichettes placées dans les boutiques de presse, sur la couverture des magazines.

Et si Darmon l'avait tuée pour cela ?

Peut-être avait-il inventé l'existence de ces deux lettres de menaces pour détourner les soupçons, masquer le sens de cette violente dispute qu'il avait eue avec Claire dans la salle des informations de RTE, deux mois auparavant ? Il l'avait agrippée, insultée pour la réveiller.

Il ne l'avait donc tuée ni par dépit, ni par jalousie, mais parce qu'il sentait que la jeune femme qu'il avait connue était morte ; qu'il était exclu de son univers, lui qui était resté en vie. Il avait été chassé de cet appartement qui n'était réservé qu'à la morte, pour son culte, et que pas un vivant ne pouvait violer.

Darmon l'avait violée, elle, puis étranglée dans un moment de folie, comme pour lui rendre la vie en l'arrachant à cette pantomime à laquelle elle se livrait.

Mannequin, marionnette...

Peut-être, aux yeux de Darmon, n'avait-elle recouvré la vie qu'une fois endormie, aimée, tuée.

Milner s'était laissé tomber dans le fauteuil placé en face de la porte-fenêtre donnant sur le balcon. Il l'avait fait pivoter de manière à parcourir des yeux cette grande pièce, tout en s'arrêtant devant chacun des portraits de Claire. Il avait pour la première fois éprouvé un sentiment de colère contre elle. Il avait marmonné : « Quelle conne, quelle pauvre conne ! », imaginant ce qu'avaient pu être les réactions de Darmon, lui qui l'avait accueillie à RTE, lui qui l'avait aimée, baisée et dont elle s'était éloignée au fur et à mesure qu'elle s'enfermait dans le culte de sa propre image, célébré dans cet appartement mort.

Darmon l'avait tuée comme on secoue avec rage une montre qui s'est arrêtée, dont on voudrait entendre à nouveau battre le mécanisme.

Il l'avait tuée...

Mais Milner ne pouvait concevoir qu'il l'eût ensuite déshabillée, jetée nue dans une poubelle, tassée parmi les sacs d'ordures.

Darmon n'avait pas pu faire ça.

Lorsqu'il eut quitté l'appartement, le commissaire avait laissé derrière lui ce soupçon, cette belle construction impossible et vaine.

52

Au moment de quitter l'immeuble qu'avait habité Claire Garneray, Milner hésita.

On était déjà en fin de matinée de ce dimanche 21 janvier. Les voitures étaient encore rares sur le boulevard Saint-Michel. Derrière les grilles du jardin du Luxembourg, les silhouettes bariolées des joggeurs se succédaient comme les figurines d'un manège. Le commissaire eut froid. Le soleil était voilé, et, même à cette distance, il distinguait l'haleine des coureurs qui, en s'éloignant, paraissaient s'enfoncer dans une épaisseur grise, un peu bleutée.

Il imagina Claire Garneray.

La concierge avait expliqué qu'elle sortait tôt le matin et revenait avec un paquet de journaux qu'elle avait achetés à la boutique de presse. Milner se décida, et, au bout d'une dizaine de mètres, se trouva face aux tourniquets chargés de journaux étrangers. Sur une étagère qui s'avançait comme une barrière jusqu'au milieu du trottoir, le gérant de la boutique avait collé côte à côte une série d'affichettes reproduisant la couverture de *Continental*. Milner s'immobilisa. Les affichettes formaient une chaîne continue de visages, comme si l'image de Claire avait été démultipliée par le jeu de plusieurs miroirs, répétant ce titre provocateur qui l'avait tant choqué quand il l'avait aperçu pour la première fois — *TV : LA MORTE*.

La boutique était déserte.

Derrière la caisse, le front dans les mains, le gérant paraissait lire ou sommeiller.

Milner entra, s'approcha. L'homme leva la tête. Il avait le visage poupin, la peau mate, des yeux ronds qui lui donnaient une expression naïve et bonasse. Sur la caisse se trouvait une pile de *Continental*.

Milner montra du doigt la couverture du magazine.

« Elle achetait ses journaux ici, n'est-ce pas ? Chaque matin ? »

Le visage de l'homme se durcit. Il secoua la tête : il emmerdait les journalistes, dit-il, ces profanateurs de tombes. Est-ce que c'était un mot à écrire comme ça, sur la couverture : *LA MORTE* ? Est-ce qu'ils avaient pensé à ce que pouvaient ressentir les gens qui aimaient Claire Garneray ?

« Mais peut-être personne ne l'aimait-il ? » observa Milner.

L'homme se leva, contourna la caisse et s'approcha d'un air menaçant.

« Qui êtes-vous ? demanda-t-il. Quel journal ? »

Milner exhiba sa carte de police et l'homme, en prenant une expression de dégoût, expliqua qu'en effet il voyait Claire Garneray presque tous les jours quand elle était à Paris. Il s'appelait Salvio et se demandait pourquoi la police n'avait pas protégé la jeune femme. Elle était plus intéressante qu'un homme politique, non ?

« Menacée ? » fit Milner.

Des dizaines de personnes, reprit Salvio, savaient qu'elle habitait à côté, boulevard Saint-Michel, et achetait ses journaux ici. « Certains la guettaient. Je les voyais. Je l'avais prévenue. Mais qu'est-ce qu'elle pouvait faire ? Ç'aurait été partout pareil. Déménager n'aurait servi à rien. Une fois, une femme m'a remis une lettre pour elle. Les fous, les malades, ça les attire, les gens connus. »

Salvio prit *Continental*, l'ouvrit à la page de l'article que Joan Finchett avait consacré à celle que la couverture du magazine appelait « la Morte ».

« Lisez, lisez ! s'exclama Salvio. Ils étaient tous jaloux d'elle, et celle-là, c'est la plus salope ! »

Il retrouva le paragraphe dans lequel Joan Finchett évoquait sa visite à cette Lucienne Chauvet que Claire Garneray avait interviewée. Salvio s'en souvenait, ç'avait été un moment extraordinaire : cette femme qui sanglotait, qui parlait de son fils, du viol qu'elle n'avait jamais confessé. C'était cette femme-là qui était venue dans la boutique, à la place même où se tenait le commissaire. Elle avait confié à Salvio toute l'admiration et la reconnaissance qu'elle éprouvait pour Claire qui l'avait forcée à dire la vérité, à mettre de l'ordre dans sa vie. Et son mari, son fils en avaient été soulagés. Elle avait confié à Salvio une lettre à l'intention de Claire, et il la lui avait remise.

« Et cette salope, vous savez ce qu'elle raconte, dans *Continental*? »

Milner avait déjà parcouru cet article, mais sans rien y relever qui méritait, lui avait-il semblé, d'être approfondi.

Salvio le força à relire ce passage. Joan Finchett y déclarait que la gratitude qu'exprimait Lucienne Chauvet à l'égard de Claire ne lui avait pas paru sincère : trop excessive, trop parfaite, comme ces faux bijoux qui ont trop d'éclat. Pourquoi Lucienne Chauvet jouait-elle ce rôle? Quelqu'un le lui avait-il imposé, ou bien se l'était-elle attribué pour être encore en scène, elle aussi rendue folle par une émission qui, tout à coup, l'avait mise en pleine lumière?

« Ce sont des gens qui ne croient en rien ni à personne », maugréa Salvio. Il referma d'un coup sec le magazine. « On l'aimait », conclut-il.

Le jeudi matin, quand les habitués de la boutique avaient acheté leur journal et lu les titres, découvrant ainsi la mort de Claire, Salvio avait vu la tristesse se peindre sur leurs visages.

« Les gens disaient que ce n'était pas possible. Elle faisait partie de leur famille. Ils la voyaient tout le temps. Ils étaient intimes avec elle. Ça leur a fait peur : si on la tue, elle, alors c'est qu'on peut tuer tout le monde — nous, n'importe qui...

— Votre idée? » interrogea Milner.

Salvio secoua la tête. Ce ne pouvait être qu'un détraqué, un obsédé. Les gens normaux, eux, devinaient que Claire était pure, honnête, et ils l'aimaient.

« Vous croyez? » fit Milner. Et il répéta ce qu'il avait déclaré en entrant dans la boutique de presse : « Peut-être personne ne l'aimait-il?

— Moi, dit Salvio, moi je l'aimais, et elle le savait! On était comme ça... »

Il serra ses deux mains, les secoua.

Elle aurait pu lui demander ce qu'elle voulait, il aurait tout fait pour la satisfaire.

« Jean-Claude Darmon ? » murmura Milner.

Salvio secoua la tête. Il y avait eu quelque chose, autrefois, entre ces deux-là, quand Claire habitait encore rue Gay-Lussac. (Il leva le bras en direction de la rue.) Mais, depuis qu'elle s'était installée boulevard Saint-Michel, Salvio n'avait plus jamais revu Darmon, alors qu'avant, ils venaient souvent ensemble acheter les journaux.

« Il n'était pas à sa dimension, continua Salvio. Elle, c'était une femme qu'il fallait adorer. Une femme pour des hommes qui osent voir grand. Darmon, vous l'entendez à la télé ? Il est petit, il voit petit. Il l'aimait. Seulement, Claire n'était pas une femme pour lui. »

Milner montra d'un mouvement du menton les affichettes collées sur l'étagère, ce mur de visages.

« Il ne voulait peut-être pas qu'elle soit à tout le monde », marmonna-t-il.

Salvio assena un coup de poing sur la pile de magazines.

« Elle n'appartenait à personne ! » s'exclama-t-il.

Il se pencha vers Milner.

Il fallait trouver l'assassin, le faire payer. Mais est-ce qu'on voudrait le découvrir ? Est-ce qu'on aurait le courage de le nommer ? Difficile, de toucher aux gens d'en haut.

« *D'en haut* ? interrogea Milner.

— Vous voyez, observa Salvio, vous ne voulez même pas l'imaginer... »

Il s'éloigna, tournant le dos au commissaire, et commença à rentrer les présentoirs. Il fermait sa boutique à treize heures.

53

Ce dimanche 21 janvier, Milner ne put s'éloigner du quartier où Claire Garneray avait vécu et où on l'avait retrouvée morte, quatre jours auparavant.

Il entra dans la cabine téléphonique située à l'angle du boulevard Saint-Michel et de la rue Gay-Lussac. Elle constituait une sorte de vigie que la foule qui avait commencé à envahir le boulevard frôlait, contournait. Tout en appelant chez lui, Milner pouvait apercevoir le balcon de l'appartement de Claire donnant sur le boulevard, au quatrième étage. En se penchant un peu, il voyait l'immeuble de la rue Gay-Lussac où elle avait occupé le studio de sa mère jusqu'à ce que ses revenus lui eussent permis de le quitter. La presse avait évalué le montant des cachets qu'elle avait touchés en quelques années; elle avait, disait-on, gagné des millions, sans doute même plusieurs dizaines de millions de francs. Elle avait acheté cet appartement du boulevard Saint-Michel, y avait fait effectuer des travaux coûteux, le rénovant de fond en comble; ces meubles et ces bibelots que Milner avait trouvés aussi sinistres qu'un mobilier funéraire étaient des pièces de collection. Dans l'un des magazines qui avaient consacré plusieurs pages à la mort de Claire, on avait publié des photos de cet appartement avec des légendes décrivant cet univers élégant, blanc et glacé, ce « petit palais intime et discret » que Claire Garneray avait composé objet après objet, enchérissant parfois dans les salles de vente — un cliché la montrait levant le doigt, lançant un prix. Ce luxe — même si le mot paraissait ridicule à Milner, comme si l'on avait pu qualifier ainsi une tombe —, ces gains avaient dû attiser bien des jalousies. Claire n'avait pas été seulement celle que l'on voyait, mais celle qui accumulait des biens, de l'argent. Elle était riche et d'autant plus désirable. Peut-être l'assassin l'avait-il violée comme on lacère une bourse, pour dérober ce qu'elle contient. Milner avait compris depuis longtemps que l'argent était le ressort de la plupart des crimes, même ceux qui semblaient n'avoir pour mobiles que le désir ou la folie. On voulait toujours prendre. Or Claire avait paru tout posséder.

On frappa à la vitre de la cabine ; Milner, d'un geste, indiqua qu'il attendait une réponse. Il composa le numéro de chez lui, mais Hélène et Gabriel avaient dû sortir, n'espérant plus le voir rentrer. Hélène savait qu'à chaque nouvelle enquête, le commissaire entrait, comme il disait, « en obsession ». Il dormait au bureau, déjeunait de sandwiches, répondait par monosyllabes à sa femme ou à son fils. Il avait hâte de quitter son appartement, tardait à le regagner. Il s'enfouissait dans ce nouveau monde : un crime et ses abords. Puis, lorsqu'il avait terminé son enquête, résolu le problème, il lui fallait plusieurs jours pour reprendre pied. Mais, plus il vieillissait, moins il le désirait, passant d'un crime à un autre, mêlant les enquêtes, les poursuivant de front comme si la réalité passionnante de la vie s'était réduite à cet univers grouillant, souterrain, ce magma dont, de la surface des existences paisibles, on n'entendait de temps à autre que le grondement.

Il raccrocha, remit sa carte dans la fente, recomposa le numéro. En même temps, il vit Salvio qui, après avoir tiré à demi son rideau de fer, rentrait dans la boutique, puis en ressortait avec un paquet d'affichettes ; il baissa complètement le rideau, puis entreprit de coller sur toute sa surface ces portraits de Claire Garneray qui annonçaient l'article de *Continental*.

Milner, fasciné, oublia les gens qui s'impatientaient, tambourinant contre la porte. À gestes rapides et précis, Salvio composait un grand panneau semblable à une affiche géante où les visages de Claire Garneray devenaient ceux d'une foule constituée du même et unique personnage portant inscrit sur sa poitrine, comme un mot d'ordre, un appel ou une protestation, ces lettres rouges et noires :

TV :
LA MORTE

Milner sortit enfin, fit quelques pas à contre-courant du flot qui montait du métro. Les affiches attiraient les regards. Les gens s'arrêtaient, surpris, s'étonnaient de ne pas trouver le vendeur de magazines ou constatant que la boutique était fermée. Ils semblaient dire : « C'est vrai qu'elle est morte, celle-là. »

Milner s'approcha encore. Salvio se tenait sur le bord du trottoir. Il avait accroché à son épaule une musette contenant encore des affichettes roulées. Ses mains étaient enfoncées dans les poches de son blouson de toile. Il ne vit pas le commissaire. Il admirait ce qu'il avait composé, se balançant d'un pied sur l'autre, souvent aussi d'avant en arrière, les yeux écarquillés. Tout à coup, il se tourna et, s'élançant parmi les voitures qui avaient ralenti à l'approche du carrefour, il traversa le boulevard Saint-Michel.

Milner le suivit le long des grilles du jardin du Luxembourg. Salvio avançait du pas rapide d'un homme déterminé. Il s'arrêta quelques instants à la hauteur du théâtre de l'Odéon, puis franchit la chaussée sur cette frontière qui sépare la rue de Vaugirard de la rue de Médicis, et s'engagea dans la rue Corneille.

Au bout de la rue, dans l'immeuble qui se trouvait à l'angle de la place de l'Odéon, au deuxième et au troisième étages, habitaient Rémy et Bernard Terraz.

Milner l'avait su deux heures à peine après la découverte du corps de Claire Garneray sur la place.

Quelques années auparavant, du temps où il se précipitait tête baissée pour explorer d'emblée toutes les coïncidences, les concomitances, les correspondances, ces indices apparents, aveuglants, il aurait immédiatement gravi les étages de l'immeuble, interrogé le jour même, chez eux, Rémy et Bernard Terraz, imaginé que Claire avait été tuée dans l'un de ces deux appartements et que le père ou le fils, ou les deux, complices, l'avaient descendue au milieu de la nuit et enfoncée dans l'une des poubelles de la place, à quelques mètres de chez eux. Il aurait pensé trouver dans l'un des appartements les vêtements de Claire. Il aurait vidé placards et tiroirs. Il aurait fait cela, impatient, sûr de boucler son enquête d'un seul élan, allant droit vers ce qu'il aurait imaginé être le cœur du labyrinthe.

Maintenant, Milner savait que la ligne droite n'est qu'un leurre, que le centre qu'on aperçoit du premier regard n'est qu'un mirage. On ne peut atteindre la pièce secrète qu'après un long détour, et celui qui se jette en avant avec ses certitudes se brise le front.

Il avait donc interrogé Rémy Terraz dans les bureaux de RTE, boulevard Péreire, lui demandant seulement s'il avait reçu cette nuit-là Claire Garneray chez lui, puisque son corps avait été trouvé près de l'entrée de l'immeuble, à quelques pas de la rue Corneille. L'assassin avait pu attendre là, sous la colonnade du théâtre, que Claire sortît, seule, après avoir passé la soirée chez Rémy Terraz.

« Ou bien chez votre père », avait repris Milner.

Rémy avait écarté les bras, secoué la tête. Cette nuit-là, il n'avait pas quitté son père, restant avec lui dans son appartement du troisième étage. Ils avaient regardé des enregistrements de l'émission *L'Autre Monde* que Bernard Terraz n'avait pas vus. Puis Étienne, le chauffeur, était venu chercher son père qui partait dans la nuit par la route — c'était son habitude — pour Talloires, chez lui, où il voulait passer la fin de la semaine.

Milner s'était montré satisfait. Il verrait Bernard Terraz à son retour de Savoie, le lundi ou le mardi.

Et il n'était pas retourné, jusqu'à ce dimanche, place de l'Odéon.

Or Salvio descendait la rue Corneille, s'arrêtait devant le porche de l'immeuble des Terraz. Il poussa la porte, entra.

Les « gens d'en haut », avait-il dit.

Milner imagina que le marchand de journaux allait essayer de tuer Rémy ou Bernard Terraz. Il courut, puis ralentit tout à coup. Bernard Terraz était absent de Paris, et Rémy Terraz ne devait pas déjeuner chez lui un dimanche.

Le commissaire s'immobilisa sous les arcades du théâtre, en face de la porte de l'immeuble des Terraz.

Salvio sortit au bout de quelques minutes et s'engagea dans la rue de l'Odéon.

Milner entra à son tour dans l'immeuble.

Sur toute la longueur du porche, Salvio avait collé avec du ruban adhésif noir, comme s'il avait voulu dessiner un immense faire-part de deuil, les affichettes reproduisant le portrait de Claire Garneray. Sur les pierres décapées, les visages de Claire, cernés de noir, ressortaient. Et les mots :

> **TV :**
> **LA MORTE**

semblaient autant de cris de colère hurlés sous la voûte.

Milner sortit et marcha jusqu'au centre de la place.

Il aperçut la silhouette de Salvio au bout de la rue de l'Odéon.

Il renonça à le suivre et remonta vers le jardin du Luxembourg. Il y pénétra, s'installa sur l'une des terrasses qui dominent l'allée centrale et le grand bassin. C'était, sous le soleil d'hiver, un espace blanc, ordonné, traversé seulement par des cris d'enfants.

Au loin, les hampes noires semblaient contenir le mouvement des rues ; plus loin encore, les façades de la place de l'Odéon apparaissaient au fond de la rue Corneille comme le front gris d'une haute vague minérale montant à l'assaut du jardin.

Pourrait-on jamais enfermer la folie, la haine, le désir de meurtre, les instincts derrière des grilles ? Et contraindre la nature humaine à ne se déployer que dans les parterres limités, ordonnancés et réglés de la civilisation ?

Milner, jadis, l'avait cru.

Mais il ne savait même plus ce que signifiait le mot « civilisation ».

SIXIÈME PARTIE

La boucle

54

Ce même dimanche 21 janvier, cela faisait plus de soixante ans que Bernard Terraz n'était pas rentré dans la petite salle à manger du château de Norges.

Sur le seuil de la pièce, il hésita, se retourna.

Étienne était appuyé contre la voiture au bout de l'allée de mélèzes. Le portail était ouvert.

Terraz avait voulu parcourir seul l'allée et, lorsque les domestiques étaient venus à sa rencontre, il les avait rabroués, se bornant à leur dire qu'il était Bernard Terraz. Ils avaient marché un moment près de lui, un homme et une femme qui répétaient bêtement que c'était une propriété privée, qu'elle appartenait à Rémy Terraz, que personne ne les avait avertis, qu'ils n'avaient d'ailleurs jamais vu Bernard Terraz.

Bernard s'était immobilisé, les dévisageant. Il avait lâché : « Je suis Bernard Terraz, le père de Rémy. Je suis le propriétaire de cette maison, c'est moi qui vous paie, disparaissez ! »

Ils hésitaient encore et il avait crié : « Foutez le camp ! »

Ils s'étaient éloignés à reculons, courbés, serviles, s'excusant.

Comment auraient-ils pu savoir ? bredouillaient-ils. Monsieur Rémy ne les avait pas prévenus.

« J'ai mes clés, avait-il ajouté en agitant son trousseau. Je connais le château, j'y suis né. »

Puis, d'un ample geste de la main, il les avait chassés, et le couple s'était enfui, répétant, avant de disparaître dans le château, qu'ils se tenaient à la disposition de Monsieur Terraz, que Monsieur veuille bien les excuser, mais Monsieur Rémy...

D'un nouveau geste de la main, Bernard Terraz les avait fait taire.

Il n'était jamais revenu au château depuis cette journée du 9 octobre 1934, veillant seulement à ce qu'il fût méticuleusement entretenu.

Mais comment aurait-il pu affronter ici ces souvenirs qui renaissaient presque chaque nuit depuis soixante ans ? Ils l'avaient harcelé lorsque, petit enfant, il était pensionnaire dans ce collège de Crans-sur-Sierre. Étudiant à Genève, puis à Zurich, il avait étouffé sa mémoire sous le corps des femmes dont il changeait presque chaque jour, puis, plus tard, il l'avait enfouie sous le travail, les créations d'entreprises, les rachats, les fusions, toute cette guerre incessante qu'il avait menée, associé à Pietro Moralini dont il avait épousé la fille.

Il n'avait jamais expliqué à Caroline pourquoi il lui arrivait de marcher toute la nuit, ou bien d'appareiller malgré les orages et l'obscurité pour s'en aller seul sur son cotre au milieu du lac. Et Caroline n'avait jamais imaginé que, presque chaque jour, il avait eu la tentation d'imiter le geste de cet homme, Léon Varin, qu'il avait vu s'enfoncer le canon d'un fusil dans la bouche. Le sang avait jailli, tachant les murs, et l'homme avait fait un bond en arrière avant de s'abattre dans un bruit sourd.

Lui, Bernard, était resté à demi étouffé par le corps de la nurse Mafalda qui se trouvait là — il le voyait encore, soixante ans après —, affalé contre la baie vitrée, exhalant un fort relent de sueur ou d'urine et cette odeur douceâtre, sans doute celle du sang.

Il fut pris de nausées, incapable de maîtriser des quintes de toux, des spasmes ; il se souvint qu'enfant, terrorisé, il avait vomi. Après, quelqu'un, une domestique, l'avait lavé. Pendant tout ce temps — de cela aussi, il se souvenait — il n'avait osé appeler sa mère, hurler. Durant plusieurs jours, il était resté muet. Mais les mots se bousculaient dans sa tête et c'étaient ceux-là qui, toute sa vie, étaient revenus chaque nuit l'empêcher de s'engloutir dans un sommeil paisible.

Depuis toujours, Bernard Terraz avait donc refusé de retourner au château de Norges, laissant Caroline s'y rendre régulièrement, entreprendre les travaux nécessaires, puis préparer des appartements pour Rémy, puisque leur fils avait souhaité ne plus séjourner dans la maison de Talloires quand il quittait Paris. C'est à Norges qu'il réunissait souvent, pour deux ou trois jours, ses collaborateurs de RTE.

Claire Garneray était ainsi venue là.

Terraz quitta la pièce, croisa dans le hall d'entrée le couple de domestiques dont il ignora les excuses, les questions — devaient-ils allumer le feu dans la grande cheminée, servir le dîner de Monsieur, préparer la chambre de Monsieur?

Ils se précipitèrent pour lui ouvrir la porte.

Bernard Terraz s'immobilisa sur le perron, dans l'axe de l'allée de mélèzes ; elle était déjà envahie par l'ombre et c'était comme une saignée noire qui s'enfonçait entre les arbres aux cimes encore frôlées par la blancheur d'un soleil glacé.

Sur la droite, Bernard Terraz aperçut la maison des gardiens. C'est là qu'avait habité Léon Varin, l'homme qui avait paru mordre le canon du fusil avec lequel il avait tué par deux fois, l'homme dont le crâne avait éclaté et le corps jailli, comme projeté par un ressort, tel ces personnages désarticulés qui bondissent des boîtes à surprise avec lesquelles Bernard Terraz jouait, enfant.

Il descendit les marches et s'engagea dans l'allée.

Il eut aussitôt froid et serra ses bras autour de sa poitrine, la comprimant pour s'empêcher de tousser.

C'était le même geste qu'il avait eu, la même brûlure qu'il avait ressentie dans la gorge lorsque, au début du mois de janvier, le 7, un dimanche déjà, Caroline avait introduit, dans le salon de la villa de Talloires où il se trouvait, cet homme gris de cheveux, de peau, d'attitude, le présentant comme étant le père de Claire, Noël Garneray, journaliste à Radio-France Isère.

Terraz avait eu de la peine à masquer sa gêne, à ne pas manifester sa colère contre Caroline qui ne l'avait pas prévenu, qui laissait entrer n'importe qui. Elle avait dû deviner ses sentiments, puisqu'elle avait dit que Claire, Bernard ne l'ignorait pas, était la fille de Monique Ferrand, cette amie d'enfance que Bernard avait d'ailleurs rencontrée ici, à Talloires, puisqu'elle venait souvent chez son père à elle, Caroline, le week-end.

Monique Ferrand était morte il y avait moins d'un mois, avait encore précisé Caroline d'une voix altérée. Le père de Claire venait de le lui apprendre.

Elle s'était alors tournée vers Noël Garneray : comment Claire avait-elle supporté la chose ?

La mère et la fille ne se voyaient plus, avait-il répondu. Claire n'avait passé avec son père que le temps des obsèques à La Clusaz. Puis elle était aussitôt repartie pour Paris. Il n'avait pas pu parler avec elle. C'était comme si elle ne ressentait plus rien. Elle appartenait vraiment à un autre monde que celui d'ici, des gens normaux.

« Elle n'est plus comme nous, avait-il murmuré. Et ça me fait peur. Cette émission, *l'Autre Monde*, ces gens qui se livrent, et même son titre, tout cela est si malsain... »

Il s'était brusquement interrompu et Terraz, par-delà le désagrément qu'il éprouvait d'avoir été surpris par cette visite qui l'humiliait, lui auquel on ne pouvait accéder qu'en franchissant les barrages de plusieurs secrétariats, avait ressenti cette sensation de froid, cette douleur au milieu de la poitrine, comme une quinte de toux sèche qui griffait tout autour d'elle, une boule brûlante, bardée d'épines, un oursin noir qui allait et venait, remontant jusqu'à sa gorge.

Peut-être avait-il éprouvé ce malaise en découvrant que cet homme était plus jeune que lui ? Même si c'était stupide, il ne pouvait s'empêcher d'en être gêné. Il avait passé plusieurs jours, au début de décembre, en compagnie de Claire, donc peu de temps avant la mort de sa mère. À présent, il avait en face de lui son père.

Caroline, comme à chaque fois, avait su avec qui il avait effectué ce voyage à Los Angeles, puis au Mexique. Elle le laissait libre, ne protestait jamais, mais se tenait toujours informée. Bernard Terraz savait qu'à chacun de ses voyages, son épouse interrogeait les secrétaires, usant de tous les subterfuges pour obtenir les renseignements qu'elle désirait. Dès qu'il était rentré à Talloires, elle l'avait questionné d'une voix désinvolte, demandant si Claire Garneray avait aimé San Francisco, Acapulco. Bernard était-il descendu dans l'hôtel qu'il avait fréquenté lors de son précédent séjour là-bas, mais avec qui était-ce donc ? Karine Rivière ? À moins que ce ne fût avec Brigitte Georges ? Claire était sûrement la plus intéressante — « et c'est la fille d'une de mes amies ».

Elle avait prononcé ces derniers mots d'un ton différent, fait d'amertume et de rage contenue.

Sans doute était-ce pour cela qu'elle avait fait entrer Noël Garneray sans qu'il eût pris rendez-vous et sans avertir son mari.

L'espace de quelques secondes, Terraz avait craint que Noël Garneray ne fût au courant du voyage de sa fille. Il s'était aussi imaginé que Caroline allait l'évoquer. Il avait donc pris les devants, expliqué qu'il avait fait un séjour d'études en Californie avec quelques animateurs de RTE, dont Claire. Mais Noël Garneray avait paru ne pas prêter attention à ce propos, se contentant de répéter que sa fille avait coupé les ponts avec sa famille, d'abord avec sa mère, mais également avec lui.

Il avait tout à coup tendu à Terraz une grosse enveloppe, expliquant que, durant les dernières années de sa vie, sa femme Monique, persuadée qu'elle serait emportée par la maladie qui la rongeait, s'était livrée à une enquête sur ses parents et ses grands-parents. Elle était allée plusieurs fois à Norges. Elle avait rédigé ce texte. Noël Garneray l'avait lu. Il ne tenait pas à le faire parvenir à sa fille, dit-il en secouant la tête. Bernard Terraz comprendrait pourquoi quand il l'aurait lu à son tour. Il ne lui confiait là qu'une copie. Il allait déposer l'original aux archives de l'Isère, pour que les historiens, plus tard, dans une trentaine d'années, comprennent ce qui avait pu se passer dans la vie des gens au milieu du xxe siècle, en France. Et cela les surprendrait.

Il reniflait dans une grimace de dégoût.

Peut-être, reprit-il, en enverrait-il quand même un exemplaire à Claire. Il allait encore y réfléchir. Elle qui interrogeait les gens, qui leur ouvrait le ventre en public sans anesthésie, qui s'était montrée si dure, si froide, si impitoyable avec sa mère, les derniers temps, peut-être cela la rendrait-il plus indulgente.

Il avait relevé l'épaule gauche. D'un autre côté, n'est-ce pas, si elle devait souffrir — et elle souffrirait —, à quoi bon lui imposer ça ? C'était le passé, l'avant-guerre. D'autres mœurs, d'autres gens. Ses ascendants, mais des inconnus pour elle.

Tandis que lui, Terraz, lui devait lire, pour comprendre d'où il sortait. Qui sait, ça le rendrait peut-être un peu plus modeste ? Qui sait, il en aurait peut-être moins de haine envers ce Léon Varin qui avait tué sa mère, Élisabeth Terraz ? Car il devait le haïr, non ?

Noël Garneray s'était éloigné de quelques pas.

« Je ne dis pas l'excuser, avait-il ajouté. Simplement ne pas le haïr. Car, à l'origine de tout, il y a votre père, Georges Terraz. Vous n'êtes pas responsable, mais votre père... »

Noël Garneray s'était interrompu, avait montré l'enveloppe.

Que Bernard Terraz lise. Après, s'il n'était pas seulement une machine, il ne pourrait que se sentir différent.

Bernard Terraz avait lu et était revenu pour la première fois depuis soixante ans au château de Norges.

Entre-temps, le mercredi 17 janvier, on avait retrouvé le cadavre de Claire Garneray, place de l'Odéon, dans une benne à ordures.

55

Sous les arbres, dans cette partie du parc du château de Norges qui ressemblait à une forêt, Bernard Terraz s'était arrêté. Il n'avait pu tousser, mais l'oursin noir creusait peu à peu une cavité douloureuse dans sa poitrine, et chaque fois qu'il tentait par un raclement de gorge de le chasser, une douleur aiguë cisaillait son torse, à gauche, comme si la bête lui mordait le cœur. Bernard se pliait. Il grelottait. Il devait endurer cette présence gênante en lui, supporter ces aiguilles enfoncées dans sa gorge.

Il fit quelques pas.

La maison des gardiens se trouvait à une centaine de mètres, dissimulée derrière la futaie. Les branches ployaient sous la neige, mais la terre était à peine recouverte d'une pellicule brillante, durcie, qui laissait apparaître de larges plaques brunes et craquait sous les pas.

Ce devait être là, dans cette zone sombre.

Monique Ferrand avait même recherché, en consultant les journaux d'octobre 1933 et les relevés des stations météorologiques de l'Isère, le temps qu'il avait fait ces jours-là, vers la fin de ce mois, puisque c'est à cette date qu'elle situait le viol de sa mère, Julie Varin, par celui qu'elle appelait tout au long de son texte *le Sauvage* ou bien *la Bête*, et qu'elle n'avait nommé qu'aux premières lignes, dans ce préambule que Terraz avait reçu comme un coup de pied dans le bas-ventre :

Je suis née le 30 juin 1934, avait-elle écrit. *Je porte le nom de Ferrand. Mais ma mère, Julie Varin, a été violée, sans*

299

doute à la fin du mois d'octobre 1933, et j'ai acquis la conviction, après enquête, que je suis née de ce viol. L'agresseur, le Sauvage, mon père, donc, est Georges Terraz, sénateur de la Savoie, futur membre du gouvernement de la France, industriel et homme d'affaires respecté, issu d'une lignée d'entrepreneurs honorés dans toute la région.

Son fils, Bernard Terraz, est aujourd'hui l'une des personnalités les plus connues du pays. Il a été l'ami du président de la République. Il est le propriétaire d'une chaîne de télévision que regardent des millions de Français. Ma fille — sa demi-nièce, donc — y travaille. Elle a probablement été — ou elle est — sa maîtresse.

Il n'y a pas que dans la mythologie ou les légendes que les êtres vont l'un vers l'autre en aveugles, ignorant qui ils sont.

Peut-être faut-il être folle comme moi, ou bien se savoir condamnée par la maladie, pour vouloir connaître l'origine des gens et des choses.

Je me suis donc rendue plusieurs fois à Norges.

J'ai voulu comprendre pourquoi ma mère s'était tuée — parce qu'elle s'est tuée — en se jetant contre un camion, quelques semaines après que j'ai rencontré Bernard Terraz à Talloires.

J'ai voulu comprendre pourquoi celui qu'on présentait comme mon père, Maurice Ferrand, ne m'avait reconnue que plus d'un an après ma naissance. Je suis née le 30 juin 1934, et le mariage de mes parents n'a eu lieu que le 20 juillet 1935.

Or, durant ces quelques mois où je n'étais qu'une bâtarde nommée Monique Varin, mon grand-père, Léon Varin, assassinait avant de se suicider l'épouse de son « maître », Georges Terraz.

La découverte de ce fait-divers auquel les miens étaient mêlés, et celle de la reconnaissance tardive qui me donnait un père légal, ont été le point de départ de mon enquête.

J'ai voulu percer ce mystère que tous s'employaient à perpétuer.

Les derniers jours de sa vie, en 1981, François Le Guen, le second mari de ma mère, refusait toujours de parler, et quand il parut s'y décider, la mort survint trop vite pour qu'il pût me répéter autre chose que ces mots : « Injuste pour ta mère, si injuste... »

Je sais maintenant ce qu'il en est.

Mon père, Georges Terraz, est cette bête, ce sauvage qui, un jour d'octobre 1933, a pris ma mère par le cou, l'a serrée, l'a jetée à terre, dans la forêt de son château où mes grands-parents étaient ses domestiques. J'emploie à dessein les mots les plus crus parce qu'ils sont les plus justes, et celui qui croit que je force le trait se trompe.

Ainsi sont allées les choses, dans notre xxᵉ siècle, comme aux temps primitifs.

Certes, je n'ignore rien des grandes tragédies, des grands malheurs de l'époque.

Maurice Ferrand, mon père humain, *est mort dans le Vercors, cependant que le Sauvage,* mon père animal, *a été assassiné sur une route alors qu'il allait entasser de l'or dans ses coffres genevois, après avoir choisi d'être dans le camp des traîtres à son pays.*

Mais je n'ai plus voulu me contenter de cette grande machine théâtrale avec décors et figurants qu'on appelle l'Histoire.

J'ai voulu connaître le ressort de la tragédie intime qui se trouve à l'origine de ma vie.

Qu'est-ce que le viol, sous les arbres, d'une jeune fille de dix-neuf ans, par une bête sauvage qui a l'apparence d'un homme ? À peine une ride dans la grande tempête humaine !

Qu'est-ce qu'une naissance et une vie, les miennes, dans cette prolifération confuse et illimitée de l'humanité ? Moins qu'un grain dans la moisson, qu'une poussière dans l'atmosphère !

Mais elles sont miennes, cette naissance et cette vie ; c'est mon destin.

Je suis un aboutissement et une origine. Je veux savoir qui fut cette femme, Julie Varin, ployée un jour d'octobre 1933 par la poigne du Sauvage.

Je veux que ma fille, si étrangère, si distante, à qui je ne peux parler, tant je me sens différente, ne traîne pas derrière elle ce mystère d'avant elle, dont elle doit sentir, malgré moi, qu'il m'obsède, me ronge comme cette maladie insaisissable qui se répand, gagne chaque partie de mon corps, chaque cellule — et c'est, entre la maladie et moi, une course de vitesse, comme si les dieux ne voulaient pas que j'accède à la salle secrète, comme s'ils m'avaient maudite parce que je m'apprêtais à déplacer le couvercle du sarcophage, à ôter les bandelettes de la momie.

Je suis donc allée à Norges. Je suis entrée dans le château, le repaire du Sauvage. J'ai marché entre les arbres du parc, là où la futaie est aussi dense que celle d'une forêt...

C'est là que se trouvait Bernard Terraz, là qu'il imaginait, là qu'il se souvenait.

56

Après le départ de Noël Garneray, le dimanche 7 janvier, Bernard avait quitté le salon. La lumière était grise, le ciel bas, le temps à la neige, et les pavillons accrochés aux drisses des bateaux tombaient, froissés, flasques, le long des filins. Il n'y avait pas de vent.

Caroline avait suivi Bernard dans le parc.

Où allait-il ? demandait-elle. Pourquoi ne lisait-il pas ce que contenait cette enveloppe ? Se souvenait-il de Monique Ferrand ? Il l'avait invitée à jouer au tennis, il y avait peut-être trente ans, et c'était ainsi que, plus tard — grâce à Monique, en somme —, eux-mêmes s'étaient connus. Monique avait été involontairement la cause de leur mariage. Et elle était morte. Elles avaient toutes deux le même âge. C'était donc maintenant les gens de leur génération qui commençaient à s'en aller, c'était leur jeunesse qui disparaissait. Son mari, Noël Garneray, cet homme gris était émouvant, n'est-ce pas ?

Elle avait saisi Bernard par la manche, tiré sur son pull-over jusqu'à ce qu'il s'arrêtât et lui fît face.

« Tu as couché avec sa fille Claire, la fille de mon amie, de mon amie morte ! »

Caroline avait parlé lentement, détachant chaque mot, sans colère, semblait-il, mais son visage était crispé ; les rides qui entouraient sa bouche dessinaient un rictus. Elle s'était dressée sur la pointe des pieds en s'appuyant au bras de Bernard, et, tout à coup, elle lui avait craché au visage ; ç'avait été comme si ce rictus, ces rides lui avaient bondi dessus.

Elle s'était éloignée, et, du revers de la main, il s'était essuyé. Puis il était descendu jusqu'au rez-de-chaussée de la villa, là où étaient rangés les gréements, les vêtements de pluie, bottes et cirés. Il s'était habillé en hâte, sans même réfléchir, comme s'il avait depuis longtemps décidé de sortir avec le bateau. Et lorsqu'il avait entendu Caroline hurler : « Bernard, tu es fou, par ce temps ! », il avait continué de longer le chemin vers la tour blanche, l'anse du petit cap où le cotre était amarré.

Il avait levé l'ancre, lancé le moteur, laissant les voiles roulées, et alors que le vent commençait à se lever, poussant les flocons, il s'était dirigé vers le milieu du lac. La surface de l'eau s'était creusée peu à peu et quand il avait stoppé le moteur, le bateau s'était mis à dériver vers la rive sud, ballotté par les vagues. Mais la houle n'était pas forte et Bernard Terraz, après avoir bloqué la barre, allumé les feux de position, était descendu dans la cabine.

Allongé sur la couchette, il avait commencé à lire.

Les premières phrases lui avaient fait l'effet d'un coup de pied dans les couilles. Il avait fermé les yeux, décidé à ne pas aller plus avant dans sa lecture.

Puis il avait imaginé ce que la presse, les ennemis innombrables qu'il comptait — concurrents, rivaux, hommes blessés pour des histoires d'argent ou de femmes, adversaires politiques qui ne lui pardonnaient pas d'avoir été l'ami de François Mitterrand, lui, le fils de Georges Terraz, sénateur de droite, et d'être parvenu à conserver ce que les faveurs du Prince lui avaient valu alors même que le Prince avait abandonné le pouvoir —, ce que tous ces gens, hommes et femmes de vindicte et de ragots, pourraient faire de ce texte. Sans doute était-il protégé par les lois et Noël Garneray avait-il précisé qu'il déposerait le manuscrit aux Archives avec obligation de ne le communiquer qu'au bout de trente ans. Mais les mots courent seuls. Si Noël Garneray décidait en fin de compte de remettre une copie de ce texte à sa fille, quelle serait la réaction de Claire ?

Bernard l'avait observée durant la dizaine de jours qu'ils avaient passés ensemble en Californie, puis à Gutiérrez, dans ce palace mexicain qui domine le Pacifique.

Claire n'avait à aucun moment baissé sa garde, couchant avec lui trois fois seulement, regagnant sa chambre aussitôt après. Elle terminait la nuit seule, lisse comme s'il ne l'avait jamais touchée, rigide, si indifférente que la deuxième fois, il s'était emporté, l'avait insultée. Que croyait-elle, cette petite conne ? Qu'il l'avait invitée au Mexique pour qu'elle joue les vierges effarouchées ? Vierge, elle ne l'était pas, nom de Dieu, et lui non plus ! À soixante-cinq ans, la frigidité d'une femme, son impassibilité ne l'excitaient plus. Il avait au contraire besoin qu'on le chauffe. Elle comprenait ça, oui ou non ?

Claire avait dit : « Venez, venez, au lieu de parler et de vous irriter. »

Elle avait prononcé ces mots les lèvres serrées, le menton en avant, le visage dur. Elle l'avait méthodiquement caressé, sans même rester contre lui, le tenant au contraire à distance, mais jouant savamment de ses doigts, de ses lèvres, de sa langue, femme experte, et il en avait été tout à la fois excité et humilié, réussissant enfin à la pénétrer, à jouir.

Elle s'était aussitôt levée :

« Vous voyez, avait-elle dit. Tout va bien. Bonne nuit, Bernard. »

Il l'avait retrouvée le lendemain matin, plus lisse encore, les seins nus, allongée au bord de la piscine, paraissant dormir, les yeux cachés par des lunettes noires, le pubis à peine couvert par un triangle de tissu, noir lui aussi. Il avait eu de la peine à ne pas exprimer son ressentiment, à retenir son envie de la prendre par le poignet, de lui dire brutalement : « Viens ! », et de l'entraîner à nouveau jusqu'à sa chambre.

Sa peau était mate, son cou long, sa silhouette élancée, ses cuisses fermes. Elle était neuve comme un galet que la mer vient de découvrir.

Elle avait senti sa présence, s'était redressée, et, bien qu'elle fût ainsi appuyée sur un coude, ses seins n'étaient pas retombés sur le côté comme des formes à demi pleines ; ils étaient restés fermes et Bernard n'avait pu les quitter des yeux.

« Que fait-on ? » avait-elle demandé. Son ton mêlait l'indifférence et l'ironie. « Vous avez une idée, Bernard ? »

Il avait eu envie de la gifler et s'était penché, les dents serrées.

« Voulez-vous qu'on aille dans votre chambre ? » avait-elle dit en se levant.

Elle lui avait tapoté le bras. Qu'il monte, avait-elle murmuré. Elle prenait une douche, puis le rejoignait.

Il avait attendu, couché nu sur le lit, et lorsqu'elle était entrée, il avait eu l'impression de ne jamais avoir autant désiré une femme, de ne jamais l'avoir aussi longtemps attendue, depuis ce premier soir, celui de l'inauguration de RTE où il l'avait raccompagnée à bord de sa voiture ; il n'avait pas fait un geste, peut-être parce qu'il la désirait trop et ne voulait pas se laisser emporter par ce désir.

Il s'en voulait d'avoir laissé passer ces années, d'avoir refoulé son envie d'elle au point d'oublier qu'il la désirait, alors que, comme pour n'importe quelle autre femme, il suffisait qu'il la voulût pour qu'elle cédât.

Mais peut-être avait-il craint ce corps trop lisse, peut-être avait-il eu peur de ne pas réussir à empoigner ce galet, cette peau tendue, ces seins fermes, ces cuisses longues et musclées, ce cul.

Il avait tout cela devant lui et sa bouche se remplissait de salive. Elle s'avançait, l'observait.

« Vous allez bien, ce matin, Bernard ? » disait-elle en s'asseyant sur lui, le chevauchant.

Il avait eu l'impression d'être jeune, de retrouver les années où il lui suffisait de regarder une femme pour bander.

Ils étaient rentrés à Paris. Il avait voulu la revoir, mais elle s'était dérobée. Elle préparait, avait-elle répondu lorsqu'il avait enfin réussi à lui parler, cette nouvelle émission dont elle était — lui-même l'avait voulu, en avait décidé ainsi — la productrice et la présentatrice : *Le Rendez-vous*.

Quelques jours plus tard, il avait appris que la mère de Claire était morte, et il n'avait osé l'appeler.

On était ainsi parvenu, sans qu'il pût la revoir, jusqu'à la fin de l'année, et il avait dû rentrer à Talloires.

Le dimanche 7 janvier, Noël Garneray avait apporté cette grosse enveloppe. En lisant dans sa cabine les feuillets qu'elle contenait, Bernard Terraz avait, à chaque mot, imaginé ce qu'ils pouvaient déclencher, ce qui pouvait survenir : les articles, les demandes d'interviews, cet avant-guerre qu'on ferait resurgir, cette journée du 9 octobre 1934 dont on reparlerait. Et il verrait à nouveau s'avancer vers lui Léon Varin, tenant son fusil à deux mains, crevant les corps, celui de sa mère, celui de Mafalda, puis s'enfonçant le canon dans la bouche et bondissant comme un pantin poussé par un ressort. Et le sang rejaillissant sur Bernard, et les cris et les mots bloqués dans sa gorge.

Il avait imaginé Claire Garneray, désormais inaccessible, interdite, utilisant peut-être ce récit contre lui, contre RTE, pour jouer les victimes, se confessant, vendant son image, ces morceaux de vie au plus offrant.

Si elle ne le faisait pas, on lui arracherait des confidences malgré elle. On les inventerait. Contre lui.

Terraz était remonté sur le pont. La neige enveloppait le bateau de silence.

57

Cette nuit du 7 janvier sur le lac d'Annecy, Bernard Terraz s'en souvenait comme si elle avait appartenu à une chronologie perdue rythmant le temps d'un *autre monde*.

Ces deux mots qui lui revenaient alors qu'il marchait dans le parc du château de Norges, quatorze jours plus tard, le dimanche 21 janvier, l'affolaient. Il se heurtait aux branches basses des mélèzes et des sapins. La neige, en gros paquets, tombait sur son front et sa nuque. Il frissonna, regarda vers le portail, distingua à peine sa voiture.

La nuit ensevelissait rapidement l'allée du parc, le mur d'enceinte, la maison des gardiens. Bernard ne voyait plus Étienne qui s'était peut-être déjà installé au volant, car il était temps de repartir pour Paris.

À cette idée, Bernard reprit sa marche à travers la futaie de plus en plus sombre.

Il savait qu'il devait être à Paris le lendemain matin. On avait téléphoné à Talloires. On avait téléphoné dans la voiture. On avait téléphoné au château de Norges. Le commissaire Milner se présenterait place de l'Odéon, lundi 22 janvier, à onze heures. Il *exigeait* — le mot avait été à chaque fois répété — la présence de Bernard Terraz; sinon, il demanderait au juge d'instruction de délivrer un mandat d'amener.

Ne pas savoir. Ne plus entendre. Pourquoi être parvenu si loin dans la vie pour se retrouver soudain pris comme un rat?

Terraz écartait les branches et la neige pénétrait dans sa manche, collait au tissu du manteau.

Il avait froid. Il voulait rester dans l'autre monde, celui dans lequel Claire Garneray n'était pas encore morte, où elle animait cette émission, *l'Autre Monde*, dont Bernard Terraz avait précisément visionné chez lui, avec son fils, au cours de cette soirée du mercredi 17 janvier, les séquences qu'il avait manquées.

Accroupi devant le magnétoscope, Rémy avait fait défiler rapidement les bandes jusqu'à ce que le visage de Claire apparaisse.

« C'est elle qui t'intéresse, n'est-ce pas ? » avait-il lancé d'un ton moqueur.

Il avait plusieurs fois immobilisé l'image et parcouru du doigt, sur l'écran, l'ovale du visage, le dessin des lèvres et des yeux, expliquant que Claire Garneray fascinait les téléspectateurs, qu'elle s'était peu à peu identifiée à l'émission. On aimait sa voix, le sourire bienveillant qu'elle affichait en toutes circonstances, son calme. « Elle est *clean* », avait-il répété. Elle avait une forte présence, mais comme peut l'être un rêve agréable. Avec elle, l'horreur des situations que les invités exposaient, la perversité de leur comportement devenaient anodins. Il était licite de les regarder. C'était une bonne action. Claire accordait en somme l'absolution.

Bernard Terraz n'avait émis aucun commentaire. Ce visage figé sur l'écran le bouleversait. Il avait été tenté de raconter à son fils la scène qui s'était déroulée dans ce salon même, il y avait deux heures à peine. Il avait ressenti le besoin de se confier, d'obtenir le pardon de quelqu'un ; mais il n'avait pas osé.

Il était resté tassé dans le fauteuil, approuvant son fils d'un hochement de tête, essayant de comprendre pourquoi, lorsque Claire avait voulu le repousser, là, debout devant le canapé, il avait été aveuglé.

Il avait pensé à son père, à la violence dont celui-ci avait été capable dans le parc de Norges, au viol qu'il avait perpétré sur la personne de cette Julie Varin, la lointaine ascendante de Claire.

Pouvait-il raconter cela à Rémy ? Lui dire qu'il avait désiré Claire avec d'autant plus de force qu'elle était à certains égards issue de Georges Terraz ?

Qu'aurait pensé Rémy de l'attitude de son grand-père, de ces liens ténus mais réels qui les unissaient à Claire Garneray ?

Mais Bernard Terraz s'était tu. Il fallait que son fils continuât d'ignorer ce qui était survenu. Même un fils ne doit pas être un témoin. Même d'un fils, on peut craindre la délation.

Lorsque Étienne était entré dans le salon, à 23 heures précises, comme prévu, Bernard Terraz l'avait dévisagé avec inquiétude. Mais Étienne était calme, distant comme à son habitude. La voiture était prête, avait-il indiqué.

Chaque mercredi, dans la nuit, Bernard Terraz rentrait à Talloires dont il ne repartait que le dimanche pour Paris.

On était le mercredi 17 janvier, à 23 heures...

Dans le parc du château de Norges, Bernard Terraz s'efforça de reconstituer chaque instant de cette soirée. Il se dit qu'à cette heure-là, si l'on en croyait les renseignements fournis par la presse, Claire Garneray était déjà morte, ensevelie parmi les ordures d'une poubelle de la place de l'Odéon.

La route, au-delà de Chalon, avait été difficile. Il avait plu et neigé sur la Bourgogne, le Jura et les Alpes, ce mercredi 17 janvier, et le froid de la nuit avait verglacé la chaussée. Étienne avait été contraint de conduire plus lentement, mais avec la même sûreté.

Pourtant, Bernard Terraz n'avait pas dormi comme il le faisait à chaque voyage, enveloppé dans un plaid, s'abandonnant au sommeil sans réticence dans l'habitacle silencieux du véhicule. Il n'avait pu que somnoler, les sens toujours en éveil. Mais il s'était interdit de questionner Étienne, se contentant de lui demander, peu après le péage de Fontainebleau, si cela s'était bien passé. Puis, parce qu'Étienne n'avait répondu que d'un hochement de tête, il avait repris :

« Vous êtes sûr que tout allait bien. Sûr ?

— Tout à fait, Monsieur », avait répondu Étienne d'une voix posée.

Terraz avait alors fermé les yeux, mais l'anxiété ne l'avait pas quitté. Penché en avant, il avait observé le profil d'Étienne. Les phares des voitures roulant sur la voie opposée éclairaient le visage du chauffeur, son menton prononcé, son nez aquilin, ses tempes rasées, comme évidées.

Bernard Terraz avait alors repensé à cet homme dont le profil et le nom lui revenaient tout à coup : Aimé Covo.

Lorsque son père lui rendait visite à Crans-sur-Sierre, que sa voiture s'arrêtait devant la barrière de bois blanc qui limitait le parc du collège, Bernard voyait toujours sortir le premier du véhicule cet homme en vêtements noirs qui marchait ensuite à quelques pas derrière eux. Plus tard, on avait accusé cet homme-là d'être l'un des assassins de Georges Terraz. On l'avait condamné à mort en 1944 et exécuté au fort de la Bastille, à Grenoble. Bernard, cette année-là, se trouvait encore en Suisse, à Genève, et il n'avait appris ces détails que bien plus tard, par les récits de sa tante.

Il s'était alors souvenu de la peur, de la terreur même que lui avait toujours inspirées Aimé Covo, l'homme noir qui se tenait, tel un double du père, fixant l'enfant de ses yeux brillants pareils à deux pointes de métal chauffées à blanc.

Maintenant, c'était Étienne qui effrayait Bernard.

Il considérait la nuque étroite et longue du chauffeur, les os du crâne apparents sous les cheveux rasés.

Comment pouvait-il faire confiance à cet homme-là? Pourquoi était-ce à lui que Bernard avait encore fait appel, ce soir, vers vingt heures, pour lui confier Claire pantelante, au bord de l'évanouissement, lui répétant d'une voix angoissée : « Ramenez-la chez elle, boulevard Saint-Michel, vous savez, montez avec elle, elle doit avoir ses clés dans son sac, ne la laissez pas, appelez un médecin... » ?

Mais, lorsqu'il avait vu Étienne glisser son bras sous l'aisselle de Claire, la soulever, l'aider à marcher, puis, dans l'entrée, lui passer son long manteau de daim doublé de fourrure, il avait éprouvé un sentiment de soulagement et de frayeur mêlés. Il voulait qu'Étienne éloignât Claire afin que s'effaçât de la sorte ce qui venait de se passer. En même temps, il avait l'intuition qu'il aurait fallu garder Claire ici, dans cet appartement.

Mais, le temps de cette hésitation, Étienne, soutenant Claire, avait déjà franchi le seuil, commencé à descendre l'escalier. La voiture devait être garée sous le porche. Quelques minutes plus tard, Rémy entrait avec une dizaine de cassettes. « Tu voulais voir ? » avait-il dit à Bernard.

Il avait posé les cassettes sur le tapis, s'était installé devant le magnétoscope, faisant à nouveau surgir le visage de Claire.

Bernard Terraz s'était enfoncé dans son fauteuil, incapable de parler, pensant à Claire et à cet homme dont, maintenant, il confondait le nom et le profil avec ceux d'Aimé Covo, le chauffeur puis l'assassin de son père.

Dans la nuit du mercredi 17 janvier, plus la voiture s'était approchée de Talloires et plus son inquiétude avait grandi, l'étouffant presque.

Étienne était trop silencieux, trop impassible, trop attentif aux détails, trop irréprochable, trop efficace. Il s'était rendu indispensable. Il était comme une main ou un regard de plus dont Terraz se serait doté.

Il avait été à chaque moment le témoin ou l'acteur de trop de choses. Il avait attendu Bernard Terraz dans les bars des hôtels où ce dernier passait la nuit avec une femme. Il avait reconduit chez elle — il l'avait fait pour Claire — cette femme-là. Il s'agissait souvent d'une de celles qu'on voyait sur le petit écran. Il avait aussi raccompagné et parfois payé la fille que Bernard avait racolée dans l'un de ces mêmes bars d'hôtels.

Étienne s'était garé plusieurs fois dans le parc de la villa Bardi, à Bellagio, au bord du lac de Côme, lorsque Bernard Terraz venait rencontrer Carlo Morandi dont il recherchait l'appui au moment de la création de RTE. La presse avait tout ignoré de ces rencontres. Et lorsque la rumeur d'un accord entre *Terramora Médias* et *Morandi Communication* avait circulé, Terraz avait démenti toute alliance avec le *Condottiere* qu'il n'avait jamais vu, avait-il prétendu. Mais Étienne, lui, savait et avait écouté, impassible, les propos de Bernard.

Il était descendu avec lui dans la salle des coffres de la banque Balli, à Lugano, quand Terraz avait eu besoin de millions de francs en liquide parce qu'à Paris, ceux qui disposaient du pouvoir n'accordaient le droit d'émettre à RTE qu'en échange d'une contribution financière à leur parti. Et c'est Étienne qui avait porté les deux valises noires remplies de liasses de billets.

Étienne avait toujours été si discret mais présent à l'instant même où Terraz avait besoin de lui, qu'il en devenait inquiétant.

Cet homme-là, s'était dit à plusieurs reprises Bernard Terraz, n'était pas un domestique. Il appartenait à la race des maîtres, de ceux qui décident, même s'il paraissait n'être qu'un instrument docile. Tout en n'étant qu'un serviteur, il avait l'âme d'un allié, d'un complice capable d'initiative, rétribué à la hauteur des risques qu'il prenait pour lui. Trouvait-il dans la confiance que Bernard Terraz lui témoignait, dans les secrets qu'il partageait, la rétribution psychologique de ses talents ? Était-ce suffisant ? Ou bien, comme Aimé Covo, attendait-il le moment opportun pour rafler la mise, se payer et prendre sa revanche d'un seul coup ?

Peu avant leur arrivée à Talloires, Terraz avait aussi pensé à Léon Varin, le lointain ascendant de Claire Garneray, le chauffeur de Georges Terraz qu'Aimé Covo avait remplacé, l'homme au fusil qui avait fait irruption dans le château de Norges, le 9 octobre 1934, pour se venger du viol de Julie Varin par son patron.

Étienne était peut-être l'un de ces hommes-là.

C'était pourtant lui que Bernard Terraz avait appelé vers vingt heures, ce mercredi 17 janvier, quand Claire, après qu'il l'eut saisie par les épaules puis eut commencé à lui serrer le cou, avait glissé entre ses bras, s'était affaissée sur le canapé, puis était tombée sur le parquet. Il était descendu en courant jusqu'au porche. Étienne, qui nettoyait la voiture, s'était aussitôt retourné et, sans que Terraz eût un geste à faire, un mot à prononcer, il l'avait suivi dans l'escalier. Il n'avait manifesté aucun étonnement quand il avait vu Claire toujours couchée sur le sol, les yeux mi-clos, secouée parfois de spasmes.

Il n'avait pas eu la moindre hésitation lorsque Terraz lui avait dit, essayant de dominer les tremblements de sa voix, qu'il fallait ramener Claire Garneray jusqu'à son appartement, fouiller dans son sac pour y trouver les clés, appeler un médecin, si nécessaire. Avait-il compris ?

Étienne était déjà penché sur Claire, lui passait un bras autour de la taille, puis sous l'aisselle, la soulevait, la soutenait, la portait presque vers l'entrée de l'appartement.

Claire Garneray était arrivée il y avait moins de deux heures. Elle était passée devant Bernard Terraz en souriant, s'écartant pour que leurs corps ne se frôlent pas. Elle s'était aussitôt dirigée vers les fenêtres donnant sur la place de l'Odéon, comme si, à peine entrée, elle avait eu besoin de s'assurer qu'elle ne serait pas retenue dans ces murs, qu'elle pourrait, d'ici quelques minutes, retrouver les rues, les autres.

Elle avait d'ailleurs dit : « Je ne reste pas, je n'ai pas le temps. »

Toujours sans paraître prêter attention à Bernard Terraz, elle avait expliqué qu'elle devait se rendre à la projection en avant-première, au Louvre, d'un film produit par *Canal Plus*. Terraz avait ressenti ces propos comme l'expression d'une volonté d'en finir avec lui, avec RTE, de montrer qu'elle était libre, maintenant.

Il s'était alors demandé si Noël Garneray ne lui avait pas déjà envoyé le récit de l'enquête que sa mère avait conduite à Norges. Et il avait eu envie, pour la blesser, de lui dire qu'elle était aussi une Terraz par une part obscure, secrète et ignorée d'elle-même. Qu'elle était le fruit lointain d'un viol. Et qu'il était, lui, le fils du violeur, du Sauvage, de la Bête, ainsi que l'écrivait Monique Ferrand-Garneray. Peut-être aurait-elle eu peur, peut-être se serait-elle enfin fendue, brisée, et aurait-il pu la dominer, la tenir sous lui, tremblante ?

Terraz s'était approché. Elle avait fait un pas de côté pour bien marquer qu'elle voulait que demeurent entre eux l'espace des convenances, le fossé de l'indifférence.

Il ne l'avait pas revue depuis leur séjour en Californie et au Mexique. Elle arborait encore la couleur dorée de ce voyage et, lorsqu'elle avait retiré son long manteau de daim doublé de fourrure et qu'il avait vu son cou, le haut de ses seins, qu'il s'était souvenu de leur forme, lorsqu'il avait suivi le mouvement de ses avant-bras, celui de son corps moulé dans une robe de cuir à l'instant où elle s'asseyait sur le canapé, Terraz avait éprouvé d'emblée un vif sentiment de colère et de gratitude mêlées.

Elle existait donc, cette jeune femme-là ; elle était assise en face de lui, dans son appartement. Elle croisait ses jambes gainées de collants noirs légèrement brillants. Il lui était si reconnaissant de sa présence qu'il avait envie de s'agenouiller, de la tenir par les hanches, puis de glisser ses mains sous sa robe, de la repousser, de poser ses lèvres entre ses cuisses, sur ce sexe, pour affirmer qu'il la vénérait, la supplier d'accepter cet hommage et sa soumission.

Mais tout, dans la manière dont elle serrait les jambes, dont elle croisait les mains, dont elle tenait le buste droit, dont elle regardait loin derrière Terraz, comme s'il ne se trouvait pas en face d'elle, montrait qu'elle refusait cette allégeance, qu'elle avait oublié la chambre d'hôtel mexicaine à Gutiérrez, qu'elle lui accordait cette dernière entrevue par pitié et par prudence, parce qu'à Paris on ne rompt jamais tout à fait, dans la mesure où on se retrouve toujours les mêmes dans les mêmes lieux.

La rage, le dépit avaient aussitôt envahi Bernard Terraz. Il n'avait plus éprouvé le désir de s'agenouiller, de marquer sa dépendance, d'embrasser ce sexe en signe d'humilité, comme l'aveu qu'il n'était rien, qu'elle avait le pouvoir de lui donner la vie en acceptant cette offrande. Il s'était levé, les poings serrés. Il allait la plier, cette ingrate qui possédait la jeunesse et refusait de lui accorder l'illusion, la sensation que lui-même pouvait recouvrer sa vigueur, sa propre jeunesse par le désir, l'élan qu'elle provoquait en lui, le contact de son corps neuf, lisse comme un galet.

Elle avait eu l'intuition de la violence qu'il portait maintenant en lui. Elle avait tendu le bras, main ouverte, comme pour arrêter le corps de Bernard Terraz, empêcher sa poitrine d'avancer. Il avait respiré bruyamment. Mais sa fureur était une sorte de parodie du désir. Il sentait bien qu'il était incapable de coucher Claire sur le canapé et de la pénétrer. Son père avait accompli cet acte, son père avait conservé la puissance du sauvage, l'énergie vitale d'une bête. L'on pouvait condamner ce comportement, mais qu'était-ce qu'un homme si le désir l'abandonnait, s'il n'était plus capable de posséder une femme ? que restait-il de sa vie, sinon une apparence, une forme sans épaisseur ?

Bernard était divisé. Il avait la violence et le désir dans la tête, mais savait qu'il aurait eu besoin des gestes de cette femme, de sa complicité, de ses caresses pour la posséder encore.

Pourquoi ne le comprenait-elle pas ? Pourquoi refusait-elle de participer à ce jeu ? Pourquoi le contraignait-elle à mimer la force, à découvrir qu'il ne saurait pas, qu'il ne pourrait pas ?

Cette conscience de son impuissance à la contraindre, à la prendre, en même temps l'excitait et l'aveuglait. Il jurait, insultait. Il pensait : « Tu vas accepter, toi aussi ! Comme mon père, je vais te le foutre dans le cul, je vais te baiser, je vais te violer ! Tu t'imagines quoi, que je vais te respecter parce que tu vends ta gueule ? Tu es comme toutes les autres, comme celle que mon père a violée. Je vais te baiser, te violer ! »

Il avait balayé le bras de Claire, l'avait saisie aux épaules. Il l'avait pliée, la forçant à basculer sur le canapé. Il l'avait écrasée de son poids, lui enserrant le cou.

Tout à coup, il l'avait vue pâlir, fermer les yeux, suffoquer. Elle s'était débattue avec la violence et le désordre de l'instinct.

Il avait joui sur elle.

Puis il s'était aussitôt redressé, l'asseyant, lui chuchotant : « Ça va, Claire, ça va, on vous ramène chez vous... »

La tête ballait de droite et de gauche, mais Claire respirait.

À un moment donné, elle glissa sur le sol et il l'avait laissée là, contre le canapé.

Il s'était souvenu avec effroi des corps de ces deux femmes, sa mère et la nurse, étendus sur le sol, au château de Norges, tachés de sang.

Il avait dévalé l'escalier et était remonté avec Étienne.

Puis il avait dû revoir le visage de Claire sur ces cassettes que lui avait projetées Rémy.

Lorsque Étienne était revenu le chercher, à 23 heures, Bernard l'avait dévisagé ; mais le chauffeur était resté impassible.

Étienne avait indiqué d'un ton monocorde que la voiture était prête.

Et, jusqu'à Talloires où ils étaient arrivés peu avant quatre heures du matin, Bernard Terraz ne lui avait posé qu'une question, après le péage de Fontainebleau, à laquelle Étienne avait répondu calmement : tout s'était déroulé parfaitement, avait-il dit.

58

Ce cri, cet appel : « Bernard, Bernard ! », qui le lançait ? Il était si aigu, si lancinant que Terraz se boucha les oreilles. Il ne voulait plus l'entendre. Il ne voulait pas voir.

Mais la voix se vrillait dans sa tête. Il voyait cette femme couchée sur le sol. Était-ce sa mère, la poitrine couverte de sang ? Ou bien était-ce Claire Garneray qui se débattait pour échapper à un homme dont lui-même n'apercevait que le dos, les bras, imaginant ses mains serrées autour du cou de la jeune femme ?

Il ne voulait pas voir. Il n'aspirait qu'à s'enfuir. Mais il se heurtait aux murs de cette pièce.

Où était-il ?

Il crut reconnaître la petite salle à manger du château de Norges, puis il devina avec effroi qu'il se trouvait chez lui, place de l'Odéon.

Il cherchait à ouvrir les fenêtres, mais on le tirait en arrière. Des silhouettes le menaçaient. Son père s'avançait, entouré d'Aimé Covo et d'Étienne.

On l'obligeait à regarder.

Il était cet homme couché sur Claire, qu'elle tentait de repousser. Il approchait ses lèvres de son visage et, tout à coup, celui-ci était caché par un flot rouge.

« Bernard, Bernard ! »

La voix s'effaçait, remplacée par la sonnerie stridente du téléphone.

Bernard Terraz se réveilla en sursaut.

Il s'assit sur le rebord du lit. La porte s'ouvrit. La lumière chassa le cauchemar, mais il aperçut Caroline dans l'encadrement de la porte.

La sonnerie continuait de retentir.

Caroline avait les mains plaquées sur sa bouche, comme ces enfants qui veulent s'empêcher de parler, de prononcer des mots dont ils ont peur.

Bernard se leva.

Il était donc à Talloires. Il alla vers la fenêtre, tira les rideaux. Les nuages étaient si bas qu'ils ressemblaient à d'énormes vagues suspendues à quelques mètres au-dessus du lac.

« Claire Garneray... », dit Caroline.

Bernard se retourna. Il se souvint de la soirée place de l'Odéon, du voyage, de l'arrivée à Talloires, de la question qu'il avait à nouveau posée à Étienne au moment où celui-ci ouvrait la portière.

« Comment était-elle quand vous l'avez laissée ? Chez elle, n'est-ce pas ? » avait-il demandé.

Étienne avait paru surpris.

« Bien, Monsieur, bien. Dans son appartement. »

Terraz l'avait longuement dévisagé, puis il était monté dans sa chambre et s'était jeté sur le lit, sans même se déshabiller.

Dormir. Oublier.

Mais il y avait eu ce cri, cet appel : « Bernard, Bernard ! », dont il savait maintenant que c'était Caroline qui l'avait poussé.

« Le téléphone », dit-il.

Caroline ne bougea pas.

« Claire », répéta-t-elle.

On était le 18 janvier à dix heures. La radio venait d'annoncer qu'on avait assassiné Claire Garneray, la journaliste bien connue, l'une des plus célèbres et populaires animatrices de RTE, notamment de l'émission *Rendez-vous avec l'autre monde*. On l'avait retrouvée morte étranglée. Son cadavre avait été découvert place de l'Odéan, dans une poubelle.

« Le téléphone », redemanda Terraz.

Il bouscula sa femme, décrocha.

320

Un journaliste, déjà, qui sollicitait « une réaction à chaud, monsieur Terraz ». Il reposa l'appareil.

« Place de l'Odéon... », murmura Caroline sans ôter les mains de sa bouche.

Terraz descendit l'escalier et sortit dans le parc.

Le froid humide le saisit.

Il grelottait. Il était en chaussettes et, au bout de quelques pas dans l'allée, ses pieds étaient trempés.

Il entra dans le garage. C'était là, dans une petite pièce attenante, que logeait Étienne. Il l'aperçut de dos. Il portait un pull-over noir. Il était penché sur le moteur de la voiture, si bien que Terraz ne discernait que ses épaules, et il eut l'impression que le chauffeur était, comme dans son cauchemar, couché sur le corps de Claire.

Il s'approcha, le poing levé. Étienne se redressa, se retourna et saisit le poignet de Terraz. Son visage n'exprimait ni surprise, ni colère.

« Elle est morte », dit Terraz.

Étienne le repoussa, puis le lâcha.

« Elle est morte », répéta Terraz. Il hurla : « Morte ! Morte !

— Je ne sais rien, Monsieur », répondit Étienne.

Terraz s'adossa au mur et se cacha le visage entre ses mains.

59

Le dimanche 21 janvier vers dix-huit heures, la neige se mit à tomber, droite et drue, sur la forêt de Norges.

Il suffit de quelques minutes pour que les plaques de terre brune qui n'étaient pas recouvertes par la couche durcie fussent ensevelies sous les flocons que les branches des sapins et des mélèzes ne pouvaient arrêter.

Bernard Terraz continua de marcher. Il gravit une pente où la futaie était de plus en plus épaisse, si bien que les branches les plus basses, lourdement chargées de neige, étaient souvent entremêlées, formant une sorte de barrière qu'il devait écarter pour avancer. Elles se ployaient sous la pression de sa poitrine, de ses cuisses. Parfois, il les soulevait, mais elles revenaient le griffer, projetées en avant, se débattant, lançant vers lui des paquets de neige. Bientôt, le souffle lui manqua. Les flocons s'accrochaient à ses cheveux et à ses sourcils. Au contact de son visage, la neige fondait, glissant sur ses joues comme des larmes glacées.

Il s'arrêta, s'appuya contre un tronc, laissa le froid l'envahir.

Il lui sembla qu'il marchait depuis cette matinée du jeudi 18 janvier, à Talloires, depuis cet instant où il avait, après la mort de Claire, fui les questions, les angoisses de Caroline, les journalistes qui ne cessaient de téléphoner — certains d'entre eux, comme Terraz l'avait craint, s'étaient installés sur le chemin bordant le lac, attendant qu'il sortît pour l'interroger, le photographier.

Il avait fui pour ne pas voir le visage d'Étienne, ne pas se

heurter à son silence, ne pas entendre à nouveau ces phrases :
« Je ne sais rien, Monsieur », puis : « Je ne comprends pas, je
ne m'explique pas. Je l'ai laissée dans son appartement, vous
me l'aviez dit. Elle allait bien, Monsieur, très bien. Il me
semble qu'elle a téléphoné au moment où je partais. » Après un
silence, le chauffeur avait ajouté : « Faut-il que j'explique tout
à la police, Monsieur, *tout* ? J'y suis prêt. »

Il avait soutenu le regard de Bernard Terraz et celui-ci avait
quitté le garage, était remonté dans sa chambre, essayant de ne
pas entendre la sonnerie du téléphone.

Dans l'après-midi, il avait profité d'une averse de neige qui
avait chassé les deux ou trois journalistes en faction devant le
portail de la villa, pour s'installer dans la cabine du bateau.

Il y avait attendu la nuit, les écoutilles fermées, allongé sur
sa couchette, dans l'obscurité, tentant de mettre de l'ordre dans
ses souvenirs afin de décider de la conduite à tenir.

Il avait essayé de se rassurer en pensant à tout ce qu'il avait
entrepris, créé, réussi, en dressant l'inventaire des difficultés
qu'il avait vaincues, des pièges auxquels il avait échappé,
des alliances qu'il avait conclues, des miracles qu'il avait
accomplis, comme le soulignait la presse, en lançant une
chaîne de télévision privée, en la rendant bénéficiaire, en lui
faisant franchir tous les obstacles politiques, si bien qu'il était
maintenant accepté par tous les camps et que son amitié pour
l'ancien président de la République n'apparaissait plus que
comme une habileté, une coquetterie, voire un luxe qu'il pouvait se permettre et qu'on lui pardonnait dans la mesure où il
était puissant.

Cet homme-là, lui, allait-il se laisser abattre, terrasser par un
sordide fait-divers ?

En quoi était-il coupable ?

Il composait sa déposition. Il avait reçu Claire Garneray, une
amie chère avec qui il avait d'ailleurs — il ne s'en était jamais
caché, Caroline elle-même le savait — passé une dizaine de
jours, au début du mois de décembre, en Californie et au
Mexique. Elle lui avait rendu visite en amie, le mercredi
17 janvier, vers dix-neuf heures, et elle avait eu un léger
malaise. Elle avait demandé à être reconduite chez elle. Il en

avait chargé son chauffeur, Étienne. Celui-ci pouvait témoigner qu'elle était alors tout à fait rétablie. Lorsque Étienne avait quitté l'appartement de Claire Garneray, elle téléphonait. C'était ce correspondant-là qu'il fallait rechercher et interroger. Lui, Terraz, n'avait rien à dissimuler. Il avait passé la soirée avec son fils, puis il avait roulé toute la nuit, conduit par Étienne, jusqu'à Talloires. Si l'heure du décès se situait, comme la radio commençait à l'indiquer, entre vingt et vingt-deux heures, il était à l'évidence hors de cause.

Terraz respirait mieux. Il allait appeler ses avocats, prendre lui-même contact avec les enquêteurs, demander à déposer devant eux.

Mais, tout à coup, il se mettait à penser à Étienne.

Et il voyait l'envers des choses.

Claire Garneray couchée sur le sol, chez lui, qu'il avait brutalisée, étranglée ; peut-être portait-elle encore des traces autour du cou. Étienne n'aurait qu'à déclarer ce qu'il avait vu : ce corps de femme étendu, ses yeux clos, sa respiration difficile, l'affolement de Terraz.

Étienne avait-il tué, peut-être violé Claire Garneray chez elle, alors qu'elle était encore à demi évanouie, puis, parce qu'il cherchait, comme Aimé Covo, comme Léon Varin, à se venger de ses maîtres, avait-il déposé le corps nu dans la poubelle au pied de l'immeuble ? Et il s'était présenté à vingt-trois heures, impassible, assuré que Terraz n'oserait avouer qu'il avait essayé de violer Claire Garneray chez lui, qu'elle lui avait résisté, qu'elle s'était évanouie.

Terraz se blottissait, recroquevillé, les poings sur la bouche, les genoux repliés comme un enfant menacé par un tueur et qu'aucun corps de femme ne vient protéger. Il ne serait pas recouvert par le sang d'une nurse derrière laquelle il se serait blotti, caché, mais par son propre sang.

Il ne pouvait avouer.

Les journalistes raconteraient à leur manière son voyage avec Claire en Californie et au Mexique. Il imaginait déjà les titres : « *Déçue, après le voyage raté, elle se refuse à lui, et, lorsqu'elle vient lui annoncer leur rupture, il tente de la violer et la tue.* » Il savait bien que c'était ainsi qu'on l'accuserait. On ne dirait pas exactement cela ; on prendrait des précautions pour éviter les procès en diffamation. Mais on laisserait entendre le pire.

« Que s'est-il passé, quelques heures avant le meurtre, écrirait-on, entre Claire Garneray et son président ? Elle lui devait tout, mais trente-cinq ans séparent la jeune femme, désormais célèbre, du vieux séducteur. Pourquoi s'est-elle rendue chez lui place de l'Odéon ? Le couple s'est-il déchiré ? On a retrouvé le corps à quelques mètres de l'entrée de l'immeuble où habite Bernard Terraz... »

Jour après jour, les charognards s'acharneraient.

Peut-être qu'Étienne, pour se disculper, irait jusqu'à raconter qu'il l'avait trouvée morte dans le salon et que Bernard Terraz l'avait chargé de faire disparaître le corps. Il reconnaîtrait ainsi être complice, mais Terraz était un patron impitoyable auquel on devait obéir. D'ailleurs, celui-ci l'avait déjà contraint à d'autres actions illégales.

Étienne parlerait alors de la banque Balli, à Lugano. Il savait ce que contenaient les deux valises noires. Il se souvenait des noms de ceux auxquels il les avait remises.

Alors les hyènes et les chiens sauraient enfin qu'ils pourraient s'approcher sans risques de Bernard Terraz afin de le déchiqueter. Et ils ne respecteraient rien.

Ils avaient fermé les yeux, ils avaient accepté des années durant de ne pas dévoiler ce qu'ils savaient : les relations avec Carlo Morandi, les passe-droits pour obtenir la concession nécessaire aux émissions, les versements de fonds à ceux qui détenaient le pouvoir comme à ceux qui allaient y accéder et qu'il fallait acheter aussi ; maintenant que Terraz était à terre, ils le dénonceraient, ne laissant rien dans l'ombre.

De Noël Garneray, accablé et désespéré, ulcéré par la mort de sa fille, persuadé que Bernard Terraz l'avait détournée, tuée, ils obtiendraient le récit écrit par sa femme, Monique Ferrand-Garneray.

De tout cela, ils feraient des émissions spéciales, des dossiers dans les hebdomadaires, des livres. Ils inventeraient la vérité pour parfaire leurs réquisitoires, rattraper le temps perdu, effacer leurs lâchetés. Il fallait que Bernard Terraz eût tué Claire Garneray pour que leur scénario atteignît à une réelle intensité dramatique, touchât le public.

Ils auraient l'appui d'Étienne, qu'ils innocenteraient de la sorte, et celui de tous ces innombrables anonymes qui se rassemblent pour voir lyncher un homme. D'autant plus que celui-là avait été riche, craint, respecté.

Alors, qu'on le lapide !

Terraz avait passé toute la nuit du 18 et toute la journée du 19 janvier enfermé dans sa cabine.

Il lui avait semblé que rien ne s'était produit depuis l'instant où Léon Varin était entré, armé de son fusil, dans la petite salle à manger du château de Norges. Il se cachait comme ce jour-là. Il vomissait comme ce jour-là. Il avait envie de hurler, d'appeler sa mère, couchée sur le sol, mais aucun son ne sortait de sa gorge — comme ce jour-là.

Il avait été rejoint.

Léon Varin savait qu'il était vivant. Aimé Covo le guettait. Il allait être puni parce que son père avait violé Julie Varin.

Il allait être tué pour cela, comme sa mère l'avait été par Léon Varin. Comme son père allait l'être à son tour par Aimé Covo.

Claire Garneray avait joué ce rôle d'appât pour qu'il tombât dans le piège qu'avaient tendu, par-delà les années, Julie Varin, sa fille Monique, Étienne en qui Léon Varin et Aimé Covo s'étaient réincarnés.

Il ne réussirait pas à échapper à ce nœud coulant, à cette boucle du passé qui se resserrait sur lui.

On le poursuivrait et le harcèlerait jusque dans les lieux les plus reculés.

Le samedi 20, Terraz s'était encore caché dans son bateau. Les journalistes étaient moins nombreux devant le portail de la villa.

Il avait eu alors un regain d'espoir, comme s'il n'avait été obsédé que par un cauchemar, le souvenir de ce que son père avait accompli, alors que lui-même n'avait rien fait.

Le dimanche 21, le chemin du bord du lac était désert. Peut-être, au bout de quatre jours, avait-on déjà oublié la mort de Claire Garneray ? Peut-être avait-il exagéré les conséquences de cette mort ? Tout s'effaçait si vite, aujourd'hui.

Il s'était rasé. Il avait longuement nagé dans la piscine couverte. Il avait décidé de rentrer à Paris, d'attendre. Devant Étienne, de se montrer calme, rassuré, déterminé.

Puis l'adjoint du commissaire Milner avait appelé de Paris. Milner voulait entendre Bernard Terraz le lundi 22 janvier à onze heures dans son appartement de la place de l'Odéon. Il l'exigeait.

C'était Caroline qui répétait ces mots : « Il l'exige, Bernard. Le commissaire Milner l'exige », avec à nouveau les mains plaquées sur sa bouche.

Il fallait ne plus la voir, ne plus sentir son angoisse, ses reproches, sa haine même.

Bernard Terraz était parti pour le château de Norges. Il avait retrouvé la petite salle à manger de son enfance ensanglantée. Puis il avait entrepris de marcher en forêt. Vers dix-huit heures, la neige s'était mise à tomber, droite et drue. Il s'était arrêté, appuyé contre un tronc. Les flocons glissaient sur son visage.

Tout à coup, il y avait eu ces longs appels de klaxon, ces éclairs de phares, les uns et les autres étouffés par l'épais rideau de neige.

Alors Terraz s'était remis à marcher, saisissant les branches à pleines mains, courbant ces corps flexibles qui tentaient de lui échapper et qui, souvent, revenaient vers lui, lui cinglant le visage.

ÉPILOGUE

Les certitudes

« Une semaine, une semaine seulement », pensa Milner.

Sur le chemin qui longe le lac d'Annecy entre Talloires et la tour blanche, il compta ses pas, marchant à larges enjambées.

Sept pas, sept jours du mercredi 17 janvier à ce mercredi 24 janvier, de la place de l'Odéon à cette esplanade bleutée dans laquelle se reflétaient les cimes, les versants enneigés, le ciel si limpide qu'il ressemblait à une plaque métallique éblouissante.

Il refit sept pas, plus lents, plus courts.

Le cotre de Bernard Terraz était amarré aux rochers du petit cap.

Terraz, selon sa femme, avait donc passé près de trois jours enfermé dans la cabine. Puis il était parti pour le château de Norges le dimanche 21. C'est le lendemain qu'on avait retrouvé son corps dans le vallon qui borde la partie forestière du parc attenant au château. Il avait dû se perdre parmi les arbres, aveuglé par la neige, et n'avait pas répondu aux appels de phares et de klaxon lancés par son chauffeur.

Sept jours, du corps de Claire Garneray à celui de Bernard Terraz.

Le corps était allongé dans sa chambre et quand Miller était entré, le soleil, par les bow-windows, éclairait le visage enveloppé d'un bandage. Caroline Terraz s'était précipitée, avait tiré les rideaux comme si l'éclat du jour avait constitué une profanation, un sacrilège.

Milner avait alors pensé à ce qu'écrivait Monique Ferrand-Garneray à propos des tombeaux, des sarcophages, des momies, des salles secrètes où elle était entrée. En transmettant ce texte à Milner, Noël Garneray lui avait dit :

« Ma femme est morte des questions qu'elle se posait. Sa maladie, c'était ce silence qui l'avait rongée toute sa vie, ce secret qu'on n'avait pas voulu lui dévoiler. C'était sa malédiction. Et Claire est morte de ça aussi, j'en suis sûr. »

De quoi pouvait-on être sûr ?

De la terre sur laquelle on marchait ? de l'eau des lacs ? de la neige sur les versants ? du ciel d'un bleu de lame ?

Milner avança à nouveau de sept pas.

Il se trouva ainsi à l'ombre du versant, comme s'il était entré dans une grotte humide. Il eut froid.

Rien n'était sûr, jamais. Ni l'origine des vies, ni leur trajectoire. Rien. On passait sans cesse du soleil à l'ombre, d'une conviction à une autre. Une émotion chassait la précédente.

Milner revint sur ses pas, souleva la barrière qui délimitait la propriété des Terraz.

L'espace de quelques heures, presque un jour entier, il avait cru à la culpabilité de Bernard Terraz. Puis il avait interrogé son chauffeur, et, brusquement, ce nom, Étienne Chauvet, l'avait persuadé que l'homme devait être le fils de cette Lucienne Chauvet que Claire avait conduite à avouer, au cours d'une de ses émissions, le viol qu'elle avait subi, la naissance qui en avait résulté.

Dans le bureau du premier étage de la gendarmerie de Norges, le mardi 23 janvier, Milner avait contraint Étienne Chauvet à reconnaître qu'il était l'auteur des deux lettres de menaces, qu'il avait souhaité *crever*, comme il l'avait écrit, Claire Garneray, et tous les autres, ces Terraz qu'il servait depuis des années, qui ne s'étaient jamais souciés de ce qu'il pensait, de ce qu'il était : un être humain comme eux.

D'autant plus, avait-il poursuivi d'une voix aiguë, qu'ils avaient en outre forcé sa mère à se déshabiller comme une pauvre femme qu'on oblige à danser nue. Et elle avait été heureuse de cette humiliation, la pauvre folle. Elle rêvait depuis toujours — surtout depuis qu'elle savait que son fils était le chauffeur du grand patron de RTE — de passer à la télévision. Elle voulait de cette gloire-là, comme d'une revanche à n'importe quel prix.

Elle avait remercié Claire Garneray, mais, quelques jours plus tard, porte de La Chapelle, elle s'était jetée sous un camion, parce qu'elle avait eu soudain honte.

Est-ce que Claire Garneray, Bernard et Rémy Terraz imaginaient cela, est-ce qu'ils ne méritaient pas qu'on les *crève*, tous ?

Mais Étienne Chauvet avait nié l'avoir fait.

Il en pleurait de regret et s'en mordait les poings. Il aurait dû la violer, l'étrangler, l'enfoncer nue dans cette poubelle. Celui qui avait accompli ces actes, il le félicitait. Mais ce n'était pas lui. Il n'était pas assez courageux. Il avait été domestique trop longtemps. Pauvre type, pauvre bâtard né d'un viol !

Il n'avait fallu qu'une nuit à Milner pour renoncer à la certitude de la culpabilité d'Étienne Chauvet.

Car il n'avait d'abord cru à aucune de ses dénégations. Pour lui, Chauvet était le meurtrier. Mais les coupables, c'est connu, ne se livrent jamais d'un seul coup ; ils donnent un doigt, la main, le bras. Il faut les tirer pour qu'ils basculent. Et le commissaire s'était persuadé qu'il obtiendrait les aveux complets du chauffeur le lendemain matin, mercredi 24 janvier.

Sept pas, sept jours...

Un gendarme, le mercredi matin, avait tendu à Milner une télécopie que lui expédiait Bragard, son adjoint.

Conformément aux instructions qu'il avait laissées le dimanche 21 janvier, on avait perquisitionné la veille, le 23, à la boutique de presse située boulevard Saint-Michel, à quelques dizaines de mètres de l'immeuble qu'avait habité Claire Garneray. On avait trouvé, dissimulés derrière des paquets de vieux journaux, le sac de Claire Garneray et ses vêtements, dont un long manteau de daim doublé de fourrure. Salvio avait reconnu avoir violé et étranglé la jeune femme chez elle, dans son appartement du quatrième étage, le mercredi 17 janvier. Puis il avait transporté le corps place de l'Odéon, « parce que, avait-il expliqué, les Terraz sont des porcs, le vieux surtout ; c'est eux qui l'ont pourrie, achetée ». Lui, Salvio, la connaissait d'avant, du temps où elle habitait rue Gay-Lussac. Si jeune, si belle, si pure. Toute neuve...

Milner n'avait pas souhaité revoir Étienne Chauvet.

Il avait roulé lentement jusqu'à Talloires. Il voulait contempler le corps de Bernard Terraz dans sa maison. Comme pour tenir au moins cette certitude que l'affaire, cette affaire-là était close.

Mais de quoi pouvait-il être sûr ? Est-ce que la mort termine les choses ?

Est-ce qu'on avait obtenu une réponse du fait qu'on avait poussé le couvercle du sarcophage et déroulé les bandelettes de la momie ?

On n'était sûr que du changement, de l'incessant mouvement qui entraîne la terre et les corps, l'eau et les étoiles.

Pour le reste...

Milner avait pensé à Maurice Ferrand et à François Le Guen, à Pietro Moralini et même à Georges Terraz, à ces hommes d'avant-guerre, perdus si loin dans une autre galaxie dont on percevait à peine la lumière, à présent de plus en plus faible.

Avaient-ils existé, ces hommes-là, avec leurs passions ?

Étaient-ils plus proches que les hommes enfouis dans les tombeaux des pharaons ?

Les usines fermaient dans les vallées. L'empire Terraz s'était mis à produire des images.

Des combats et des trahisons des hommes d'avant, que subsistait-il dans cet *autre monde* ?

Pas plus que ce qu'il restait des religions disparues.

Milner fit sept pas et se souvint de Darmon qui avait aimé Claire. Il imagina sa souffrance. Puis, jusqu'à s'aveugler, il fixa le soleil.